A riddle, in the Greek-Joycian sense, terminating the 3d part :
the language .

I am neither the rock
nor the river,
the rock makes
no sound

and the river/passes
but I remain
unmoving and cry
continually aloud

What I say
is old as new
and no man shall escape
my language   (listening

of whihh all language   who has ears
is a lesser part

I ask no answer
to my riddle
only that it be stated
How to state it

is all I propose

PATERSON
by William Carlos Williams

Copyright © 1946, 1948, 1949, 1951, 1958 by William Carlos Williams.
Copyright © 1963 by Florence Williams.
Copyright © 1992 by William Eric Williams and Paul H. Williams.

Korean Translation Copyright © 2024 by Yuwon Hwang, ITTA
All rights reserved.

이 책은 뉴디렉션 출판사와의 계약에 의거, 번역 및 출판되었습니다.
이 책의 한국어판 저작권은 뉴디렉션 출판사와 독점 계약한 잇다에 있습니다.
저작권법에 의해 한국 내에서 보호를 받는 저작물이므로 무단 전재와 무단 복제를 금합니다.

패터슨

초판 1쇄 발행 2024년 3월 29일

지은이 윌리엄 칼로스 윌리엄스   **편집** 김보미 김준섭 최은지 이해임
옮긴이 황유원   **디자인** 퍼머넌트 잉크
기획 김현우   **인쇄** 영신사

펴낸곳 잇다   **전화** 02-6494-2001
등록 제2017-000046호. 2015년 3월 11일   **팩스** 0303-3442-0305
주소 (04035) 서울시 마포구 양화로11길 68, 2층   **홈페이지** itta.co.kr
     이메일 itta@itta.co.kr

ISBN 979-11-93240-33-5 03840

책값은 뒤표지에 있습니다.
잘못된 책은 구입하신 서점에서 바꿔 드립니다.

PATERSON

WILLIAM CARLOS WILLIAMS

패터슨

윌리엄 칼로스 윌리엄스 지음
황유원 옮김

읻다

일러두기

1. 이 책은 William Carlos Williams, *Paterson*(New Directions; Revised edition, 1995)을 저본으로 삼았다.

2. 표지에 쓰인 이미지는 예일 대학교에서 소장하고 있는 《패터슨》의 타이핑 원고이다.

3. 시에서 스페인어와 프랑스어로 써진 부분은 서체를 다르게 하였고, 원어 병기는 생략하였다.

4. 이 책의 주석은 모두 옮긴이의 것이다.

[차례]

《패터슨》에 대한 윌리엄 칼로스 윌리엄스의 말[1]

1951년 5월 31일

현대인의 마음과 도시의 유사성에 대한 장시를 쓰겠다고 생각하기 시작한 게 언제였는지는 기억나지 않는다. 비비안 코흐Vivienne Koch[2]가 나의 메모들 가운데 발견한 것에 의하면, 내가 그 생각에 대한 어떤 기록을 처음 남긴 것은 아마 1925년인 듯싶다. 내가 시 〈패터슨〉을 발표하고 나서 '더 다이얼 어워드'[3]를 수상한 1927년 무렵에는 분명 내가 다루고자 했던 일반적인 주제에 대한 나의 생각들이 순조로이 이어지고 있었다.

무엇을 하고 싶은지 결정한 후, 나는 그 작업을 어떻게 시작할지 시간을 들여서 결정했다. 나는 동시대적 사고의 유사한 측면들을 대표하는 것으로서 한 도시가 나타내는 다양한 측면을 이용하기로 했다. 그러면 우리가 알고 사랑하고 증오하는 존재로서의 그 남자 자신[4]을 대상화할 수 있을 것이었다. 내게는 이것이 시가 나아가야 할 길로 여겨졌다. 우리가 이해할 수 있는 언어로 시가 우리를 대변하게 하려면 말이다. 하지만 그 언어는 우리가 이해할 수 있는 것이기 이전에 우선 인식될 수 있는 것이어야 한다. 그러면서도 그것은 여전히 다른 모든 언어와 같은 언어로, 의사소통의 상징으로 남아야 한다.

따라서 내가 목표로 삼고 싶었던 도시는 내가 속속들이 아는 그런 곳이어야만 했다. 뉴욕은 너무 거대했고, 온 세상 측면들의 너무 큰 집합체였다. 나는 좀 더 고향에 가까운 무언가, 알기 쉬운 무언가를 원했다. 패터슨을 나의 현실로 택한 것은 의도적이었다. 내가 사는 교외 지역은 나의

---

1 《패터슨》 4권의 출간 두 주 전에 출판사 뉴디렉션스에서 낸 보도자료이다.

2 미국의 문학평론가로 윌리엄 칼로스 윌리엄스에 대한 연구서 《윌리엄 칼로스 윌리엄스William Carlos Williams》를 저술하기도 했다.

3 미국의 문예지 《더 다이얼The Dial》에서 주관한 상.

4 '그 도시 자체'를 뜻한다. 윌리엄 칼로스 윌리엄스는 도시를 남성과 동일시한다.

목적을 이루기에는 충분히 두드러진 곳도, 충분히 다채로운 곳도 아니었다. 다른 후보지들도 있었지만 내 생각에는 패터슨이 최고였다.

패터슨의 역사는 미국의 시작과 명확히 관련되어 있다. 게다가 패터슨에는 중심적 지형, 즉 퍼세이익 폭포가 있는데, 그 폭포는 생각하면 생각할수록 점점 더 내가 말하고자 했던 바에 걸맞고도 버거운 행운이 되어갔다. 나는 퍼세이익 폭포의 역사, 그 너머의 작은 언덕에 있는 공원, 그곳의 초기 거주자들에 대해 읽을 수 있는 모든 것을 읽기 시작했다. 처음부터 나는 퍼세이익 강의 흐름에 따라 네 권의 책을 쓰기로 결심했다. 그 강의 삶은 생각하면 생각할수록 점점 더 나 자신의 삶과 닮은 것처럼 여겨졌다. 폭포 위의 강, 폭포 자체가 맞이하는 파국, 폭포 아래의 강, 그리고 마지막에 이르러 거대한 바다로 흘러드는 것까지.

퍼세이익 강 자체보다는 주제에 따르기를 나 스스로 허용하면서 이 기본 계획에는 수많은 수정이 가해졌다. 나에게 퍼세이익 폭포의 소음은 우리가 찾고 있었고 지금도 찾고 있는 언어처럼 여겨졌고, 내가 주변을 둘러보는 동안 나의 탐색은 이 언어를 해석하고 사용하기 위한 투쟁이 되었다. 이것이 이 시의 핵심이다. 하지만 이 시는 또한 자신의 언어를 찾으려는 시인의 탐색이기도 한데, 그 자신만의 언어는 물질적 주제와는 완전히 별개로, 어쨌든 내가 무엇이라도 쓰려면 사용해야만 했던 언어다. 내가 염두에 둔 대상에 가까이 다가가려면, 나는 특정한 방식으로 써야만 했다.

그리하여 목표는 복잡해졌다. 그것은 나를 매혹시켰고, 또한 나를 가르쳤다. 나는 생각하고 써야 했고, 내가 말하던 방식으로 이야기할 수단, 요구되는 것으로 여겨지던 수단을 발명해야 했다. 그리고 나는 그 시를 어떻게 끝낼지 고심해야 했다. 영혼을 만족시키는 웅장한 결말로 나아가지는 않을 것이었는데, 왜냐하면 나의 주제에서 그런 것은 전혀 보이지 않았기 때문이다. 혼란스럽거나 우울하거나 복음주의적인 결말로 나아갈 생각도 없었다. 그것은 주제에 어울리지 않았다. 그냥 바다의 '아름다운' 석양이나 비둘기 떼의 비행, 사랑의 끝, 소용돌이치는 인간의 운명 등으로 시를 강렬하게 끝내버리는 것은 쉬운 일이었을 것이다.

　그러는 대신, 어린 여자가, 역시 패배했고 이해할 만하며, 심지어 그녀 자신보다 사랑스러운 대도시의 애처로운 세파에 결국 물들게 된 후에야, 우리는 마침내 바다에 이른다. 오디세우스는 인간이라면 늘 그래야 하듯 바다로 뛰어드는데, 너무 유능한 그는 익사하지 않고, 대신 다시 시작하기 위해 (캠던[5]을 향해) 자신의 개와 함께 다시 내륙으로 나아간다.

5　'캠던'은 미국 뉴저지주 서남부의 항구 도시로 미국의 정신을 대변하는 시인 월트 휘트먼이 말년을 보낸 곳이다. 모든 개별성을 사라지게 하는 바다(유럽)로 향하지 않고 미국의 내륙으로 향한다는 것은 패터슨으로 대변되는 지역성을 지키려는 윌리엄스의 강한 의지를 나타낸다.

작가의 말[6]

《패터슨》은 네 권으로 이루어진 장시로, 자신이 곧 도시 — 모든 세세한 부분이 그의 가장 내밀한 신념들을 울려 퍼지게 할, 그 어떤 상상의 도시라도 좋다 — 인 한 남자가 도시의 다양한 측면들이 구현해 내는 방식들로 자신의 삶을 시작하고 추구하고 이루어 내고 끝맺는 작품이다. 1권은 그 도시의 자연 요소적elemental 특성을 소개한다. 2권은 현대의 복제품replica들로 이루어진다. 3권은 그 복제품들에 목소리를 부여할 언어를 모색하고, 폭포 아래서 흐르는 강으로서의 4권은 에피소드들 — 사람이라면 누구나 일생에서 달성할 만한 모든 에피소드 — 에 대한 회상이 될 것이다.

현재 75세인 닥터 윌리엄스는 뉴디렉션스에 보낸 편지에서 《패터슨》 5권의 집필에 대해 다음과 같이 말했다. "당연한 말이지만, 제가 더 젊었다면 이 시는 지금과는 다른 작품이 되었을 겁니다. 아니 그랬다면 이 시는 아예 쓰이지도 않았겠죠. 《패터슨》 4권 이후로 10년의 세월이 흘렀습니다. 그 동안 저는 저와 세상에 많은 변화가 일어났다는 사실을 깨달았을 뿐만 아니라, 제가 저 자신을 위해 정한 조건으로 구상한 그런 이야기에는 끝이 있을 수 없다는 사실 또한 받아들이게 되었습니다. 패터슨의 세계가 창의적인 타당성을 확보하려면 그것을 새로운 차원으로 이끌어야만 했어요. 그러면서도 저는 패터슨의 세계를 한 덩어리로 유지하고 싶었는데, 실제로 저에게 그런 세계이니까요. 마음속으로 그 문제에 대해 곰곰이 생각해 보는 동안 그 구성은, 정말 그러길 바라는데, 《패터슨》 1권에서 4권

---

6 《패터슨》 1권 초판의 속표지 다음 쪽에 실렸던 최초의 '작가의 말'을 약간 수정한 것이다. 최초의 '작가의 말'은 거듭 사소한 수정을 거쳐 이후 출간된 《패터슨》의 모든 판본에 수록되었다.

까지의 패터슨과 직접적으로 연결되는 통일성을 유지하며 지금 당신이 보는 이 시로 구체화되기 시작했습니다. 제가 그 작업에 성공했기를 기대해 봅시다."[7]

7 윌리엄 칼로스 윌리엄스가 1958년 5월 16일에 뉴디렉션스의 부사장 로버트 맥그레거에게 쓴 편지의 일부로 1958년에 출간된《패터슨》5권의 책 커버에 사용되었다.

1권

(1946)

: 지역의 긍지; 봄, 여름, 가을 그리고 바다; 고백; 바구니; 기둥; 맨손으로 그리스와 라틴 문화에 답하기; 주워 모으기; 기념행사;

특수한 용어로; 증식에 의한 하나로의 축소; 대담성; 낙하; 모래가 섞인 봇물로 분해되는 구름들; 강요된 휴지(休止);

곤경에 처함; 일체감, 그리고 행동을 위한 계획을 대체할 행동을 위한 계획; 느슨해진 부분을 팽팽히 췸; 흩어짐과 변모.

패터슨: 1권

서시

"엄밀한 아름다움이 탐구의 대상이다. 하지만 아름다움이 어떤 충고도 가닿지 않는 마음속에 갇혀 있을 때 그것을 무슨 수로 찾을 것인가?"

개별적인 것들로부터
시작할 것,
그리고 결함을 지닌 수단으로
전부 그러모아 그것들을 보편화할 것 —
수많은 개들 가운데
그저 또 한 마리의 개처럼
나무들에 코를 대고 킁킁거리며. 그것 말고 또
뭐가 있나? 무슨 할 일이?
나머지 녀석들은 모두 달려가 버렸다 —
토끼를 쫓아서.
오직 절름발이만이 서 있을 뿐 — 세
다리로. 앞뒤로 긁어라.
속이고 먹어라. 곰팡내 나는
뼈를 파내라

왜냐하면 시작은 분명

끝이기에 ― 우리는 우리 자신의 복잡성을 넘어선
순수하고 단순한 그 어떤 것도
알지 못하기에.

                          그러나 회귀는
없다: 혼돈으로부터 그러모으기,
아홉 달의 기적, 도시와
인간, 동일한 존재 ― 다른 경우는
있을 수 없다 ― 일종의
상호 침투, 양방향에서 이루어지는. 그러
모아라! 앞면과 뒷면;
취한 자와 취하지 않은 자; 걸출한 자와
비천한 자; 모두가 하나. 무지 속에서
어떤 지식과 지식이
흩어지지 않은 채, 스스로를 허물어뜨린다.

                    (단단히 잘 포장된, 쉰내 나는
다양한 씨앗들이 흐름 속에
그리고 마음속에 어지러이
흩어져, 바로 그 거품을 타고
떠내려간다)

그러모으며, 잔뜩 그러모아
묵직해지며.

                    떠오른 텅 빈 태양들
틈에서 떠오르는 것은

무지의 태양이다, 그러니 이 세상에서 인간은
죽음 없이는 자신의 육신 속에서 절대 잘
살아갈 수 없다— 자신이 죽어가는 줄도
모르면서; 그렇지만 그것이
자연의 섭리다. 그것을 통해
더하고 빼며, 오르락내리락하며
스스로를 갱신하는 것.

            그리고 생각으로 전복된
기교, 그러모아라, 그로 하여금
조심하게 하라, 퀴퀴하고 진부한 시를 쓰는 일에
의지하지 않도록 . . .

늘 정리되어 있는 잠자리 같은 마음들,
                (해변보다 더 돌이 많은)
마지못해서든 능력이 없어서든.

            굽이쳐 밀려와, 솟아오르다,
쏟아져 내리며, 튀어 오른다, 엄청난 굉음으로:
대기처럼 떠올라 배처럼 떠가는, 다채로운 빛깔로
밀려오는 바닷물—
수리數理적인 것들에서부터 개별적인 것들로—

            이슬로 부서져,
안개로 부유하다가, 비로 쏟아져
다시 강물로 모여들어 흐르고
순환한다:

　　　　　대개는 조개껍데기들과 극미동물들

그리하여 인간에게로,

　　　　　패터슨에게로.

거인들의 윤곽

I.

패터슨은 퍼세이익 폭포 아래 계곡에 누워 있다
폭포가 흘려보낸 물로 등의 윤곽을 이룬 채. 그는
오른쪽으로 누워 있다, 자신의 꿈들을 채우는
천둥 같은 물소리 곁에 머리를 두고서! 영원히 잠든 채,
그의 꿈들은 그가 익명으로 남기를 고집하는 도시 주변을
걸어 다닌다. 돌로 된 그의 귀에 나비들이 날아와 앉는다.
불멸인 그는 움직이지도 깨어나지도 않고 좀처럼
보이지도 않는다, 비록 그가 숨은 쉬고 그의 교묘한
                    책략이
쏟아지는 강의 소음에서 그 본질을
                    뽑아내
수천 개의 자동인형에 생기를 불어넣을지라도. 그들은
자신들의 근원도, 자신들이 느끼는 실망감의 토대도 알지
못하기에 대부분 목적 없이 자신들의 몸 밖을
                    걸어 다닌다,
자신들의 욕망에 갇혀 망각된 채―깨어나지 못한 채.

            ― 말하라, 관념이 아니라 사물을 통해서 ―
            그저 얼굴 없는 집들과 원통형

나무들일 뿐
선입견과 사고로 구부러지고, 갈라진—
쪼개지고, 홈이 생기고, 구겨지고, 얼룩지고, 더러워진—
비밀—빛의 몸속으로!

저 위로부터, 첨탑보다 더 높은, 심지어
사무실 빌딩들보다 더 높은 곳으로부터,
죽은 풀로 잿빛이 된 터와 검은 옻나무,
시든 잡초 줄기, 진흙과 죽은 이파리 어지러이 흩어진
덤불로 내버려진 질척한 들판들로부터—
강은 도시 위로 쏟아져 내려
협곡 가장자리에서 산산이 부서지며
물보라와 무지개 안개로 되튀어 오른다—

(어떤 공통 언어를 풀어낼 것인가?
. . 바위 가장자리의
서까래로부터 곧게
빗질하여.)

도시 같은 한 남자와 꽃 같은 한 여자
— 서로 사랑에 빠진. 두 여자. 세 여자.
무수히 많은 여자, 저마다 꽃 같은.

하지만

남자는 오직 하나— 도시 같은 남자는.

제가 당신께 남겨두고 온 시들과 관련하여: 그 시들을 저의 새 주소로 돌려보내 주실
수 있을까요? 그리고 난처하시다면 그 시들에 대한 의견은 굳이 들려주시지 않아도 괜찮

습니다— 제가 전화를 드리고 찾아갔던 것은 문학적인 문제가 아니라 인간적인 문제 때문이었으니까요.

게다가 저는 제가 시인이기보다는 여자라는 것을, 그리고 제가 시 출판업자들보다는... 사는 일에 더... 관심이 많다는 것을 잘 알고 있어요.

하지만 그들은 조사에 착수했고... 그래서 모든 공공복지 관련 종사자들, 전문적인 공상적 박애주의자들 등등이 들어오지 못하도록 제 집 문은 영원히 잠겨 있습니다(영원히 그랬으면 좋겠군요).[1]

떠밀리며 강물이 낭떠러지로

다가갈 때, 그의 생각들은 얽히고

튀어 오르다 곧장 떨어지고,

바위에 가로막혀 솟아올랐다 비껴가지만

영원히 앞을 향해 힘껏 나아간다— 혹은

이파리 하나 혹은 응고된 거품 드러내며

제 갈 길 잊은 듯

소용돌이치며 빙빙 돈다 .

그러다가 다시 제 갈 길 찾아 앞으로

나아가며 뒤따라 전진해 오는 무리들에게

자리를 내준다— 강물은 이제 재빨리

유리처럼 부드럽게 합쳐져

끝에 이르자 고요하거나 고요한 듯 보이다가

결말을 향해 뛰어오르더니

떨어진다, 떨어진다 허공에! 마치

부유하듯이, 무게를 벗어던지고

산산이 부서지는 가늘고 긴 조각들; 멍하니

---

1 마샤 나디Marcia Nadi가 1942년 4월 9일에 윌리엄 칼로스 윌리엄스에게 보낸 편지에서 변형 인용. 당시 뉴욕에 거주하던 나디는 자신의 아들에 대한 조언을 구하려고 윌리엄스를 방문했다가 그의 논평을 듣고자 자신이 쓴 시 몇 편을 전해주었다. 이후 윌리엄스는 나디가 《뉴디렉션스》 제7호(1942년)에 시를 발표하도록 권했고, 발표했을 때 서문을 써주었다.

하강의 파국에 취해
떠받쳐지지 않은 채 부유하다가
바위를 때린다: 천둥소리 한 번에,
마치 번개라도 내려친 듯

모든 가벼움 사라지고, 튀어 오르는 가운데
무게가 되살아나, 탈출의 격분은 강물을
뒤따르는 강물 위로 몰아
다시금 튀어 오르게 한다—
그럼에도 흐름을 놓치지 않고 강물은
다시 제 갈 길을 찾는다, 대기는
대기와 함께 존재해 왔고 거의 대기나
마찬가지인 소란과 물보라로
허공을 가득 채우고

그리고 그곳에는, 그에게 기대어, 나지막한 산이 펼쳐져 있다.
공원은 그녀의 머리다, 폭포 위쪽의 고요한 강물로
조각된; 다채로운 수정들은 그 바위들의 비밀;
농장과 웅덩이들, 월계수와 온화한 야생 선인장,
노랗게 꽃 피운 . . 팔로 그녀를 지지하며
바위 계곡 옆에서 잠든 그를 마주한 채.
그녀 발치의 진주들, 사과꽃들로 장식한
그녀의 거대한 머리카락은 외진 곳으로 흐트러지며
꽃들의 잠을 깨운다— 사슴이 뛰어다니고 미국원앙새
둥지들이 그의 찬란한 깃털을 지키는 그곳에서.

1857년 2월, 대가족을 부양하는 가난한 구두 수선공 데이비드 하워는 실직하고 돈도

다 떨어져 패터슨시 근처의 노치브룩에서 많은 양의 진주조개를 채취했다. 그는 조개를 먹다가 딱딱한 물질을 여러 개 발견했다. 처음에는 그것을 버리다가 결국 그중 일부를 보석상에 넘겼는데, 한 무더기에 25달러에서 30달러를 쳐주었다. 나중에 그는 진주조개를 더 찾아냈다. 광채를 자랑하는 한 진주는 '티파니'에 9백 달러에 팔렸고, 나중에 유제니 황후에게 2천 달러에 팔리고서부터 오늘날 세상에서 가장 훌륭한 '여왕의 진주'로 알려졌다.

진주가 이런 가격에 팔렸다는 소식은 대단한 흥분을 불러일으켜 전국에서 너 나 할 것 없이 진주를 찾기 시작했다. 노치브룩과 다른 곳에서 수백만 개의 우니오(진주조개)가 채취되어 종종 별 소득 없이, 혹은 아무런 소득 없이 파괴되었다. 우리 시대의 가장 훌륭한 진주였을, 4백 그레인에 달하는 커다랗고 둥근 진주는 껍데기를 열기 위해 끓이는 바람에 못쓰게 되고 말았다.

> 한 달에 두 번 패터슨은
> 교황과 자크 바전(이소크라테스)[2]으로부터
>   서신을
> 받는다. 그의 작품들은
> 프랑스어와 포르투갈어로
> 번역되었다. 그리고 우체국 직원들은
> 자기 아이들이 우표첩에 붙일 수 있게
> 그의 소포에서 희귀 우표를 떼서
> 훔친다 .

> 말하라! 관념이 아니라 사물을 통해서. 패터슨
> 씨는 떠났다, 쉬면서
> 글 쓰러. 버스 안에서 누군가는
> 그의 생각들이 앉아 있고 서 있는 것을 본다. 그의
> 생각들이 빛나고 흩어지는 것을—

> 이 사람들은 누구인가 (수학이란 얼마나

---

2 자크 바전Jacques Barzun은 프랑스계 미국인 역사가이며, 이소크라테스Isokrates는 고대 그리스의 변론가이다.

복잡한 것인지) 신발과 자전거 앞에서 명멸하는,
규칙적으로 배열된 판유리 같은 그의 생각들을 통해
나 자신을 보게 하는 내 주위의 이 사람들은?

그들은 걷는다 의사소통이 단절된 채로, 그 방정식을
풀기란 불가능하다, 그래도
그 의미는 분명하다—그들이 그의 생각을
실천하고 있을지도 모른다는 사실이
전화번호부에 등록되어 있다는 것은—

　　그리고 모방하며, 대폭포를 향해
파아악! 거인이 덤벼든다! 착한 먼시도.

　　그들은 기적을 열망했다!

　혁명군의 한 신사분이 폭포를 묘사한 후 당시 지역사회에 존재하던 또 다른 자연의 흥밋거리를 이와 같이 묘사한다: 오후에 우리는 초대를 받아 인근의 또 다른 흥밋거리를 방문했다. 이것은 인간의 형상을 한 괴물이다. 그는 스물일곱 살이고, 그의 얼굴 길이는 이마 윗부분에서 턱 끝까지 27인치이며, 그의 머리 윗부분 둘레는 21인치이다: 그의 눈과 코는 놀랄 만큼 크고 툭 튀어나와 있으며, 턱은 길고 뾰족하다. 그의 이목구비는 조악하고 불규칙적이고 혐오스러우며, 그의 목소리는 거칠고 낭랑하다. 그의 몸길이는 27인치이고, 그의 수족은 작고 심하게 변형되어 있으며, 그는 한쪽 손밖에 사용하지 못한다. 그는 한 번도 똑바로 앉아본 적이 없는데, 머리의 거대한 무게를 지탱할 수 없기 때문이다; 하지만 그는 머리를 베개에 얹은 채 언제나 커다란 요람에 누워 있다. 그는 수많은 사람들의 방문을 받는데, 특히 성직자들과 함께 있는 것을 좋아해서 방문객들 사이에 그들이 있는지 늘 묻고는 그들에게 종교적 가르침을 받는 데서 커다란 기쁨을 느낀다. 워싱턴 장군[3]은 그를 방문해서 "그가 휘그당 지지자인지 토리당 지지자인지"[4] 물었다. 그는 자

3 　미국의 초대 대통령을 지낸 조지 워싱턴George Washington을 가리킨다. 워싱턴은 미국독립전쟁에서 대륙 육군 총사령관으로 활동했다.
4 　휘그당과 토리당은 각각 17세기 후반에 성립한 영국 최초의 근대적 정당과 영국의 보수 정당으로, 함께 명예혁명을 이룩한 이후 대립하였다.

신이 그 어느 쪽에도 적극적으로 참여한 적이 없다고 대답했다.[5]

경이! 경이!

해밀턴[6]이 (폭포를!) 보고도 그의 계획을 알리지 않았을 때 보았던 열 채의 집에서부터, 그 세기의 중반에 이르렀을 무렵─공장들은 다인종으로 구성된 인구를 끌어들였다. 1870년에는 패터슨에서 태어난 사람의 숫자가 20,711명이었는데, 물론 외국인 부모에게서 태어난 아이들을 포함한 숫자였다. 12,868명의 외국인 가운데 237명은 프랑스인, 1,420명은 독일인, 3,343명은 영국인─(훗날 성을 지은 램버트 씨[7]도 그중 하나였다), 5,124명은 아일랜드인, 879명은 스코틀랜드인, 1,360명은 네덜란드인, 그리고 170명은 스위스인이었다─

떨어지는 물 주위로 분노가 쏟아진다!
격렬함이 더해지고, 그들의 머릿속에서 빙빙 돌며 그들을
부른다:

트왈프트twaalft 혹은 줄무늬농어도 넘칠 만큼 많았고, 심지어 아주 커다란 철갑상어도 흔히 잡혔다:─1817년 8월 31일 일요일, 폭포 웅덩이의 그리 깊지 않은 곳에서 7피트 6인치 길이에 126파운드짜리 물고기 한 마리가 잡혔다. 녀석은 소년들이 던진 돌에 공격을 당하다 결국 지치고 말았고, 그러자 그들 중 한 명인 존 윈터스가 물속으로 헤치며 들어가 그 커다란 물고기 뒤쪽을 기어오르는 동안 또 다른 소년이 녀석의 목과 아가미를 붙잡고서 녀석을 물가로 끌고 왔다. 1817년 9월 3일 수요일 자 《베르겐 익스프레스 앤드 패터슨 애드버타이저》는 세로 단 반 단을 할애해 '붙잡힌 괴물'이라는 제목으로 그 사건을 다루었다.[8]

그들은 시작한다!

5 존 바버John Barber와 헨리 하우Henry Howe의 《뉴저지주의 역사 모음Historical Collections of the State of New Jersey》(1844)에서 변형 인용.
6 미국의 법률가이자 정치인, 재정가, 정치 사상가였던 알렉산더 해밀턴Alexander Hamilton을 가리킨다. '미국 건국의 아버지' 중 한 명으로 꼽히며, 초대 대통령 조지 워싱턴 정부 시절에 재무장관을 지냈다.
7 영국 요크셔주 출신의 캐톨리나 램버트Catholina Lambert. 자세한 내용은 139쪽 참조.
8 윌리엄 넬슨William Nelson의 《패터슨시와 뉴저지주 퍼세이익 카운티의 역사History of the City of Paterson and the County of Passaic New Jersey》(1901) 일부를 거의 그대로 인용.

완전함이 벼려진다

꽃은 화사한 꽃잎을 펼친다

        태양 아래 활짝

그러나 벌의 혀는

        꽃잎을 놓친다

꽃잎은 떨어져 다시 흙으로 돌아간다

       울부짖으며

―꽃잎 위로 살금살금 다가가는 그것을

울부짖음이라고, 시들어 사라질 때의

        떨림이라고 해도 좋으리:

결혼은 몸서리치는 결과를

       낳게 된다

       울부짖으며

혹은 조금 덜 만족하라:

        몇몇이 아무 이득 없이

해안으로 간다―

언어가 그들을 놓치고 있다

       그들 또한 죽는다

       의사소통이 단절된 채로.

언어, 언어가

       그들을 저버린다

그들은 말을 알지 못하거나

       그것을 사용할

용기가 없다 .

　　　　　— 쇠락하여

언덕으로 이주한 집안 출신의

소녀들: 말이 없다.

어쩌면 그들은 자신들 마음속의 급류를

　　　　　　바라보고 있는지도 모른다.

그리고 그건 그들에게 낯선 일..

그들은 등을 돌리고

희미해져 간다 — 하지만 다시 회복한다!

　　　　　인생은 달콤해

그들은 말한다: 언어!

　　　　　— 언어는

그들 마음으로부터 단절되었다.

언어 .. 언어는!

　　라마포산에 아름다움은 없었을지 모르지만, 함께 자라난 야생적인 삶과 문명화된 삶
의 대담한 연합과 기이함은 있었다: 두 개의 면모.

　　갈색 송어가 얕은 돌 사이를 미끄러지듯 헤엄치던 산에서, 벨벳 같은 잔디밭 사이의 링
우드 — 라이어슨 농장이 있던 곳 — 는 삼림수, 버터너트, 느릅나무, 떡갈나무, 밤나무와
너도밤나무, 자작나무, 미국니사나무, 소합향나무, 붉은 열매를 어지러이 매단 산벚나무
와 월귤나무로 넘쳐났다.

　　반면에 숲에는 철공들의 오두막집, 숯 굽는 사람들, 석회 가마 일꾼들이 — 아름다운 링
우드 몰래 — 모여들었고, 그것에서 어떤 시詩에서든 명예롭게 그려지는 워싱턴 장군은
폼프턴에서부터 나머지 지역에 이르기까지 반역자들을 처형한 이후로 걱정 없이 지낼
수 있었다 — 그리고 웨스트포인트의 허드슨강을 가로지르는 거대한 연결 고리가 만들어
졌다.

　　테네시주에서 폭력이 자행되었다. 인디언들에 의해 대학살이, 교수형과 추방이 자행
되었다 — 교수대 아래에 서서 기다리고 있던 그들 60명. 자신들의 땅을 강제로 떠나게 된
투스카로라족은 뉴욕주 북부에서 자신들과 합류하라는 식스 네이션스Six Nations[9]의 제안

9　　모호크족, 오나이더족, 오논다가족, 카유가족, 세네카족, 투스카로라족을 가리킨다. 정확히는 이로쿼
이 연맹에 투스카로라족이 합류하면서 식스 네이션스가 된 것이다.

을 받았다. 수사슴들은 앞서갔지만, 여자들과 낙오자들은 서편 근처의 계곡까지밖에 이르지 못했다. 그들은 그곳에서 산으로 가서 영국군에서 탈영한 독일 용병들과 합류했고, 그들 중 다수의 알비노, 탈출한 흑인 노예들과 다수의 여자와 그 자식들은 영국이 강제로 떠난 후에 뉴욕시에서 풀려났다. 백인들은 그곳에서 그들을 우리에 가두었다―미군들에게 여자를 제공하도록 영국 정부와 계약을 맺은 잭슨이라는 이름의 남자가 리버풀과 다른 곳에서 그들을 데려갔다.

숲에서 혼혈이 탄생했고, 그들은 '잭슨스 화이츠'라는 이름으로 통칭되었다. (또한 몇몇 혼혈 흑인들, 몇몇 서부 인디언 흑인 여자들도 있었는데, 영국에서 들어오는 배 여섯 척 중 한 척이 바다에서 태풍을 만나 침몰하면서 잃은 백인의 숫자를 대체할 만큼의 숫자였다. 그는 어떻게든 그 숫자를 메꾸어야 했고, 그것이 가장 빠르고 저렴한 방법이었다.)

그 지역은 '뉴 바베이도스 넥'이라고 불렸다.[10]

17세기 중반, 크롬웰은 수천 명의 아일랜드 여자들과 아이들을 바베이도스로 실어 날라 노예로 팔았다. 주인들에 의해 강제로 남들과 성관계를 맺은 이 불행한 이들은 아일랜드어를 사용하는 몇 세대의 흑인들과 물라토들로 이어졌다. 그리고 바베이도스 원주민이 아일랜드어 억양이 섞인 영어를 쓴다는 것은 오늘날까지도 흔히 주장되는 사실이다.[11]

나는 기억한다

《지오그래픽》에 실린 사진[12]을, 어느

아프리카 부족장의 여자 아홉 명이 반나체로

고개를 왼쪽으로 돌린 채, 공식적인 통나무로

추정되는 통나무에 걸터앉아 있는 사진을:

맨 앞에는

가장 최근에 들어온 젊은 여자가 꼼짝 않고 앉아 있었다,

등을 꼿꼿이 세운 채, 거만한 여왕으로서 자신의 힘

의식하며, 진흙투성이에, 그 엄청난 머리카락을

지독하게 찡그린―이마 위로 비스듬히 기울인 채.

---

10 윌리엄 칼로스 윌리엄스가 쓴 것으로 추정된다.
11 세이머스 맥콜Seamus MacCall의 《토머스 무어Thomas Moore》(1936)에서 변형 인용.
12 《내셔널 지오그래픽National Geographic》 49: 6(1926년 6월 호)에 비슷한 사진이 실려 있다.

그녀 뒤로는, 다른 여자들이 빼곡히 늘어선 채
뒤로 갈수록 생생함이 덜해지는 모습으로
경직되어 있었다

　　　　　그러다가 ..
맨 마지막에 이르러, 첫 번째 아내가 모습을,
드러낸다! 자신에게서 자라나는 다른 모두를
떠받치며 ― 근심에 찌든 눈은
심각하고 위협적이다 ― 하지만 태연하다; 너무
많이 써서 축 늘어진 젖가슴 ..

그에 반해 다른 여자들의 봉긋한 젖가슴은
탱탱하고, 한결같은 압력으로
가득 차 있었다 .
그리고 그것들은 명백히 다시
불을 붙이고 있었다.

　　　　　번갯불들이
그가 얼마나 대단한 추장이든 상관없이, 아니
오히려 그 때문에 더더욱 그를 편안히 파괴하기 위해
한 남자의 신비를 양 끝에서 ― 그리고 가운데서
찌르지 않는 것은 아니다 .

.. 여자 같은, 희미한 미소,
얽매이지 않은 채, 긴 비행 끝에 자신의
집으로 돌아가는 한 마리 비둘기처럼 떠 있는.

뉴어크에 사는 후퍼 커밍 목사의 배우자인 사라 커밍 부인은 메인주 포틀랜드의 고故 존 에먼스 씨의 딸이었다. . . . 그녀는 결혼한 지 두 달째였고, 신의 섭리로 부여받은 영역에서의 흔치 않은 현세적 지복과 유익함을 의기양양하게 누릴 축복을 받은 사람이었다: 하지만 아아, 모든 세속적 기쁨의 지속이란 얼마나 불확실한 것인지.

1812년 6월 20일 토요일, 커밍 목사는 장로회의 서약에 따라 패터슨의 궁핍한 신도들에게 보급품을 전하기 위해 아내와 함께 그곳으로 달려갔고, 다음 날. . . . 월요일 아침, 그는 자신의 사랑하는 동반자에게 퍼세이익 폭포와 그 주변의 아름답고 야생적이고 낭만적인 경관을 보여주러 갔다. ― 뒤따를 참사는 전혀 예상하지 못한 채.

한 줄로 이어진 계단('백 개의 계단')을 오른 후, 커밍 부부는 단단한 바위 턱을 지나 폭포 근처로 걸어갔고, 멋진 전망에 매혹되어 주변의 거대한 자연물들에 대해 이런저런 말들을 쏟아냈다. 마침내 그들은 단단한 바위 꼭대기에 자리를 잡았는데, 웅덩이 위로 돌출된 바위는 떨어지는 물에서 30~40미터 높이에 위치해 있었고 전방에는 수천 명이 서 있었으며, 거기에서 그곳의 숭고하고 진기한 멋진 경치를 감상할 수 있었다. 둘이서 꽤 오랜 시간 그 호사스러운 경치를 즐겼을 때, 커밍 목사는 "여보, 이제 집으로 돌아갈 시간인 것 같소"라고 말하며 길을 안내하기 위해 몸을 돌렸다. 그는 순간 고통에 찬 목소리를 듣고 뒤돌아보았는데, 그의 아내가 온데간데없었다!

그 고통스러운 일을 겪은 커밍 목사의 기분이 어떠했을지 대략 짐작은 가능하겠지만, 그 기분을 말로 표현하기란 불가능한 일이다. 그는 미치기 일보 직전이었고, 친절하게도 신의 섭리가 작용해 근처에 있던 젊은이가 수호천사처럼 곧장 그에게 달려들어 그 당시 그가 이성을 잃고 발걸음을 내딛으려는 걸 막지 않았더라면 그는 자신이 무슨 일을 하는지도 거의 모른 채 심연 속으로 거꾸러지고 말았을 것이다. 이 젊은이는 그를 벼랑에서 이끌어 계단 아래의 땅으로 안내했다. 커밍 목사는 자신의 보호자의 손을 강제로 뿌리치고 그 치명적인 물속으로 뛰어들기 위해 맹렬히 달려갔다. 하지만 그의 젊은 친구는 그를 다시 한번 붙잡았다. . . . 곧장 커밍 부인의 사체를 찾기 위한 수색이 이루어졌고, 그 일은 하루 종일 부지런히 이어졌다; 하지만 아무런 소득도 없었다. 다음 날 아침, 그녀의 유체가 42피트 깊이에서 발견되어 바로 그날 뉴어크로 옮겨졌다.[13]

거짓된false[14] 언어. 참된. 쏟아져 내리는 거짓된 언어 ―
위엄 없이, 인도자 없이, 돌 같은 귀에 부서지며
(오역되어) 쏟아져 내리는 (오해된) 언어. 적어도 그것은
그녀를 만족시켰다. 실은 패치의 경우도 마찬가지였다. 그는
28년과 29년에 국민적 영웅이 되었고 전국을 순회하며

13 《뉴저지주의 역사 모음》에서 변형 인용.
14 발음이 같은 'falls(폭포)'를 이용한 언어유희.

절벽과 돛대, 바위와 다리에서 다이빙을 했다―'어떤 일이
가능하다면 다른 일도 가능하다'는 자신의 이론을 증명하고자.

그 옛날 저지Jersey의 애국자

N. F. 패터슨의

위대하아아안 역사!

(N은 노아Noah; F는 페이투트Faitoute; P는 패터슨의 약자)

소년들에게 '저지의 번갯불Jersey Lightning' **15**을.

그때까지는 모든 일이 순조롭게 진행되었다. 도르래와 밧줄이 갈라진 틈의 양쪽에 단
단히 고정되었고, 그 어설픈 다리를 끌어당겨 제자리에 설치하기 위한 만반의 준비가 끝
났다. 그것은 양쪽에 걸치는 목재 구조물과 지붕이었다. 때는 오후 2시 무렵이었고, 다리
가 설치되는 것을 보기 위해 많은 군중이 모여들어 있었다―도시의 인구가 약 4천 명밖
에 되지 않던 당시로서는 많은 군중이었다.

그날은 옛 패터슨에서 중요한 날이었다. 토요일이어서 공장들은 문을 닫았고, 그래서
사람들에게는 즐길 기회가 주어졌다. 기념행사를 만끽하기 위해 찾아온 사람들 중에는
그 당시 패터슨 주민이던 샘 패치도 있었다. 그는 한 공장에서 방적공들의 상사로 일하고
있었다. 그는 나의 상사였고, 나의 따귀를 여러 번 때렸었다.

음, 이날 경찰관들은 패치를 주시하고 있었다. 그가 들떠서 문제를 일으킬 거라고 생
각했기 때문이다. 패치는 심심하면 바위에서 뛰어내리겠다고 선언해서 여러 차례 구금
된 바 있었다. 그는 알코올중독에 의한 심한 섬망증으로 은행 지하실에 수감 중이었는데,
갈라진 틈에 다리가 놓이던 그날 풀려났다. 몇몇 사람은 그가 미쳤다고 생각했다. 그들의
생각은 크게 틀리지 않았다.

하지만 그날 도시에서 가장 행복했던 사람은 다리의 책임자인 티머시 B. 크레인이었
다. 팀 크레인은 호텔 경영자였고 폭포의 맨체스터 방면에서 선술집을 운영하고 있기도
했다. 그의 선술집은 서커스단원들이 많이 모여드는 곳이었다. 그 옛날 아주 유명했던 서
커스단원, 안장 없이 말을 타던 대단한 재주꾼 댄 라이스, 제임스 쿡 같은 사람들이 그를

---

15 사과 브랜디를 뜻한다.

찾았었다.

팀 크레인이 다리를 지은 것은 폭포의 다른 방면에서 선술집을 운영하던 라이벌 파이필드가 때로 '야곱의 사다리'로 불리던 '백 개의 계단'으로 이득을 보고 있었기 때문이었다. 협곡의 길고 소박하고 구불구불한 그 계단은 강의 반대편으로 이어져서 그의 선술집에 가는 것을 더 쉽게 해주고 있었다. .... 크레인은 6피트가 넘는 아주 원기 왕성한 남자였다. 그는 구레나룻을 길렀다. 그는 다른 시민들에게 힘이 넘치고 능력도 적지 않은 남자로 잘 알려져 있었다. 그의 태도는 커다랗고 다부진 몸집의 샘 패치를 닮아 있었다.

갈라진 틈에 다리를 놓는다는 소식이 전해지자 군중은 하늘이 찢어져라 환호성을 질러댔다. 하지만 다리를 겨우 반쯤 들어 올렸을 때 롤링 핀 하나가 밧줄에서 미끄러져서 아래의 강으로 떨어졌다. 모두가 크고 어설픈 다리가 흔들거리며 갈라진 틈에 놓이는 걸 보길 기대하는 동안, 한 형상이 전광석화의 속도로 가장 높은 곳에서 어두운 물속으로 첨벙 뛰어들더니 나무 핀을 향해 헤엄쳐 가서 핀을 들고 물가로 올라왔다. 이것이 샘 패치의 유명한 다이버 경력의 출발점이었다. 나는 그것을 목격했어, 라며 그 노인은 만족스럽게 말했고, 나는 오늘날 그 도시에 그 광경을 목격한 또 다른 사람이 있다고는 생각지 않는다. 샘 패치가 한 말은 이러하다: "흠, 팀 크레인 영감은 자신이 뭔가 대단한 일을 했다고 생각하는가 보군. 하지만 나는 그를 이길 수 있어." 그는 그렇게 말하며 뛰어내렸다.[16]

샘 패치에게 실수는 없었다!

바위 가장자리에서 꾸준히
쏟아져 내리는, 그 소리로 그의 귀를
가득 메우는 물, 번역하기 힘든.
경이!

이것을 시작으로 그는 서부를 순회했는데, 그의 동행은 여행 도중 구입한 여우 한 마리와 곰 한 마리가 전부였다.

그는 고트섬의 바위 턱에서 나이아가라강으로 뛰어들었다. 그러고는 저지로 돌아가기 전에 서부에서 마지막으로 놀라운 구경거리를 보여주겠다고 선언했다. 그는 1829년 11월 13일에 125피트 높이의 제니시강 폭포에서 뛰어내리겠다고 했다. 미국의 아주 먼 곳과 심지어 캐나다에서도 그 놀라운 광경을 보기 위해 사람들이 단체로 찾아왔다.

폭포 가장자리에 점프대가 만들어졌다. 그는 큰 고생을 해가며 아래의 강의 깊이를 확

---

16 찰스 P. 롱웰Charles P. Longwell의 《노인이 들려주는 옛 패터슨에 관한 작은 이야기A Little Story of Old Paterson as Told by an Old Man》(1901)에서 변형 인용.

인했다. 그는 심지어 연습 삼아서 해본 점프를 성공적으로 마치기도 했다.

그날 군중은 도처에서 모여들었다. 그가 나타나더니 늘 그랬던 것처럼 짧은 연설을 했다. 연설! 그는 무슨 말을 했기에 그 말을 완성하기 위해 정말 필사적으로 뛰어내려야만 했던 것일까? 그러고는 아래의 강을 향해 뛰어들었다. 하지만 측심연測深鉛이 떨어지듯 하강하는 대신, 그의 몸은 공중에서 흔들렸다─연설은 그를 저버렸다. 그는 혼란스러웠다. 그 말은 의미가 고갈되어 있었다. 샘 패치에게 실수는 없었다. 그는 측면으로 물에 부딪치고는 사라져 버렸다.

군중이 넋을 잃은 채 서 있는 가운데 커다란 침묵이 뒤를 이었다.

이듬해 봄이 되어서야 얼음덩이 안에 얼어붙어 있는 시체가 발견되었다.

그는 언젠가 나이아가라강의 급류가 내려다보이는 절벽에서 자신의 애완용 곰을 던지고서 하류까지 따라 내려가 곰을 구한 적이 있었다.[17]

---

17 《미국 인명사전Dictionary of American Biography》의 내용을 참조하여 대부분 윌리엄 칼로스 윌리엄스가 직접 쓴 것이다.

II.

방향이 없다. 어디로? 나는
말할 수 없다. 말할 수 없다
어떻게, 라고 밖에는. 어떻게how(울부짖음howl)라는 말만이 내가
마음대로 사용disposal(제안proposal)할 수 있는 말: 지켜보며 —
돌멩이보다 더 차갑게 .

　　　　늘 푸른 꽃봉오리 하나,
단단히 말린 채, 보도 위에 있다, 물기 가득하고
속이 꽉 차 있지만 단절된 채, 무리로부터
단절된 채, 낮은 곳에 떨어져 —

　　　　　단절은
우리 시대 지식의 징표다,
단절! 단절!

　　　　　우리 귓가에our ears
영원히 울리며(지체되며arrears) 우리를
잠과 침묵으로 이끄는 강의 포효, 영원한
잠의 포효 . . 우리의
각성을 요구하는 —

— 미숙한 욕망, 무책임하고 서투른,

손에 쥐었을 때 돌멩이보다 더 차가운,
준비되어 있지 않은―우리의 각성을 요구하는:

신성한 부활절을 환호하며 맞이하는 덜 자란 두 소녀,
(모든 야외의 자리바꿈) 이리저리 누비며

돌아다니는, 무거운 대기
아래, 쏟아져 내린 두꺼운 반투명의
소용돌이무늬들, 그것들을 헤치며 나아가는,
빛을 피한 채: 모자를 쓰지 않은
머리, 그들의 달랑거리며 빛나는 머리카락―

둘―
　　　어떤 것도 녹아 있지 않은
쏟아지는 물 같은 머리카락 사이에서
전혀 이질적인―

둘, 서로 같고자 하는 본능에 얽매인:
리본들, 한 조각에서 잘려 나온,
선홍빛 분홍색, 그들의 머리를 묶고 있는: 하나―
잔뜩 봉오리를 맺은 낮고 잎이 없는 덤불에서 꺾은
버드나무 잔가지가 그녀 손에 들려 있다,
(혹은 장어가, 혹은 달이!)
그것을 든다, 그 모인 물보라를,
공중에, 쏟아지는 공중에 똑바로 선 그것을,
그 부드러운 털을 쓰다듬는다―

아름답지 아니한가!

분명 나는 개똥지빠귀도 아니고 박식하지도 않다,
이래즈머스나 철새처럼 해마다
같은 땅으로 돌아오지도 않는다. 혹은 그렇다 하더라도 . .
땅이 미묘하게
변모해서, 그 정체성이 변해버렸다.

인디언들!

굳이 '나' 라고 말하는 이유는 무엇인가, 그는 꿈꾼다, '나' 는
내 관심을 거의 끌지도 못하는데?

                                          주제는 앞으로
드러나는 모습 그대로다: 잠들어 있다, 인식되지 못한 채—
온전하게, 다른 이들은
움직이게 하지 못하는 바람 속에 홀로—
그런 방식으로: 푸른 덤불이 흔들리는 동안
일요일 오후를 보내는 방식으로.

 . . 산더미 같은 세부 사항들
어렵게, 새로운 기반 위에서 서로 연관되는;
유음類音, 상동물相同物
                                          세 배로 쌓여
이질적인 것을 한데 모아 명확하게 하고
꾹 누른다

돌돌 감기는, 가득한 강물을― 덤불이 흔들리듯이
그리고 흰 학이 날아갔다가
나중에 내려앉듯이! 여름에, 여름에
얕은 물에서, 파란 꽃을 피운
물옥잠 사이에서 하얗게! 만일 그것이
얕은 물에 돌아오기라도 한다면!

　　　　　　　　　강둑 위에서 (노간주나무의) 짧고
조밀한 원뿔형 열매 하나
미친 듯이 떨고 있다
무관심한 돌풍 속에서: 수나무― 거기 뿌리 내린 채
서 있다 .

생각이 되살아난다: 왜 나는 아름다움밖에는
상상하지 못한 걸까, 오래전에 나를 일부러
죽음의 길로 몰아넣은 후, 아름다움은 없거나
불가능해져 버렸는데?

　　　　　　　　고래의 숨결처럼 퀴퀴하다: 숨결!
숨결!

　　패치는 뛰어내렸지만 커밍 부인은 비명을 지르며
　　떨어졌다― 보이지 않은 채(비록
　　그녀는 가장자리에서 20피트 되는 곳에서 30분
　　넘게 남편 곁에 서 있었지만).

　　: 이듬해 봄에 얼음 덩어리 안에서

언 채로 발견된 시체; 혹은 다음 날
진흙 소용돌이에서 끌어 올린 시체—

조용하고 말이 없는 그 둘은

겨우 최근에야, 최근에야! 알기 시작했다, 분명히
(투명한 얼음 너머로 보듯) 알기 시작했다, 내가 어디서
숨을 쉬는지를, 혹은 어떻게 숨을 분명히
사용하는지를— 잘은 아니더라도:

　　　　　　분명히!
붉은 가슴의 방울새가 간청한다. 분명히!
분명히!

—그리고 보라, 황홀하게! 폭포 가장자리에 선
나무의 나뭇가지 하나, 얼룩덜룩한
나뭇가지 하나가, 허락되지 않은 채,
허리가 굵은 플라타너스의
빙빙 도는 가지들 사이에서, 특히 덜
흔들리는 것을, 따로 떨어져, 기린 같은 어색함으로
천천히, 긴 중심축으로
살짝, 거의 눈에 띄지 않을 만큼 아주 살짝
흔들리는 것을, 그 자신은 폭풍이면서:

그와 마찬가지다

한 남자의 신비를 찌르는 굵직한 번갯불들

사이에서 기린 같은 어색함을 보이는
그 첫 번째 아내도: 요컨대, 하나의 잠, 하나의
원천source, 하나의 재앙scourge .

　　　　　통나무 위에서, 화려하게 꾸민 머리를
흰개미 집처럼 꽉 묶은 채 (대오를
형성하며), 온전하게
다른 이들 떠받치는 통나무를
늙은 허벅지로 경건하게 꽉 붙든 채―
경계하며: 노래하는 얼룩덜룩한 나뭇가지를
알기 시작한다 .

　　　　　분명 대학은 **아니다**,
달콤한 숨결 억눌린 채
보도에 떨어진 푸른 꽃봉오리: 단절 (언어가
더듬거린다)

　　　　　　　　　미숙한:

그 열린 입에서 부활절을 탄생시키는
두 자매―크게 외친다,

　　　　　단절!

　　　　　　　　　그 푸른
덤불이 흔들리는 동안: 그곳이 내가

숨을 쉬는 곳이다, 흔들리며, 온전하게,
따로 떨어져, 잠시 활기를 띠며, 잠깐 동안
두려움 없이 . .

다시 말하자면, 물론 서투른
말이겠지만, 첫 번째 아내가 있고
첫 번째 아름다움이 있다, 복잡하고, 달걀 모양을 한―
그것을 계속 거기 붙들어 두어야 한다는 압박감을 느끼며
물러서 있는 목재 꽃받침 조각, 선천적인

꽃 속의 꽃, (마음속의) 역사가
양치식물 무성한 바위들 사이에 웅크린
그 꽃이 이름들을 비웃는다
그로써 그것들을 함정에 빠뜨린다고 생각하며. 탈출!
절대 달려가지 않고 가만히 누워 있음으로써―

바위들 속 자신의 굴 옆에
자신만의 등나무 숲을 지닌 역사,
그 숲에 반쯤 숨어, 등나무 줄기와 줄무늬
뒤섞은 채, 싱긋 웃는다 (거부된 아름다움)
백과사전을 위해서가 아니라.

우리가 충분히 가까이 있었다면 역사의 고약한 숨결이
우리를 떨어뜨렸을 것이다. 바위 위의 신전은

그것의 형제, 그 위풍당당함은

정글에 있다ー휙 뛰어오르기 위해,

배움의 소총탄이 발사되면: 죽여서

　그 뼈를 빨기 위해:

이 끔찍한 것들을 그것들은 비춰준다:

물속으로 떨어지는 눈,

일부는 바위 위에, 일부는 건초 위에

그리고 일부는 물에 내려 그 속으로

사라진다ー그것의 형태는 더 이상 예전과 같지 않다:

내려앉는 새, 추진력을

줄이려고 발을 앞으로 뻗는데

그럼에도 앞으로 넘어져

잔가지 사이로 떨어진다. 바람에 휘어지는

목이 약한 데이지 ．．．

　　　　　　　　　　　　태양은

덤불 주위의 노란 덩굴식물을

감아올린다; 지렁이와 각다귀, 돌 아래의 생물.

모자이크 무늬 피부와 광란의 혀를 지닌

가련한 뱀. 말, 황소

분열되는 생각이 거리에 깡통처럼 떨어져

무無로 돌아가며 내는 모든 소음

그리고 화물기관차의 우스꽝스러운

위엄ー

하루하루의 출구들과 입구들의
간결한 철학들, 휘청이는 책상의 한쪽 끝을
책들로 받치고 있는―
모호하고 정확한 사건들이 언어와 둘씩
춤을 추며 그것을 영원히
능가하고― 어둠에 뒤엉킨 채
동이 튼다―

    거인, 그 거인의 구멍들 속에서 우리는
동거한다, 어떤 공기가 우리를 버티게 해주는지도
모른 채― 모호한, 상세하면서도
역시 모호한

    그의 생각들, 그 흐름과
우리, 우리 둘, 그 흐름에 고립된,
우리 또한: 셋 다 똑같이―

    우리는 앉아서 대화한다
나는 당신과 침대에 누워 있고 싶어, 우리 둘이서
마치 그 침대가 흐르는 침대라도 되는 양
   ― 나는 당신에게 할 말이 많아

    우리는 앉아서 이야기한다,
조용히, 중간중간 오래도록 침묵하며
그리고 나는 알고 있다
언어 없이, 말 없는

당신 눈의 조용한 천국 아래로
흐르는

      그 흐름을; 당신과
침대로 가기 위해, 만남의 순간 너머로
가기 위해, 그러는 동안 그 흐름은
여전히 공기 중에 떠 있다, 떨어지기
위해―
산산이 부서지기 전에, 벼랑 끝에서
당신과 함께―

        그 순간을 즐기기 위해.

우리는 앉아서 대화한다, 잠깐 동안
우리에게 몰려오는 거인의
격렬한 물살의 돌진하는 충격을
살짝 느끼며.

      그것은 다른 이들에게 요구되었고
너무 재빨리 주어진 것이기에, 만일 내가
그것을 요구해야 한다면, 당신은
동의해야만 한다. 만일 당신이 동의한다면

      우리는 앉아서 대화하고 침묵은
거인들에 대해 이야기한다,
과거에 죽었으며 그 만족스럽지 못한

장면들로 다시 돌아온 만족하지 못한
거인들에 대해, 말 없는, 바위들 사이에서
모습을 드러내는 바위 어깨 시냐크에 대해―그리고
그 거인들은 당신의 침묵과 인정받지 못한
욕망 속에서 다시 산다―

그리고 물 위에 누워 있는 대기는
잔물결을 들어 올린다, 형제에서
형제로, 마음이 만지듯 만지며,
역류, 거슬러 흐르는 물결은
들판을 만들어 낸다, 뜨거운 물과 차가운 물은
나란히 흐르지만 절대 섞이지 않고, 낭떠러지에서
거꾸로 빙빙 돌고 보이지 않게 위로
감긴다, 푹 꺼진 곳 채운다, 빙빙 돌며,
동행―하지만 떨어져서, 고통에
주의하며, 물보라를 걷어 내며 위아래로
쓸어내린다―

       별개의 세상들에 대한 소문을
만들어 낸다, 물고기에 맞서는 새들, 꽃이
만발한 검은딸기나무 옆에서 썰물 때의
물결과 함께 물결치며 쏟아져 나오는
푸른 수초에 맞서는 포도, 우레와 같은 홍수―
노래와 날개들

       다른 것과 같지 않은 하나, 다른 것의
쌍둥이, 나란한 기벽들에

정통한, 물방울과 눈물^淚을
품은, 이향^{離向}운동[18]을 하는, 바위들 사이로
단속적으로 몰려들며 대기를 달래주는 물—

만 피트 높이에서, 아이티의 칙칙한 산들,
포르토프랭스[19] 뒤의 내해^{內海}를 넘어오는 동안
황산구리가 옅은 물결무늬로 기다란
자국을 냈다, 형편없이 염색된, 풀린
머리카락처럼 더럽게 — 섞여든
화학 폐기물처럼, 해안을 먹어치우며 . .

그는 기체를 기울이며 만의 거친 물결을
때렸다, 세게; 그러다 다시 들어 올리더니
서서히 내려오며 다시 세게 때렸지만
이번에는 그대로 머무르며 그들이 기다리고 있던
부두로 천천히 이동했다 —

　　　　(칼로스는 70년대에 그곳에서 도망쳤다
내 조부모의 초상화, 가구, 은제품,
심지어 식탁에 차려진 따뜻한 음식까지
내버려둔 채, 거리의 저 끝에서 혁명주의자들이
몰려오기 전에.)[20]

18　양쪽 눈이 서로 반대 방향으로 향하는 운동을 가리킨다.
19　아이티의 수도.
20　"1만 피트 높이에서, (…) 몰려오기 전에"는 윌리엄 칼로스 윌리엄스가 1941년에 처음으로 비행기를 타고 푸에르토리코로 간 여행을 묘사한 것이다.

저는 오늘 어머니를 보러 갔습니다. 제 언니 '빌리'는 교사校舍에 있었어요. 저는 언니가 있을 때는 절대 집에 가지 않거든요. 어머니는 어제 속이 쓰렸다고 했습니다. 침대에 누워 계셨죠. 그런데도 '빌리'가 일을 끝내는 걸 도와주셨더군요. 어머니는 늘 자신의 역할을 다하려고 애써왔고, 늘 자식들에게 무언가를 해주려고 애쓰십니다. 떠나기 며칠 전, 저는 어머니가 제 바지를 수선하기 시작하는 걸 봤어요. 저는 어머니에게서 바지를 빼앗고는 말했죠. "어머니, 정신도 온전치 않으신데 저 때문에 그러시면 안 돼요. 그런 일은 제가 늘 루이자나 토니 부인에게 부탁한다는 거 아시잖아요." '빌리'가 고개를 들더니 말했어요. "참 안됐네."

이미 말했다시피 저는 일을 도왔고, 매일 세 번 설거지를 했고, 마루와 현관을 쓸고 닦았고, 마당을 청소했고, 잔디를 깎았고, 지붕에 콜타르를 발랐고, 보수 작업을 했고, 빨래를 도왔고, 식료품을 들여왔고, 통을 밖으로 꺼내서 매일 아침마다 씻었습니다. 가끔은 심지어 똥이 들어 있는 '빌리'의 통도 씻었죠. 그리고 다른 일도 했는데, 그런데도 '빌리'는 "너는 여기서 하는 게 아무것도 없어"라고 흔히 말하곤 했어요. 한번은 이렇게도 말하더군. "요전 날 아침에 널 봤는데, 뭔가 하는 척을 하면서 현관을 쓸고 있더라."

물론 '빌리'는 외과용 칼에 신체 일부가 잘려 나갔고 갱년기를 겪었으며 얼굴이 마비되는 뇌졸중을 겪었지만, 언니는 늘 별나게 행동하고 남을 쥐고 흔들려고 해요. 하트포드에 있는 또 다른 언니가 말하길, 자기는 빌리가 자기한테 덤벼들 만큼 크기 전까지 빌리를 때려주곤 했다고 하더군요. 저는 빌리가 자기 남편의 뺨을 똑바로 때리는 걸 본 적도 있습니다. 빌리가 한 주 내로 돌아오지 않았다면 저는 빌리를 쓰러뜨려 버렸을 거예요. 빌리는 부지깽이 같은 걸 들고 제게 덤볐지만, 저는 늘 빌리한테 공격하지 말라고 했어요. "실수하지 마." 저는 늘 경고하곤 했죠.

'빌리'는 근면하고 성격도 철저하지만 늘 남 탓을 하고 싶어 합니다. 저는 하트포드에서 제 친구한테 빌리는 꼭 우리 주인아주머니인 **피스톨** 같다고 말했어요. 그는 자신에게도 그런 누나가 있다고 말했죠.

어머니에 관해 말하자면, 어머니는 불에 사로잡혀 있습니다. 그래서 어머니는 자기가 죽었을 때 제가 거기 혼자 남길 원치 않으시는 거죠. 아이들은 다들 몇 년 동안이나 말해왔습니다. 어머니가 다른 어떤 자식보다 저를 더 생각한다고.

T.[21]

> 그들은 도움이 되지 않고, 티눈으로 절뚝거려요. 내
>
> 생각에는 그가 날 죽이려는 것 같아요, 뭘 어떻게 해야
>
> 좋을지 모르겠어요. 그는 자정이 지나서야 들어오고,
>
> 나는 잠든 척을 해요. 그는 거기 서 있어요,

---

21 미국의 시인 알바 N. 터너Alva N. Turner가 윌리엄스에게 보낸 편지의 추신.

나는 나를 내려다보는 그를 느껴요, 나는
두려워요!

　　　　　누가? 누가? 누가? 뭘?
여름날 저녁에?

감자 1쿼트, 오렌지 여섯 개,
아주 많은 사탕무와 몇몇 수프용 채소.
봐요, 이를 전부 새로 해 넣었어요. 아니
열 살은 더 젊어 보이시네요.

하지만 절대, 절망하고 분노에 차
위트를 욱여넣기를 잊지 말 것, 거기서 그것이
점잖고 단순한 그의 생각들을 발견해 낼 때까지,
그리고 절대 잊지 말 것, 비록 그의 생각들이
점잖고 단순할지언정 절망과
불안은 정력이 넘치는 사람의 품위와
세밀함임을—

그리하여 고상한 예절의 문제에 있어서 그는 현명하다.

제정신이 아닌 해결책들은 당장 그를
뒷골목으로 내몬다, 다시 시작하게 한다:
지독한 냄새를 뚫고 텅 빈 위층의
음란한 만남으로 향하도록. 그리고 거기서 그는
빨간 막대사탕의 문드러진 달콤함을 발견한다—
그리고 깽깽 짖어대는 개를:

이리 와 **그래**, 치치! 그렇지 않으면

더 이상 웃지 않고 무표정한

검은 배꼽 사랑의 속임수로 슬퍼하는

커다란 배는 . .

그것들은 그의 개념 전체의 분열과

불균형이다, 동정과 우롱하는 욕망으로

나약해진; 그것들은—관념이 아니라

사실을 통해서 . .

저는 분명 당신에게 원한을 품고 있지 않지만, 당신을 그 허황된 결말 쪽으로 몰아갈 것이고, 당신에게 당신 자신의 신화에 따르라고 애원할 것이며, 어떤 식으로든 그러길 미루는 것은 당신 자신에 대한 거짓말임을 호소하려 합니다. 지연은 우리를 야비하고 천박하게 만듭니다: 제가 저 자신과 남들에 대해 할 수 있는 말은, 어떤 사람의 배속에 본디오 빌라도가 아니라 굶주린 나사로가 들어 있다면, 그가 어떤 거짓말을 하든 간통을 하든 심지어 돈을 사랑하든 그것은 그리 중요한 게 아니라는 것뿐입니다. 한때 플로티노스는 물었습니다. "철학이란 무엇인가?" 그리고 그는 대답했습니다. "가장 중요한 것이다." 고故 미겔 데 우나무노 또한 외쳤습니다, 괴테가 죽을 때 그랬듯 "더 많은 빛, 더 많은 빛을!" 이 아니라 "더 많은 온기, 더 많은 온기를!"이라고. 저는 빌라도의 조롱하는 듯한 돌 같은 마음을 그 무엇보다 더 증오합니다; 저는 그 마음을 기만과 거짓과 모든 세속적인 혀에 도사린 악의적인 작은 독사들보다 더 혐오합니다. 그것이 제가, 당신의 말을 빌리자면, 당신을 공격하는 이유입니다. 당신이 부정한 돈을 위해 속이거나 거짓말을 한다고 생각해서가 아니라, 당신이 누군가의 배속에서 갈가리 찢긴 갈릴리 사람을 조금이라도 볼 때마다 거짓말을 하고 짜증을 내고 속이기 때문에. 당신은 그런 사람을 보는 일을 증오합니다; 그것은 당신을 몸부림치게 하지요; 그것이 바로 모든 미국인이 '외향적인 사람 extrovert'이라는 그 하층민적 단어를 맹목적으로 사랑하는 이유입니다. 물론, 당신이 쓴 어떤 아주 사랑스러운 구절들이 보여주듯, 당신의 본성이 그만큼 어리석진 않겠죠.

하지만 결론짓자면, 당신과 저는 서로가 없어도 잘 지낼 수 있습니다. 사람들이 보통 습관처럼 그러듯 질척거리는 방식으로 말이죠. 저는 불가피한 죽음을 맞이하기 전까지 생명과 죽음에 대한 저의 독백을 이어갈 수 있습니다. 하지만 그것은 잘못된 일입니다. 그리고 이미 말했듯이, 제가 저 자신을 위해 무슨 덫을 놓든, 저는 이 나라의 영혼의 방랑자들과 이슈미얼Ishmael**22**들을 외면하면서 포나 릴케나 디킨슨이나 고골 때문에 슬퍼하

---

22 '이슈미얼'은 미국의 소설가 허먼 멜빌Herman Melville의 소설 《모비딕Moby Dick》의 화자로 성경에 등장하는 '이스마엘'에서 따온 이름이다. 관용적으로 '추방자'나 '사회에서 버려진 자' 등을 뜻한다.

진 않을 겁니다. 저는 예술가는 이슈미얼이라고 말했습니다; 나를 이슈미얼로 불러달라, 라고 멜빌은 《모비딕》의 제일 첫 문장에서 말합니다; 그는 야생 당나귀 같은 인간입니다; ─ 이슈미얼은 고통을 의미합니다. 보세요, 저는 미국 문학과 시의 묘지에서 애처로운 묘비명을 읽을 때 늘 현재에 관심을 기울이는데, 이 땅에서 아파한 머리와 심장을 저울질해 보면 당신은 그렇지 않다는 걸 알 수 있습니다. 당신에게 있어 책과 그것을 쓴 사람은 별개의 존재입니다. 문학과 연대기의 시간 개념은 사람들이 그런 거짓된 분열을 쉽게 만들어내게 합니다. 그런데 제가 말이 많아지고 있군요: ─

E. D.[23]

---

23 미국의 소설가 에드워드 달버그Edward Dahlberg가 1943년에 윌리엄 칼로스 윌리엄스에게 보낸 편지에서 인용.

당신은 얼마나 이상한지, 이런 멍청이 같으니!
그래서 당신은 장미가 붉기 때문에
당신이 지배력을 가질 거라고 생각하는가?
장미는 푸르고 꽃을 피울 것이다,
당신보다 높이 솟으며, 푸르게, 검푸르게,
당신이 더는 말하지도 맛보지도
심지어 존재하지도 못할 때. 나는 평생
부분적인 승리에 너무 오랫동안 매달려 왔다.

하지만, 날씨에 지배되는 존재로서, 나는
이기기 위해 필요 이상으로
빨리 가고 싶진 않다.

　　　　　　당신 자신을 위해 그것을 음악으로 만들라.

그는 바닥에서 머리핀을 주워서
귓속에 밀어 넣었다, 안쪽을
이리저리 살피며 —

녹는 눈이
그의 창문 코니스에서 떨어졌다

1분에 90번 ―

그는 발치의
리놀륨에서 어떤 여자의 얼굴을
알아보았다, 그의 손에서

최근에 사용했던 강한
로션 냄새가 났다, 라벤더 향,
엄지손가락을

왼쪽 집게손가락 끝 쪽으로 말아 넣고
그게 매번 아래로 내려가는 걸 지켜보았다,
자기 발을 핥은 고양이의

머리처럼, 그것이 내는 희미한
줄질 소리를 들었다: 그의 귀는
흙으로 가득 차 있다, 아무 소리도 들리지 않는다

: 그리고 그의 생각은 솟아올랐다
장엄한 상상 속 기쁨으로,
불의 고리를 통과하듯

그가 눈동자를 살피고
빛이 흐르는
가운을 두른 채

나타날 그곳으로. 어떤 욕망의

영웅적인 새벽이
그의 생각 속에서 거부된 것일까?

그것들은 나무다
빗물이 흐르는 그 잎사귀에서
그의 마음이 욕망을 들이마시는 :

누가 나보다 어리지?
　　경멸스러운 잔가지?
과거의 나였던? 먼지가
　　최근에 포기한

마음의 퀴퀴함? 바람에
　　약한.
연약한? 공간을 차지하지 못한,
　　그것이 전혀 몰랐던 세상

정신의 녹지와
　　자줏빛이 도는 회색 나라들의
지도를 새기기에는
　　너무 좁은.

나의 주름에 어울리지 않는
　　잎사귀 스무 개 달린
한낱 나뭇가지 하나.

그것은 무엇이 될 것인가,

지금까지의 나와는 다른,
　건방진 놈?
나는 그것을 두르고
　계속해 나간다, 끈질지게.

그것을 썩게 내버려두라, 나의 중심에서.
　누구의 중심?
나는 일어서서 젊음의 수척함을
　초월한다.

나의 표면이 곧 나 자신.
　목격되는 것
아래에는 젊음이
　묻혀 있다. 뿌리?

뿌리가 없는 사람은 없다.

우리는 계속 살아간다, 우리는 우리가
계속해 나가도록 허락한다― 하지만 분명
대학을 위해서는, 그들이 각자 혹은 단체로

출간하는 것을 위해서는 아니다: 자신들이
누구에게 신세 지고 있는지 대개 잊어버린
걷잡을 수 없는 사무원들.

지글지글 소리를 내며 불 속에서 육즙을 흘리는

구운 돼지고기 같은

고정된 개념들에 뱉어진

다른 무언가, 똑같은 다른 무언가.

　그는 대기실에서 차례대로 들어오는, 고통으로 마구 지껄여대는 어머니들의 스무 명 이상의 아기들을 검사하고 치료하는 일보다 버려진 마요네즈병, 즉 어떤 환자가 검사용 표본을 담아 온 유리병에서 라벨을 떼어내는 데 훨씬, 훨씬 더 신경을 썼다. 그는 벽감 안에 서서 잘 보이지 않는 싱크대 바닥에 병을 놓고 씻는 척했고, 물줄기가 떨어지며 튀기는 가운데 손톱으로 유색 라벨의 가장자리를 긁으며 단단히 접착된 종이를 떼어내려고 애쓰곤 했다. 그런 식으로 붙이려면 골고루 니스를 칠했을 것이다, 라고 그는 주장했다. 그럼에도 불구하고 그는 모서리 부분을 떼어냈고 이내 나머지 부분도 떼어냈다: 그러면서 불안해하는 부모와 매우 능숙하게 상냥한 대화를 나누었다.

아기를 제게 주시겠어요? 젊은 유색인종 여자가 침대 옆에

벌거벗은 채로 서서 작은 목소리로 말했다. 거절당하자

그녀는 자기 안으로 움츠러들었다. 그녀 또한 거절했다. 너무

불안해요, 그녀가 말했다, 그러고는 이불을 당겨 몸에 둘렀다.

대신, 이것:

대체로 궁핍한 시대에

개인 목축, 본채에

20쿼트의 우유와 8쿼트의 크림,

온갖 신선한 야채, 사탕옥수수,

수영장, (비어 있는!) 겨우내

난방을 해둔 1에이커 면적의

건물 (수도관을 보호하려고)

사월의 포도, 잡초 같은

서양란, 잘라주지 않은, 눈이 휘날리는 동안

열대지방의 열기 속에 줄기가 축

늘어지도록 남겨진, 심지어 도시의

전시회에도 전시되지 않은. 위에서부터 아래까지

모든 고용인에게

똑같은 비율로ー거기 있는 사람

수만큼: 매일 1파운드의 버터와

신선한 채소ー심지어

문지기에게도. 특별한 프랑스 아가씨,[24]

그녀의 유일한 임무는 잠들어 있는

애완견 포메라니안을 돌보는 일.

1714년에 아쿠아카논크에서 세례를 받고 1803년에 몬트빌 인근에서 죽은, 419.58½달러로 평가된 재산과 동산을 소유했던 코닐리어스 도리머스. 그는 사망 당시 89세였고, 분명 자신의 농장을 자식들에게 넘겨준 상태였으며, 그리하여 소유물은 개인적 안위를 위해 필요한 것이 전부였다: 셔츠 24벌, 19.88달러(한 벌당 82½센트): 시트 5개, 7달러: 베갯잇 4개, 2.12달러: 바지 4벌, 2달러: 시트 1개, 1.37½달러: 손수건 1개, 1.75달러: 모자 8개, 75센트: 구두 쥠쇠와 나이프 2벌, 25센트: 스타킹 14켤레, 5.25달러: '손모아장갑' 2켤레, 63센트: 리넨 재킷 1벌, 50센트: 반바지 4벌, 2.63달러: 조끼 4벌, 3.50달러: 외투 5벌, 4.75달러: 노란색 외투 1벌, 5달러: 모자 2개, 25센트: 신발 1켤레, 12½센트: 상자 1개, 75센트: 큰 의자 1개, 1.50달러: 상자 1개, 12½센트: 장작 받침쇠 1벌, 2달러: 침대와 침구 1개, 18달러: 공책 2개, 37½센트: 작은 트렁크 1개, 19½센트: 비버 털 모자, 87½센

24 미국의 악명 높은 자본가 제이 굴드Jay Gould의 딸이자 상속인, 사교계 명사였던 애나 굴드Anna Gould. 프랑스인 남편과 결혼 후 파리에서 살았다.

트: 갈대 펜 3개, 1.66달러; '깃펜' 1개, 50센트.[25]

누가 지식을 제한하는가? 누군가는
상류층과 하류층 사이,
한때 삶이 번창했던 그곳에
말도 안 되는 해자垓子를 만든 것이
중산층의 부패라고 말한다 . . 정보의
대로大路들의 지식 ―

그래서 우리는 어디가 정체 구간인지
(제시간에) 알지 못한다. 그리고 만일 그들이
지식만 많은 멍청이가 아니라면, 대학은,
최소한 정보 제공자는 아닌 그들은
그 틈을 뛰어넘을 수단을
고안하는 중이어야만 한다. 입구? 정체 구간을
끊임없이 만들어서 이익을 얻는
특별한 관심들의
피상적인 가면들.

　　　그들은 죄를 정화해 주어야 할
해방을 막고 특권을
개인적 보상인 양 여긴다.
다른 이들에게도 잘못은 있는데, 왜냐하면

25 《패터슨시와 뉴저지주 퍼세이익 카운티의 역사》에서 변형 인용.

그들은 아무것도 하지 않기 때문이다.

29일 해 질 녘이 되자 대단히 많은 양의 진흙이 드러났고 물도 대부분 빠졌다. 물고기들이 그물로 뛰어들진 않았다. 하지만 새까맣게 모인 사람들이 버드나무 아래 우두커니 서서 물 빠진 호수 바닥에 있는 사내들과 소년들을 쳐다보는 모습이 차에서도 보였다 ... 댐에서 몇 백 야드 앞에서.

바닥 전체가 사람들로 뒤덮여 있었고, 무게가 3~4파운드에 달하는 커다란 뱀장어들이 언저리로 다가오면 소년들이 덤벼들었다. 이때부터 모두가 자신이 원하는 것을 순식간에 전부 잡아들였다.

30일 아침, 소년들과 사내들은 여전히 거기 있었다. 특히 뱀장어는 끝도 없이 잡히는 듯했다. 1년 내내 호수에서는 꽤 많은 물고기가 잡혔다; 하지만 거기에 얼마나 많은 물고기가 살고 있는지는 아무도 몰랐다. 이상하게도 뱀은 한 마리도 보이지 않았다. 물고기와 뱀장어가 호수 전체를 독차지한 것 같았다. 수영하는 소년들이 종종 호수 바닥에 커다란 뱀이 가득해서 자신들의 팔다리와 발을 건드린다고 전했었지만, 그것은 틀림없이 뱀장어였다.

물고기를 가장 많이 잡은 것은 그물을 챙겨 온 사람들이 아니었다. 진흙탕에서 가장 많은 물고기를 건져낸 사람들은 그물을 사용할 수 없는 진흙탕 속으로 뛰어든 망나니들과 사내들이었다.

복숭아 바구니를 들고 창고로 가던 남자가 그 바구니를 소년에게 주었고, 소년은 뱀장어 머리 뒤 등골뼈를 날쌔게 붙잡아서 빠져나가지 못하게 하여 5분 만에 바구니를 가득 채웠으며, 남자는 뱀장어로 가득한 바구니 하나당 그리 많지 않은 금액인 25센트씩 쳐주었다. 사람들이 더 몰려들었다. 그곳에는 물고기가 수백만 마리나 있었다. 도로 양편에 무더기로 쌓인 채 늘어선 물고기를 운반해 가기 위해 짐마차가 불려 왔다. 그것들 뒤로 어린 소년들이 집으로 가져갈 수 있는 물고기를 최대한 막대기에 꿰고 가방과 바구니에 담아서 끌고 가고 있었다. 걸어가는 길 내내 메기가 쌓여 있었고, 서커sucker와 강꼬치고기가 가득했으며, 견직공이 잡은 블랙배스 세 마리가 막대기에 꿰어져 있었다. 7시 15분에 짐마차 한 대가 물고기와 뱀장어로 가득 찼다 ... 이미 짐마차 네 대 분량의 물고기와 뱀장어가 실려 간 후였다.

적어도 50명의 사내들이 호수에서 열심히 작업하며 모래톱의 진흙 위로 미끄러지듯 움직이는 커다란 뱀장어들을 막대기로 때려 기절시켰고, 그리하여 밖으로 들고나올 때까지 붙잡고 있을 수 있었다: 사내들과 소년들은 진흙 속에서 첨벙거렸다.... 밤이 돼도 그 광경은 끝나지 않았다. 밤새도록 호숫가에 불을 비추고 진흙에 손전등 불빛을 드리운 채 작업은 계속됐다.[26]

26　1936년 8월 28일 자 〈프로스펙터*The Prospector*〉 기사에서 발췌 인용.

움직임이 없는

그는 부러워한다, 달려서

주변부를 향해 —

다른 중심들로, 곧장 —

도망칠 수 있던 사람들을,

명료함 (만일 그들이

그것을 발견했다면)

　　　　　세상의 사랑스러움과

권위를 위해 —

일종의 봄날

그들의 마음이 열망했지만

그가 자신 안에서 — 얼음에 갇힌 채

보고는

뛰어내린, "시체, 이듬해

봄이 되어서야 얼음 덩어리 안에서

언 채로 발견된"

　1875년 8월 16일 2시 정각이 되기 직전, '포스트 앤드 샌포드' 사의 레너드 샌포드 씨는
폭포에서 수도 회사의 개선 작업을 하면서, 수차 건물 근처의 아주 깊은 틈을 들여다보고
있었다. 그는 옷이 뭉쳐 있는 것처럼 보이는 무언가를 보았고, 급류가 가라앉고 솟구치는
동안 이따금 유심히 쳐다보는 와중에 사람의 다리를 똑똑히 볼 수 있었는데, 몸은 통나무
두 개 사이에 아주 놀라운 방식으로 놓여 있었다. 몸은 이 통나무들의 '가랑이'에 걸려 있
었다.
　사람의 몸이 벼랑에 걸려 있는 모습은 실로 끔찍하면서도 진기한 광경이었다. 그것이

발견되었다는 소식은 그날 하루 종일 아주 많은 수의 방문객을 끌어들였다.[27]

무엇이 더 필요한가, 일을 완수하려면?

반쯤은 붉은빛, 반쯤은 자줏빛으로 김을 내뿜는 강,
공장의 배출구에서 뜨겁게 뿜어져 나와
소용돌이치며 거품을 내는. 죽은 강둑.
번들거리는 진흙 .

그가 달리 무엇을 생각할 수 있을까― 능욕당한 공원의
자갈길을 따라 걸으며, 거친 일꾼들의 아이들이
풀을 뜯고, 발로 차고, 비명을 지르는 것에
마음이 찢긴 그가? 화학, 학문적 오용의
당연한 귀결, 정확한 법칙이
정확하게 놓치고 마는 . .

그는 생각한다: 먹고 키스하고
뱉고 빨고 말하는 그들의 입; 다섯으로
이루어진 무리 .

그는 생각한다: 두 눈; 어떤 것도 그것으로부터 도망치지 못한다,
양치식물과 꿀 냄새로 둘러싸인
나선형의 성적인 난초 역시, 죽음이
마지막으로 동의할 때까지.

27 1936년 11월 12일 자 〈프로스펙터〉 기사에서 발췌 인용.

그리고 형편없는 기념품들의 음악, 인조가죽
케이스에 담긴 빗과 손톱 다듬는 줄의 음악에 맞춰
뜨거운 북에서 비단이 뿜어져 나온다―그에게
상기시켜 주기 위해, 상기시켜 주기 위해! 그리고
다들 울며, 울며 돌아간 두 아이
사이에 자신이 있는 사진을 든
남자― 재혼한 과부의
밀실에서, 거친 입
하지만 수고로운 방식, 술 취한 남편을
몰아가는 . .

파리 따위야 내가 알 게 뭐람, 이런 빌어먹을.
나는 하루 종일 집 밖에 있는데.

하수구 안으로 그들은 죽은 말을 던져 넣었다.
이게 어떤 탄생을 예언하지? 내 생각에는
그가 머지않아 장편소설을 쓸 것 같아 .

P.[28]   당신의 관심은 그 망할 찰흙loam에 있지만
         내가 추구하는 것은 완성품입니다.

I.[29]   지도력은 제국으로 이어지고; 제국은 오만함을
         야기하고; 오만함은 파멸을 부른다.

그것이 그의 재빠른 동작의 수수께끼다.

---

28   윌리엄 칼로스 윌리엄스의 친구였던 미국의 시인 에즈라 파운드Ezra Pound를 의미한다.
29   '나', 즉 윌리엄 칼로스 윌리엄스를 가리킨다.

그리하여 무엇보다도 그는 새 차를 몰고
교외로 간다. 대황大黃 농장
옆으로— 간단한 생각—
세인트 앤 수녀원이
수수께끼를 가장하는 곳으로

                              가난뱅이의
피부처럼 붉은, 비위에 거슬릴 만큼 붉은 이 벽돌이
불러일으키는 짜증은 무엇인가? 시대착오적인?
                              거리와 밀실의
비밀—
소매에 코를 닦으며, 이곳으로
꿈꾸러 오는 . .

모서리가 날카로운, 안으로 아무 얼굴도 보이지 않는
공동주택의 창문— 커튼이 없는데도, 안을
들여다보는 것은 새나 곤충뿐, 혹은
그것들이 가끔 감히 뒤돌아보는
달이 안을 응시할 뿐.

그것은 정확히 저속한 거리의 보완물,
제어된 수학적 고요, 건축물의
경계, 저기는 가라앉고, 여기는 솟아오르는 .
똑같이 공허하고 노려보는 눈들.

                              믿을 수 없을 만큼
서투른 연설,

무분별한 강간─손과 무릎으로
기름투성이 복도를 문지르며 목격된; 통에서 끓는 피, 그것들이
흠뻑 적시는─

성인군자들, 유리 보석들
그리고 그 적당한 종이꽃들, 당황스럽게
복잡한─이곳에서 그것들의
거리낌 없는 아름다움을 누리는, 게다가:

그것들, 입에 담지 못할 그것들,
버려진 곡식 가루가 든 싱크대와
맛이 변한 고깃덩어리, 우유병 뚜껑: 이곳에서
평온함과 사랑스러움을 누리는.
이곳에서 (그가 생각하기에)
고요하고 소박한 금상첨화를 누리는.

                그는 근무 교대를 한다:

"올해(1737년) 12월 7일 밤에 엄청난 소음을 동반한 지진이 커다란 충격을 가져다주었다; 사람들은 침대에서 깨어났고, 문은 휙 열렸으며, 굴뚝에서 벽돌이 떨어졌다; 몹시 경악스러운 일이었지만 다행히 큰 피해는 뒤따르지 않았다."[30]

                생각이 기어오른다,

30 《뉴저지주의 역사 모음》에서 인용.

달팽이처럼, 햇빛과 눈빛 가닿지 않는
젖은 바위들 위로ㅡ

　　　　　쏟아지는 급류에 둘러싸여ㅡ
거기서 태어남과 죽음을 겪는다
그 축축한 공간 안에서, 세상과
격리되어ㅡ세상에 알려지지 않은 채
신비를 둘러 자신을 가린다ㅡ

　　　　　그리고 신화는
바위를 움켜잡고,
물을 움켜잡고, 그곳에서 번성한다ㅡ
그 동굴, 그 심원한 틈 속에서,
　　　　　　　　어른거리는 초록빛으로
공포를 불러일으키며, 지켜보며 . .

그리고 그 소음 속에, 가려진 채 서 있는 것은
바로 그 수다쟁이, 모든 말의 아버지인
대지 . . . .

주의사항 "분명 운율을 산문과 속어의 영역에 더 가까운 것으로 만들기 위해, 히포낙스는 자신의 단장격 시를 단장격 대신 장장격이나 장단격으로 끝냄으로써 리듬 구조에 극도의 격렬함을 부여했다. 이런 기형적이고 훼손된 시는 χωλίαμβοι 혹은 ἴαμβοι ɓκάζοντες(절뚝 거리는, 혹은 다리를 저는 단장격 시)라고 불렸다. 그것은 문체에 흥미로운 퉁명스러움 을 부여했다. 시에서의 파행跛行 단장격은 인간 본성에서의 난쟁이나 불구자나 다름없다. 여기서 다시, 이런 멈칫하는 운율을 받아들임으로써 그리스인들은 자신들의 예민한 미학 적 예의범절을 드러냈고, 비뚤어진 시와 왜곡된 주제 사이에 존재하는 조화를 인식하면 서 풍자가의 으르렁거리는 정신에 동의하는 동시에 인류의 악덕과 도착倒錯 또한 다루었 다. 기형적 시는 기형적 도덕성에 잘 어울렸다."

—《그리스 시인 연구》, 존 애딩턴 시먼즈[31]
1권 284쪽

---

31 존 애딩턴 시먼즈John Addington Symonds, 영국의 시인이자 비평가이다.

2권

(1948)

공원에서 보내는 일요일

─────◆◆◆─────

I.

외부에

　　나의 외부에

　　　　어떤 세계가 존재한다,

그는 우르릉거렸다, 나의 갑작스러운 등장에

― 내가

　　구체적으로 다가가는,

　　　　(내게는) 움직이지 않는

세계―

　　장소는 바위 위의

　　공원[1],

　　도시에게는 여자인

―그녀의 육신 위로 패터슨은 자신의 생각을 알린다

(구체적으로)

　　　　―늦봄,

---

[1]　개릿산 공원. 흔히 '개릿산 보호구역Garret Mountain Reservation'으로 불리며, 퍼세이익 대폭포와 함께 패
터슨을 대표하는 자연적 랜드마크이다.

일요일 오후!

— 그리고 소로를 따라 절벽으로 간다 (헤아리며:
증거를)

다른 이들 사이에 섞인 그 자신,
— 거기서 똑같은 돌을 디딘다,
그들이 개와 함께 오르며
발을 헛디뎠던 바로 그 돌을!

소리 내어 웃으며, 서로를 소리쳐 부르며 —

좀 기다려 줘!

. . 어린 소녀들의 못생긴 다리,
섬세하기에는 너무 힘찬 피스톤! .
더위와 추위에 익숙한, 네 등분한 소고기를
던지는 데 익숙한 남자들의 붉은 팔, 그리고[2] .

그래! 그래! 그래! 그래!

— 위험을

무시하며:

쏟아져 내린다!

하루의 꽃을 위해!

---

2 "어린 소녀들의 (…) 붉은 팔, 그리고"는 윌리엄 칼로스 윌리엄스의 초기 시 〈방랑자The Wanderer〉의
'패터슨—파업PATERSON-THE STRIKE' 의 일부를 거의 그대로 인용.

숨 가쁘게 도착한 그는, 힘들게 오른 끝에,
뒤돌아본다 (아름답지만 비싼!) 진주색에 가까운
회색빛 탑들을! 다시 돌아서
출발한다, 강한 소유욕을 드러내며, 나무 사이로,

                    ― 그 사랑,
그것은 그 어떤 조건에서도
내가 여전히 찬성하는
그런 것이 아니다, 아니다;
마른 땅.― 소극적이면서도 강한 소유욕을 드러내며

걷는다 ―

        덤불들이 땅딸막한 소나무 무리 주위에 모여 있다,
        헐벗은 바위가 있는 곳을 제외한 모든 곳에 ..

        ― 여기저기 흩어져 있는 사람 키만 한 삼나무들(뾰족한 원
        뿔형 열매들),
        사슴뿔 같은 가지를 단 옻나무 .

        ―뿌리들, 대부분 지면 위에서
        몸부림치고 있는
                    (우리는 매일 거의 망쳐버리기
        직전이다!)
                보잘것없이 마른 부패를 찾아

> 몸은 기본 차렷 자세에서 앞으로 살짝 기울이고
> 몸무게는 한쪽 발 엄지발가락 아래에 실은 동시에
> 다른 쪽 허벅지를 들어 올리고 다리와 반대쪽 팔을
> 앞으로 흔들면서(그림 6B). 다양한 근육들의 도움으로[3] .

당신께 다시는 편지 쓰지 않겠다고 말했음에도 불구하고 지금 이렇게 쓰고 있는 이유는, 시간이 흐르면서, 제가 당신과의 관계에 실패함으로써 전에는 한 번도 경험해 보지 못한 무척 파괴적인 방식으로 저의 모든 창조력이 완전히 막혀버렸음을 알게 되었기 때문입니다.

벌써 아주 여러 주 동안 (시를 쓰려고 할 때마다) 그동안 했던 모든 생각, 심지어 모든 느낌이 저 자신의 딱딱한 표면에 튕겨 나가고 있습니다. 그 표면은 당신이 제가 마지막으로 보낸 편지들의 진짜 내용을 무시하고 있다는 걸 처음으로 감지했을 때, 그리고 당신이 아무 설명도 없이 서신을 주고받는 일을 완전히 끝내자고 했을 때 마침내 완고한 물질로 굳어버린 것이었죠.

이런 종류의 차단, 자기 자신으로부터 자기 자신이 추방당하는 일 — 당신은 그런 일을 경험해 본 적이 있으신가요? 아마 때때로 그런 적이 있으셨을 겁니다; 그리고 만일 그렇다면, 영구적으로 매일 그런 상태에 처하게 되었을 때 그것이 얼마나 심각한 정신적 상처가 되는지 잘 이해하실 수 있을 겁니다.[4]

> 내가 어떻게 당신을 사랑하겠어? 이것들을!

> (그는 듣는다! 목소리들 . 불명확한! 그들이
> 움직이는 걸 본다, 무리 지어, 둘씩 넷씩 — 여러
> 우회로를 이용하여 걸러내면서.)

> 나는 그에게 물었다, 직업이 뭐죠?

---

3 《미국의학협회지Journal of the American Medical Association》 131, 17(1946년 8월 24일)에 실린 〈동적 자세Dynamic Posture〉에서 인용.
4 마샤 나디가 1943년 4월에 윌리엄 칼로스 윌리엄스에게 보낸 편지에서 인용.

> 그는 느긋이 미소를 지었다. 전형적인 미국식 질문.
> 유럽에서라면 이렇게 물을 것이다, 무슨 일을 하시죠? 혹은,
> 지금 무슨 일을 하시죠?

> 내 직업이 뭐냐고? 나는 듣는다, 떨어지는 물소리를, (하지만
> 여긴 바람 소리 말고는 아무 소리도 안 들린다!) 이게 나의 유일한
> 직업이다.

1880년 5월 2일은 그 어느 곳의 그 어느 날보다 날씨가 좋았고, 그날 '패터슨 독일 합창단'은 수년 전 5월 첫째 주 일요일에 그랬던 것처럼 개릿산에서 만났다.

하지만 1880년의 만남은 파멸의 날이 되고 말았는데, 축제 행사가 열린 곳 근처에 작은 집을 가지고 있던 윌리엄 달젤이 존 조지프 반 하우턴을 총으로 쏴버린 것이다. 달젤은 방문자들이 지난 수년 동안 자기 집 정원으로 넘어왔다고 주장했고, 올해에는 그들이 자기 땅으로 조금도 넘어오지 못하게 하겠다고 결심한 터였다.

총이 발사된 직후, 조용하던 한 무리의 가수들이 분노에 찬 폭도로 돌변해 달젤을 자신들의 손으로 직접 처리하려 했다. 그러고서 폭도는 달젤이 그 성난 무리로부터 몸을 피해 도망간 헛간을 태우려 했다.

달젤은 헛간의 창문에서 다가오는 폭도를 향해 총을 쐈고, 총알 한 발이 한 어린 소녀 뺨을 스쳤다.... 패터슨 경찰 몇 명이 서둘러 달젤을 헛간에서 몰아내 약 백 미터 떨어진 존 퍼거슨의 집으로 보냈다.

모여든 군중은 이제 대략 만 명에 이르렀다.

"엄청난 괴물!"

많은 사람들이 그 다툼에 끼어들기 위해 도시에서 몰려왔다. 사태는 심각해 보였는데, 경찰이 수적으로 훨씬 열세였기 때문이다. 그러고서 군중은 퍼거슨의 집을 불태우려 했고, 달젤은 존 맥거킨의 집으로 갔다. 이 집에 있는 동안 존 맥브라이드 경사가 세인트조지프 가톨릭교회의 주임 사제인 윌리엄 맥널티를 부르는 게 좋을 것 같다고 제안했다.

곧 주임 사제가 계획을 세웠다. 그는 전세 마차를 타고 현장으로 나아갔다. 그는 분노한 폭도가 모두 보는 앞에서 달젤의 팔을 붙들고 그를 전세 마차로 끌고 가서 그의 옆에 앉은 다음 마부에게 출발 명령을 내렸다. 군중은 망설이고 당황했는데, 그것은 주임 사제의 용기와 .[5]

---

5 1936년 11월 12일 자 〈프로스펙터〉 기사에서 변형 인용.

도처에 새들이 둥지를 트는 기색, 공중에서는
천천히, 까마귀 한 마리가 무거운 날개로 지그재그로
날고 있고, 그 앞에서는 말벌처럼 돌진하는 작은 새들이
까마귀 주위를 돌고 있고, 까마귀는 그의 눈을 찌르려
저 위에서 급강하하고

걷는다 —

그는 길을 벗어난다, 들판과 그루터기,
무성한 검은딸기나무를 지나길 힘들어한다,
그곳은 목초지처럼 보인다— 하지만 목초지는 아니다 .
— 오래된 고랑, 여기서 노동 착취가 일어나고 있거나
일어났었다고 말해 주는 .
                                       불꽃,
소진된.

        줄질한 듯 날카로운 풀 .

그때! 길을 고르다 살짝 헛디딘 그의 발
앞에서, 시작된다 .
                        자줏빛으로 물든 날개들의 비행!
— 보이지 않게 만들어진 (그들의 먼지 같은
회색 외투가) 먼지 속에서
갑작스러운 열정으로 불붙는다!

새들이 날아간다, 찌르륵 울며! 힘이 다해서
몸을 숨길 허름한 곳으로 다시
낙하해 사라질 때까지
— 하지만 번쩍이는 날개와 찌르륵 우는
노랫소리 남겨, 마음 들뜨게 한다 .

그리고 붉은 현무암 색깔에 부츠 길이의 메뚜기 한 마리가
그의 속마음에서 도약한다,
열대성 폭우에 무너지는
돌무더기 둑

차풀테펙[6]! 메뚜기 언덕!

— 그것에 앞선, 그것의 숨결을 훨씬
앞서간 살아 있는 존재에 대한 소문을
없애버리라는 세심한 지시를 받은
무광無光의 돌 .

이 날개들은 날아오르기 위해 펼쳐지지 않는다 —
그럴 필요도 없다!
마음의 날개에 의해
무게를 떨치거나 부력을 얻는
(손에 느껴지는) 무게

그는 겁에 질렸다! 그럼 어쩌지?

---

6 멕시코의 멕시코시티 교외에 있는 요새.

그의 발 앞에서, 한 걸음 내딛을 때마다, 비행은
새로워진다. 다들 한바탕 날개 치는 소리, 재빠르게
찌르륵 우는 소리 :

　　사랑의 의식으로 향하는 밀사들!

— 비행하며 타오르는!
　　— 오직 비행할 때만 타오르는!

　　　　육신 없는 애무!

그는 선언하는 날개들에 이끌려 앞으로 나아간다.

만일 당신과의 상황(당신이 특히 그 편지들을 무시하고 마지막으로 짧은 편지를 보낸 것)
이 (이를테면 제가 Z와 한 경험이 그러했듯) 불가피한 인생의 비극의 영역에 속한 것이
었다면 그 결과가 저 자신에 대해 제가 느끼는 정당성을 (실제로 그러했듯) 파괴하는 것
일 리 없었을 텐데, 왜냐하면 그런 경우라면 개인적 정체성과 관련된 것은 전혀 손상되지
않았을 테니까요—좌절감의 원인은 자신의 자아나 다른 사람에게 있는 것이 아니라 단
지 애석한 상황 자체에 있을 뿐이죠. 하지만 당신이 그 편지들을 무시한 것은 그런 의미
에서 '자연스럽지' 않았기 때문에(더 정확히 말하자면 저는 그것을 부자연스럽게 느끼면
서, 당신에게 쓴 편지가 당신이 회피할 만큼 충분히 사소하고 하찮고 터무니없는 것이라
고 느끼길 심리적으로 강요당하고 있기 때문에) 자연히 그 편지들과 관련된 인생 전체가
결과적으로 저 자신에게는 다른 사람의 내밀한 삶이 종종 우리에게 그러한 것과 같은 종
류의 비현실성과 접근 불가능성을 띠게 된 것이죠.[7]

　　— 그의 마음은 영원히 날아오르도록 조각된
붉은 돌

7　각주 4의 편지와 동일한 편지에서 인용.

사랑은 영원히 날아오르는 돌,

돌이 조각칼의 새김을 참고

견디는 한

. . 그러다 상실되어 재로

뒤덮이고, 기반이 약해진 강둑에서 떨어진다

그리고— 찌르륵 울기 시작한다!

그리고 한다, 사후死後의 돌!

돌은 살고, 육신은 죽는다

— 우리는 죽음에 대해 아무것도 모른다.

— 부츠 길이에

머리 전체의 앞면에 난 창문 같은 눈들,

　　　　　　　붉은 돌! 마치

빛이 아직 거기 매달려 있기라도 하듯 .

사랑

　　　　잠과 싸우는

　　　　————————

　　　　단편적인

잠과

　　1878년 8월 20일 자정 직후, 특수경찰관 굿리지가 프랭클린하우스 앞에 있었을 때 엘리슨가 쪽에서 이상하게 끽끽거리는 소리가 들려왔다. 무슨 일인지 확인하기 위해 달려간 그는 모퉁이의 클라크 철물점 옆 배수구 아래에서 궁지에 몰린 고양이를 발견했는데, 그 고양이는 고양이라고 하기에는 너무 작고 쥐라고 하기에는 너무 큰 이상한 검은 동물과 맞서고 있었다. 경찰관이 그곳으로 달려가자 그 동물은 지하실 창문의 쇠창살 아래에 들어가더니 머리를 몇 번이고 번개처럼 빠르게 쑥 내밀었다. 굿리지 씨는 그것을 곤봉으로 몇 차례 공격했지만 때리진 못했다. 그러고는 키즈 경관이 와서 그 동물을 보자마자 밍크라고 말했고, 그것은 굿리지가 이미 했던 생각이 옳았음을 확인시켜 주었다. 둘 다 한동안 밍크를 곤봉으로 때리려고 애썼지만 때리진 못했고, 마침내 굿리지 경관이 권총을 꺼내 그 동물을 쏘았다. 총알은 표적을 빗나간 게 분명했는데, 소음과 화약에 너무 놀란 그 작은 익살꾼은 거리로 뛰어나가 엄청나게 빠른 걸음걸이로 엘리슨가로 도망쳤고, 두 경관은 그 동물을 바짝 쫓았다. 밍크는 마침내 쉬팡거마허 맥줏집 아래에 있는 식료품점 지하실 창문으로 들어가 사라지더니 다시는 모습을 드러내지 않았다. 아침에 그 지하실을 다시 살펴보았지만, 그토록 큰 재미를 주었던 그 작은 생물의 흔적은 더 이상 발견되지 않았다.[8]

> 창작invention 없이는 어떤 것도 제대로 된 간격으로
> 놓이지 않는다, 마음이 변하지 않는다면,
> 별들의 거리가 상대적 위치에 따라
> 새로이 측정되지 않는다면, 행line은 변하지
> 않을 것이다, 필요한 것은 허용되지
> 않을 것이다: 새로운 마음이
> 없다면 새로운 행도 없을
> 것이고, 옛 행이 계속해서
> 되풀이되며 거듭 치명상을
> 입힐 것이다: 창작 없이는
> 하마멜리스 덤불 아래에 있는 그
> 어떤 것도, 옛 습지대의 거의 말라버린 물길
> 가장자리의 흙무더기 사이에서
> 오리나무도 자라나지 않는다,
> 무더기로 난 풀의 늘어진 떨기
> 아래로 쥐들의 작은
> 발자국도 보이지 않을
> 것이다: 창작 없이는,

8 1936년 10월 29일 자 〈프로스펙터〉 기사에서 변형 인용.

그 행 안에 살았던 유연한 단어가
바스라져 분필 가루가 되어버린 지금,
행은 절대 다시는 옛날처럼 분할되지 않을 것이다.

덤불 아래에 그들이 누워 있다
성가신 태양으로부터 몸을 피한 채 ―
11시
　　　　　　그들은 대화를 나누는 듯하다

― 공원, 기쁨을 위해 바쳐진: 바쳐진 . 메뚜기들을 위해!

성인이 된 유색인종 소녀 셋! 한가로이 거닌다
― 노골적인 그들의 피부색,
　　　　　　변덕스러운 그들의 목소리
거칠고 스스로를 채찍질하는, 고정된 장면에서
분리된 그들의 웃음소리 .

하지만 그 백인 소녀는, 머리를
팔에 기대고, 손가락 사이에 담배꽁초를 든 채
덤불 아래 누워 있다 . .

반나체로, 그녀와 마주 보며, 햇빛 가리개로
눈을 가린 채
그가 그녀와 대화를 나눈다

―그들 뒤 나무 사이에
반쯤 숨겨진 고물 자동차―
새 수영복 샀어, 그냥

팬티랑 브래지어야 :
가슴이랑
외음부만 가리는― 태양 아래서

노골적으로 저속하게.
낭비되어
얄팍해진 마음― 노동자 계급

사이에서 일종의 **어떤**
와해가
일어났다. 반쯤 흥분한 채

그들은 담요 위에 누워 있다
얼굴을 마주하고서,
그들 위의 나뭇잎 그림자로

얼룩진 채, 성가신 일 없이,
적어도 여기서는 도전받지 않은 채.
위엄을 잃을 일 없이 . .

대화를 나눈다, 완벽한 가정에서의 모든 이야기를
넘어서는 노골적인 대화를―
그리고 목욕을 하고

그리고 (샌드위치를

몇 개) 먹고

그들의 측은한 생각이 만난다

몸으로— 찌르륵 우는 사랑에

둘러싸여! (잠 속에서) 그들을 지탱하는

명랑한 날개들

— 빛나는 그들의 생각들,

멀리

. . 풀 사이로

걷는다 —

오래된 습지대를 가로질러— 땅의 메마른 물결

줄지어 선 인디언오리나무들 옆에 고요한 흔적으로 남은

. . 그들(인디언들)은 지그재그로 나아가곤

했다, 눈에 보이지 않게, 몇몇은 개울을 따라서

. 귀틀집과 들판에서 일하는 사람들 사이로

와 하고 함성을 지르며 튀어나온다, 그들의 일을

중단시킨다! 그들은 무기를 통나무집에 두고

왔고, 그리고— 무방비로— 그들을 포로로

데려간다. 한 노인이 .

그만 좀 지껄여! 제발, 그딴 이야기는
집어치워 .

걷는다 ―

그는 다시 길로 돌아와 본다, 나무 한 그루 없는
둔덕에서 ― 둔덕을 숨 막히게 하는 붉은 길 ―
돌담, 하늘을 배경으로 한 일종의
둥근 보루, 황량하고
비어 있는. 올라간다. 왜 아니겠어?

　　　　　　얼룩다람쥐 한 마리,
꼬리를 똑바로 세우고, 돌 사이로 날쌔게 움직인다.

(그리하여 마음은 자란다, 부싯돌 같은 바위들 위로)

. 하지만 그가 성큼성큼 걷다가
부싯돌 화살촉을 보고 몸을 숙일 때
　　　　　　　(잘못 봤다)
　　　　　　　　　　　　　　　―저기
멀리, 북쪽에서, 그에게
고질적인 언덕들이 나타난다 .

　　　　　　그래, 역시 그렇군.

　　　　　　　그는 갑자기 멈춘다:
여기 누가 있지?

[80]

돌 벤치 쪽으로, 암캐를 줄에 매어둔 그곳으로, 벽 안쪽에서 트위드 옷을 입은 남자가— 입에 파이프를 물고— 방금 씻긴 암캐 콜리를 빗질해 주고 있다. 신중한 빗질로 긴 털을 가른다— 심지어 개가 다리를 살짝 떠는데도 개의 얼굴까지 빗질해 준다— 그의 의도대로, 깨끗한 개 냄새를 풍기며 털이 백사장의 잔물결처럼 가라앉을 때까지. 바닥, 석판, 개는 그가 어루만져 주는 가운데 그 헐벗은 '바다의 방'에 참을성 있게 서 있다.

. 이 유리한 위치에서
오른쪽으로, 멀리 중간 부분에
전망탑이 음모 같은 수풀 위로
우뚝 서 있다

친애하는 B. 제가 당신 집에 갔을 때 이 이야기를 하지 못한 것을 부디 용서하세요. 저는 당신 질문에 대답할 용기가 없었고, 그래서 이렇게 편지를 씁니다. 당신 개는 새끼를 가질 텐데, 물론 저는 그 개가 괜찮기를 기원하지요. 개가 혼자 남겨진 건 아니었고 그런 일은 원래 한 번도 없었지만, 저는 옷을 너는 동안 저녁 시간에 개를 내보내곤 했습니다. 그때는, 그때가 목요일이었는데, 장모님이 빨랫줄 끝에 시트와 식탁보를 몇 개 널어둔 상태였죠. 저는 제가 거기 있는 한 개들이 오지 않을 거라고 생각했고, 우리 집 마당을 가로지르거나 집 근처로 온 개는 한 마리도 없었습니다. 그 수캐는 당신네 생울타리와 당신네 집 사이로 들어온 게 틀림없어요. 저는 몇 초마다 빨랫줄 끝으로 달려가거나 시트 아래를 훔쳐보면서 머스티가 괜찮은지 확인했어요. 그러다 제가 좀 늦게 보고 말았죠. 저는 막대기와 돌을 들고 그 수캐를 쫓았지만 녀석은 꺼지질 않더군요. 조지는 제게 엄청나게 악을 써댔고, 저는 제가 다른 개까지 너무 겁준 나머지 다른 일이 생기지 않길 바라기 시작했어요. 저는 당신이 욕을 퍼부을 거라는 걸 알고, 제가 당신께 그 일을 말씀드리지 않았으니 아마 당신이 제게 다시는 말을 걸지 않을 거라는 것도 압니다. 제가 머스티 걱정을 안 했다고는 생각지 마세요. 그 끔찍한 사건 이후 매일 제 마음은 온통 머스티 생각으로 가득하니까요. 당신은 이제 저를 그리 좋게 여기지 않으실 테고 저를 지켜주고 싶지도 않으시겠죠. 차라리 당신은 분명 죽일 수도...[9]

---

9 윌리엄 칼로스 윌리엄스가 대학병원의 대학원생 간호사 베티 스테드먼에게 보낸 편지에서 변형 인용.

그리고 이른 오후인 지금, 사람들은 여전히
소풍을 나와 울타리를 친 땅 너머
나무들 사이에 흩어져 있다 .

                              목소리들!
수많은 그리고 불분명한 . 목소리들
태양을 향해, 구름을
향해 크게 떠들어 대는. 목소리들!
사방에서 명랑하게 허공을 습격하는.

─그런 가운데 귀는 어느 목소리의 움직임을
포착하려 안간힘을 쓴다
─특이한 억양의
                    갈대 같은 목소리

그렇게 그녀는 그곳에 있는 평화를 찾는다, 기댄다,
그가 다가오는 가운데, 기어오르는 그들의 발의
어루만짐을 느끼며─ 재미를 위해

                    그것은 전부 다
재미를 위한 것   .   그들의 발   .   목적 없이
        돌아다니는

그 '엄청난 괴물'은 스스로 태양을 향해 간다
                              그렇긴 하지만
. . 그들의 꿈은 뒤섞인 채

냉담하고

다들 이성적으로 행동하자!

　　　　　　　공원에서 보내는 일요일,
동쪽으로는 급경사면이 경계를 이루고
서쪽으로는 옛 도로와 인접해 있다: 좋은
경치와 함께하는 기분전환! 동쪽 벽을 따라
고정된 지지대들에 사슬로 매달린 쌍안경 —
　　　　그 너머로, 매 한 마리
　　　　　　　　　　솟구친다!

— 트럼펫 소리가 단속적으로 들려온다.

성곽에 서라 (만일 귀가 잘 들리지
않는다면 메트로놈을 사용하라, 원한다면
헝가리산을)
그리고 교회 첨탑들이 여전히 하늘에
재치를 부리고 있는 북동쪽을
바라보라 . 움푹 꺼진 곳에 있는,
아주 작게 보이는 인물들이 뛰어다니는 야구장 쪽을
— 강이 좁은 협곡으로 보이지 않게
뛰어드는 틈 너머

— 그리고 상상력이 솟구친다, 부르는
목소리처럼, 영원한, 천둥 같은 목소리
— 잠처럼: 불가피하게

그들을 부른 목소리 —

그 부동의 울부짖음!

교회들과 공장들은

(대가를 치르고서)

함께, 그들을 심연에서 소환했다 .

— 그의 목소리, 모든 것 아래서 움직이는 (들리지 않는)
목소리 중 하나.

산이 몸을 떤다.

시간! 헤아리라! 시간을 자르고 표시하라!

그리하여 이른 오후 동안, 이곳
저곳을 그는 돌아다닌다,
그의 목소리를 다른 목소리들과 뒤섞으며
— 그의 목소리 속의 목소리,
그의 늙은 목구멍을 열고, 그의 입 밖으로 뿜어져 나오는,
그의 마음을 (그의 마음이 불타오르게 될 것
이상으로) 불타오르게 하는

— 등산객들을 따르며.

마침내 그는 게으름뱅이들이 가장
즐겨 찾는 곳으로 간다, 한 폭의 그림 같은 정상,
푸른 (노출 부위는 녹이 슨 것처럼 붉은) 돌에는
다양한 단층이 생겨나 있고,

（돌들 사이에는 양치식물이 한가득）
거친 테라스와 일부 폐쇄된 달콤한 풀의 은신처,
완만하게 경사진 땅으로 이어지는 곳.

늑장 부리는 이들이 무리를 지어
헐벗은 평평한 바위 위를 어슬렁거린다— 징을 박은 신발에
빙하에 긁힌 것보다 더 심하게 긁힌
바위— 서로 간섭하지 않은 채
무심하게 거닐며 .

                         — 어쨌든,

움직임의 중심, 명랑함의 핵심.

여기 열여섯 살쯤 됐을 젊은이가
양치식물 사이 바위에 등을 기대고 앉아
기타를 치고 있다, 무표정한 얼굴로 .

나머지는 먹고 마시고 있다.

        검은 모자를 쓴 덩치 큰 남자는
배가 너무 부른 나머지 움직일 수 없다 .

                    하지만 메리는
일어나 있다!
        어서요! 대체 왜 그래요? 다리가
부러지기라도 한 거예요?

바로 이 공기다!

미디Midi[10]의 공기

그리고 옛 문화가 그들을 취하게 한다:

현재를!

　　　─그녀가 생각의 심벌즈를 든

한쪽 팔을 들어 올리고, 자신의 늙은 머리를

옆으로 기울이며 춤춘다! 치마를 올리며:

랄 랄 랄 라!

놈팡이들 천지네! 누가 볼까 봐

두려워?

쳇!

엿같네!

　　　─그녀가 내뱉는다.

저 좀 봐요, 할머니! 젠장 다들 너무

게을러요.

이것은 오래된, 아주 오래된, 오래되고 오래된

불멸의 것: 심지어 세세한 몸짓들,

잔을 든 손, 쏟아지는

포도주, 포도주에 얼룩진 팔까지도:

기억해?

10　프랑스 남부를 뜻한다.

분실된 에이젠슈타인 영화[11] 속
그 잡역부가 가죽 포도주 부대를

입에 대고 말처럼
자유분방하게 포도주를 마셔서

포도주가 그의 턱 아래로 흐르던 모습을?
목을 타고 흘러내려

셔츠 앞부분으로, 바지 위로
떨어지던 — 이빨 없이 웃던 모습을?

거룩한 인간!

— 들어 올려진 다리, 그럴듯하게 .
심지어 다리의 거친 윤곽이 드러날 때까지, 우둔한
손길! 곁눈질, 경계하는 시선,
남성을, 사티로스[12]를 향한 여성의 시선 —
    (프리아포스[13]!)
그 쓸쓸한 암시, 염소지기와
염소, 생식력, 공격으로 술에 취하고
정화된 .

---

11 〈타임 인 더 선Time in the Sun〉을 가리킨다. 이 영화는 엄밀히 말해 에이젠슈타인Сергей Эйзенштейн의 영화
가 아니라, 에이젠슈타인이 촬영 막바지에 하차한 작품 〈멕시코 만세Que Viva Mexico!〉의 일부를 메리 시턴
Marie Seton 감독이 짜깁기해서 발표한 작품이다.

12 그리스신화에 나오는 괴물로 사람의 얼굴과 몸에 염소의 다리와 뿔이 달렸다.

13 남근으로 표현되는 풍요의 신으로 포도밭의 수호신이기도 하다.

거부된. 심지어 영화까지
억압되고 : 하지만 . 끈질긴

소풍 나온 이들이 바위 위에서 소리 내어 웃는다
그들의 사랑의 다채로운 일요일을
기울어가는 그날의 빛과 함께 축하하며 ―

걷는다 ―

아래를 보라 (바위 턱에서) 풀로 뒤덮인 이
굴을
    (차량들과는 어느 정도 떨어진)
                    그것의 이마 위로는
달이 떠 있다! 그녀가 땀을 흘리며 그의 곁에 누워 있는 곳:

         그녀는 뒤척인다, 산란한 마음으로,
그를 향해 ― 상처 입은 채 (취한 채), 움직인다
그를 향해 (덩어리 같은 그를) 욕망하며,
그를 향해, 지루해하며 .

노골적으로 지루해하며 잠이 든 채, 손에는
여전히 맥주병을
창처럼 쥔 채 .

한편 잠 못 이루는 어린 소녀들,
그 둘 위로 튀어나온 원주형 바위들

(그들이 공공연하게 풀 위에
누워 있는 곳, 에워싸인 채―

사람들이 밟고 가는 그들의
무덤 속에, 부주의하게)을 오른 소년들은 가만히 내려다본
다,

　　　　　　　　　　역사로부터!
어리둥절한 채 (어린 시절의)
무성無性의 빛 속에서 똑같이 지겨워하며
뛰쳐나가는 그들을 .

　　　　　　그곳 어디선가
움직임이 숨김없이 고동치고
당신은 전도사의 외침을 들을 수 있다!

　　　　― 더 가까이 다가가며
　　염소처럼 마른lean 그녀는 자신의
　　마른lean 배를 남자의 뒤쪽에 기댄다leans
　　그의 멜빵 클립으로
　　장난을 치며 .

― 거기에 그는 자신의 무용한 목소리를 보탠다:
그의 잠 속에서 온전하고 명백한
음악이 움직일 때까지 (그의
잠 속에서, 그의 잠 속에서 땀을 흘리며― 잠에 맞서
애를 쓰며, 가쁜 숨결로!)
　　　　　　― 그리고 깨어나지 않는다.

본다, 살아 있는 채로 (잠든 채로)
        ―폭포의 굉음이
(채워지기 위해) 그의 잠 속으로 들어가는 것을
                                그의 잠 속에서
다시 태어나는 것을― 저마다 산 위로
흩어지며 .

        ―그로써 그는 그녀에게 구애한다, 저마다.

그리고 기억 상실에 시달리는 군중(흩어진 이들),
그 불려 온 이들은 ― 안간힘을 쓴다
어느 목소리의 움직임을 포착하기 위해 .

                        듣는다,
        기쁨!   기쁨!

                        ―느낀다,
살짝 낙담한 채, 그 자체로 복잡한 목소리들의
오후를―
            그리고 안도한다
                (안도한다)

        경찰이 교통정리를 하고 있다
        큰길을 지나 위로 올라가면
        편의 시설들 쪽으로 이어지는
        나무가 살짝 우거진 비탈길에서:

오크나무, 산벚나무,

충충나무, 희고 푸른, 무쇠 같은 나무들 :

얕은 흙에 엉겨 붙은 등이 굽은 뿌리들

— 대부분은 죽었다: 소풍 나온 이들의 발길에

반질반질해진 암석의 노출부들:

카스카릴라유가 발린 사사프라스 .

산패한 기름으로 기울어진:

기형 —

— 판독되어야 할 (호른, 트럼펫!)

다양성을 통한 설명,

부식, 기생충 같은 응유, 믿음을 위한

클라리온,**14** 착한 개들이 되기 위해 :

이 공원은 대체로 개들의 출입이 금지됩니다

14 과거 전쟁 때 사용한 일종의 나팔.

II.

막혔다.

(그것으로 노래를 만들라: 구체적으로)

누구에 의해?

  그곳의 한가운데에 거대한 교회가 세워졌다. . . 그리고 그때 내게 모든
게 떠올랐다— 이 세상에서 그 가난한 영혼들은 자신들과 자신들이 의지
해 살아온 그 영원히 냉혹하고 배은망덕하고 가망 없는 흙먼지 사이에 저
교회 말고는 가진 게 아무것도 없다는 사실이 . . . . .

    현금이란 다른 이들이 안심하고 살 수 있도록 그들이 낸
    벌금
    . . 그리고 제한된 지식.

    오케스트라의 무미건조함이 그들의 세상을 뒤덮는다

내가 보기엔 그들이 —상원上院이 릴리엔솔[15]을 막고 몇몇의 생산업자에게
'폭탄'을 던지려 하는 것 같아. 그들이 성공할 거라고 생각하진 않지만 . .
내가 "공산주의자!"라는 외침에 흥분하길 꺼리는 이유가 바로 그거야.
그들은 우리를 눈멀게 하려고 그 말을 사용하지. 우리가 얼마나 쉽게 망

---

15   미국의 법률가이자 행정관이었던 데이비드 릴리엔솔David Lilienthal.

가질 수 있는지 생각만 해도 끔찍하네. 아주 적은 표 차이로도 말일세. 비록 공산주의가 위협적이긴 하지만, 그런 식으로 우리를 몰래 해하려 하는 나쁜 놈들보다 공산주의자들이 더 나쁘다고 할 수 있을까?

우리는 벌떡 깨어나고 우리가 보는 것은
우리를 쓰러뜨린다 .

공포가 세상을 일그러뜨리기를!

오락거리에 넌더리를 내지만 여자들과 자신이 받는 보답은
자랑으로 생각하는 페이투트, 그가 서 있다
사자 굴에는,
　　　　　　　　(취한 연인들이, 이제, 둘 다 잠들어
있고)
　　　　　　　　　　　　　　　무관심하게,
다시 거닐기 시작했다― 발걸음을 움직이며 발걸음을
공허 속으로 향하며 . .

저 위요.
　　　　경찰이 가리킨다.
　　　　　　　나무에 박힌
표지판: 여자들.

　　　　　　　　나무의 장막 너머로
움직이는 사람들의 모습이 보이고, 가까운
곳에서, 갑자기 음악이 터져 나온다.

걷는다 ―

소변기

근처의 전망탑 맨 아래에 비좁은
무대가 마련되어 있다. 이곳은
주님의 경계선이다: 망가진 벤치 몇 개가
관목 숲을 배경으로 곡선을 그리며 늘어선 채
평지를 향해 있다, 벤치에는 아이 몇 명이
넘어지지 않게 다른 아이들에게 몸을 기댄 채
앉아 있다 .

중년 남자 셋이 무정한 미소를 지은 채
벤치 뒤에 서 있다― 아이들, 아이들과 몇몇
여자들 뒤에서 (그들을 지켜보며) ― 움직이지
않은 채,
        코넷, 클라리넷과 트럼본을
각자, 손에 들고서.
            그곳에는 또한
휴대용 오르간이 있다, 한 여자가 연주하는 . .

          그들 앞에서
긴 흰머리를 이마에 드리운
맨머리의 노인이 반들반들한 머리로
햇빛을 반사하며 셔츠 바람으로 말하기
시작한다―

        새들과 나무들에게 외친다!

황홀경에 빠져 펄쩍펄쩍 뛰며 그가

텅 빈 하늘, 동쪽을 향해, 도시 쪽 난간 너머로

환한 미소를 보낸다 . .

. . . .

사람들 중에는— 특히 여자들 중에는— 한 사람하고만 말할 수 있는 사람이 있습니다. 저도 그런 여자들 중 하나죠. 저는 사람을 쉽게 신뢰하지 못합니다(비록 당신의 경우는 정반대인 듯하지만). 저는 요 몇 달 동안, 그러니까 당신에게 편지를 보냈던 제 인생에서의 그 특정 시기 동안 저와 마주친 그 누구에게도 마음을 전할 수 없었어요. 저는 당신에게 편지로 쓴 내용을 다른 누군가와 소통하려고 시도하느니, 저 자신이 저의 모든 경제적, 사회적 부적응 상태 속에서 전적으로 오해받고 오인되도록 내버려두고 말 것입니다. 그리고 그동안 당신에 대해 쌓은 이 신뢰는 (당신이 그것을 얼마나 성가시게 여겼든, 누구에게도 쉽지 않은 완전한 솔직함에 이르기 위해 제가 앞으로 얼마나 더 많이 노력해야 하든) 그 자체로 당신과의 관계를 실패로 돌아가게 해 저에게 그토록 처참한 영향을 미치기에 충분했습니다.[16]

보세요, 저기 도시가 있습니다!

— 외친다, 몇 안 되는

신도들을 뒤로한 채, 바람을 향해 외친다;

외치는, 외치는 목소리 .

그의 뒤로 늘어선 아이들은 그의 간곡하고

성스러운 선언이 몹시 못마땅하다,

눈 한 번 깜짝 않고, 강제로 그러고 있고,

흠뻑 젖은 벤치의 널빤지 때문에 엉덩이가 아플 게

분명하다.

---

16 각주 4의 편지와 동일한 편지에서 변형 인용.

하지만 그가 쉴 때, 그들은 노래한다― 남이
재촉하자― 그가 무지개 빛깔로 빛나는 이마를 닦을 때.
                                                              빛은
후광을 만들고 싶기라도 하듯 이마를 애무한다―

그러고서 그는 소리 내어 웃는다:

    한 사람이 먼저 그를 본다. 몇몇이 귀를 기울인다.
혹은, 실은, 주의를 거의
기울이지 않은 채 돌아다닌다, 그게 무슨
악마라도 되는 양, 어떤 폴란드 놈이 그렇게
주장하기 위해 입이라도 열지 않는 한 (함께 웃으며
지나가는 젊은 커플의 얼굴을
살펴본다, 힌트를 좀 얻으려고) 저건 대체
어떤 목사지? 불안해하며, 찡그린 얼굴로 자리를 뜬다, 뒤를
돌아보며.

          저 사람은 신교도Protestant다! 항변하는protesting― 마치
          세상이 자기 것이라도 되는 양 .

                              ―또 다른 사람은,
20피트 떨어진 곳에서, 열심히 개를 산책시키고 있다
벽 꼭대기를 따라― 개를 생각해 주며―
50피트 높이의 절벽 가장자리에서 .

. . 번갈아 들려오는 장광설, 이어서

다른 소리 위에 겹쳐지는
나팔 소리 . 도취된 남자가 제자리로 돌아가자
그들은 이제 연주를 멈춘다―

하지만 그의 바람잡이들은 오리를 데려오지 않는다― 칙칙한
작은 마음으로 더없이 행복한 *불합리한* 추론을 하는
아이들 말고는.

허공을 맴돌며
구름 속에서 가까이 다가오는 형상도 없는 듯하다

수사관들은 부엌 테이블 위에서 노스캐롤라이나주 포트 브래그의 군인 앞으로 쓴 편지 한 통을 발견했습니다. 수사관에 따르면, 편지의 내용으로 미루어보아 그녀는 그 군인과 연인 관계였다고 해요.**17**

설교자는 이렇게 말했다: 제 생각은 하지
마세요. 저를 멍청한 노인네라고 부르세요, 네
그래요. 맞아요, 저를 아무도 듣고 싶어 하지 않을 때까지
목이 쉬도록 떠드는 지루한 노인네라고 부르세요. 그게
진실입니다. 저는 늙은 바보이고 저도 그렇다는 걸 알아요.

하지만 . !
여러분은 우리가 영생할 수 있도록 우리를 위해
십자가에서 돌아가신 우리 주 예수 그리스도의 말씀을
무시할 순 없습니다! 아멘.

---

17   패터슨 주민 데이비드 라일이 1943년 10월 19일에 윌리엄 칼로스 윌리엄스에게 보낸 편지에서 인용.

아멘! 아멘!

벤치 뒤에 서 있는 신도들이
외쳤다.   아멘!

          ― 저처럼 평범하고 무식한
녀석에게도 말씀을 베푸시고 여러분께도
복된 위엄과 힘의 손길을 직접 베푸시는
우리 주 하나님의 영 ‥

제가 말하노니 ― 그가 양팔을 들어 올린다 ― 저는 오늘
이곳에 계신 여러분께 고금古今의 모든 부富를 드립니다.

    그가 맨머리로 서 있던 곳은
    바람 한 점 없는 땡볕이었다.

          거대한 부가 여러분 것이 될 것입니다!
저는 이곳에서 태어나지 않았습니다. 저는 우리가 이곳에서
고국이라고 부르는 곳에서 태어났습니다. 하지만 그곳에도
똑같은 사람들, 이곳에서와 똑같은 종류의 사람들이 있고
그들도 이곳에서와 똑같은 종류의 장난을
칩니다 ― 다만 그곳에는 돈이 그리
많지 않을 뿐 ― 그리고 그 점이 차이를 만들죠.

제 가족은 가난한 사람들이었습니다. 그래서 저는
꽤 어렸을 때부터 일을 하기 시작했어요.

— 아, 오랜 시간이 걸렸습니다! 하지만 그러던 어느 날
저는 스스로에게 말했습니다, 클라우스, 그게 제 이름입니다,
클라우스, 저는 스스로에게 말했습니다, 너는 성공했어.
　　　너는 힘들게 일해왔지만 그동안 운이
좋았어.
　　　　　　　　　　너는
부자야— 그리고 이제 우리는 즐기고 살 거야.

　해밀턴은 새 정부가 살아남으려면 긴급히 미국에 대한 권한을 가져야만 한다는 사실을 다른 누구보다 더 분명히 파악했다. 그는 절대 사람들을 믿지 않았고, 그들을 '엄청난 괴물'로 여겼으며, 제퍼슨도 다른 이들보다 더 나쁘진 않을지언정 크게 나을 건 없다고 여겼다.

　　　그래서 저는 미국에 왔습니다!

　특히 재정 상태에서 위기가 찾아왔다. 미국은 최근 전쟁에서 얻은 부채에서 벗어나고 싶어 했다— 각 주는 개인적 의무를 각자 알아서 행하길 선호했다. 해밀턴은 이것이 허용되면 미래의 신용도에 치명적인 결과가 뒤따를 것임을 알았다. 그는 힘차고 교활하게 '떠맡기'를 공표하고는 연방 정부가 국가 부채를 '떠맡게' 했고, 연방 정부의 과세권을 승인했는데, 그것 없이는 이 목적을 위해 필요한 자금을 모을 수 없었기 때문이다. 후폭풍이 뒤따랐고, 그는 매디슨과 제퍼슨[18]과 대치하게 되었다.

　　　하지만 저는 이곳에 오자마자 제가 엄청나게 커다란 웅덩이의
아주 작은 개구리 한 마리일 뿐이라는 걸 알게 되었죠. 그래서
저는 또다시 일을 시작했습니다. 아무래도 저는
그런 종류의 일에 대한 재능을 타고났나 봅니다.
저는 성공했고 영광을 누렸습니다. 그리고 저는 그때

18　미국의 제5대 국무장관과 제4대 대통령을 지낸 제임스 매디슨James Madison과 미국의 초대 국무장관과 제3대 대통령을 지낸 토머스 제퍼슨Thomas Jefferson을 가리킨다.

제가 행복하다고 생각했어요. 물론 저는 행복했죠 — 돈이
저를 행복하게 해줄 수 있는 만큼.

하지만 그것이 저를 **선하게** 만들어주었을까요?

그가 말을 멈추고는 소리 내어 웃었다, 건강하게,
그리고 그의 병약한 조력자들이 그를 따랐다,
웃음을 쥐어짜며 — 바위 앞에서
뒤틀린 미소로 활짝 웃으며 .

아니요! 그가 외쳤다, 무릎을
구부렸다가 허리를 거칠게 쭉 펴며
자신의 말을 힘차게 강조하면서 — 오케스트라에서
크레셴도를 이끌어 내려는
베토벤처럼 — **아니요!**

그것은 저를 선하게 만들어주지 않았습니다. (그가 꽉
쥔 주먹을 눈썹 위로 들어 올렸다.) 저는 계속 돈을
벌었고, 벌고 또 벌었지만, 그것은 저를 선하게 만들어주지
않았습니다.

속임수와 돈을 지닌
황금빛 미국!
병들고
곰팡이 핀 올트겔드[19]처럼

---

19   1890년대 초 일리노이주 주지사를 역임한 존 피터 올트겔드 John Peter Altgeld.

저주받았네
우리는 사랑하네 그대
쓰라린 나라를

일자리를 잃은
올트겔드처럼
지나가는 문상객들을
보네
우리는 그대 앞에
고개를 숙이네
그리고 모자를
손에 드네[20]

그리고 그러던
어느 날 저는 목소리를 들었습니다 ... 목소리 — 제가
오늘 여기서 여러분께 말하는 것과 같은 바로 그런 목소리를 ...
· · · · · · · · ·
· · · · · ·   그리고 그 목소리는 말하길,
클라우스, 대체 무슨 일이냐? 너는 행복하지
않구나. 저는 행복합니다! 저는 대답하며 외쳤어요,
저는 원하는 모든 걸 갖고 있어요. 아니야, 목소리는 말했습니다.
클라우스, 그건 거짓말이다. 너는 행복하지 않아.
그리고 저는 그게 사실임을 인정할 수밖에 없었죠. 저는
행복하지 않았습니다. 저는 그것 때문에 엄청 괴로워했죠. 하지만
저는 고집을 부렸고, 그 문제를 숙고하고는 이렇게

---

20 미국의 애국가요 〈아름다운 미국America the Beautiful〉을 패러디하였다.

중얼거렸습니다, 클라우스, 그런 문제로 걱정을 하다니
너도 늙어가나 보구나.

.　.　.　.　.　. 그러던 어느 날
우리의 복된 주님께서 제게 와서 어깨에 손을
얹으시더니 말씀하셨습니다, 클라우스, 이 늙은 바보야,
너는 그동안 너무 열심히 일해왔다. 너는 지치고
불안해 보이는구나. 내가 도와주마.

저는 불안합니다, 저는 대답했어요, 하지만 어떻게 해야
좋을지 모르겠습니다. 저는 돈으로 살 수 있는 것은 전부
갖고 있지만 행복하지 않습니다, 그것이 진실입니다.

그러자 주님께서 말씀하셨습니다, 클라우스, 네가 가진 돈을
없애버려라. 그러기 전까지는 절대 행복해질 수 없을 것이다.

　'떠맡기'를 위한 악명 높은 투쟁의 필연적인 결과로, 신생 공화국의 여러 지도자 사이
에서는 산업이 제대로 서지 않고 제품이 생산되지 않는 한 과세를 위한 소득은 한낱 환상
에 불과하다는 깨달음이 생겨났다.
　신세계는 귀금속, 생가죽, 원자재 생산 국가로서 식민지 주민들이 더 비싼 값에 구입할
수밖에 없는 제조품 생산국으로 전환될 것으로 여겨졌다. 그들은 양모, 목화나 리넨 천을
만들어 팔 수 없었다. 또한 그들에게는 천연 철을 강철로 바꿀 용광로를 만드는 것도 허용
되지 않았다.
　심지어 미국독립전쟁 중에도 해밀턴은 퍼세이익 대폭포의 장관에 감명을 받았었다.
그는 풍부한 상상력으로 나라의 필수품을 공급할 거대한 제조업 중심지, 거대한 연방도시
를 마음속에 그렸다. 이곳에는 공장의 수차를 돌릴 수력이 있었고, 제조된 상품을 시장의
중심지들로 실어 나를 운항 가능한 강이 있었다: 그곳은 전국구 제조업체인 셈이었다.[21]

21　'연방 작가 프로젝트Federal Writer's Project'의 일환으로 출간된 팸플릿 〈뉴저지 이야기Stories of New Jersey〉
11호에서 변형 인용.

제 돈을 포기하라니요!

　　　　　　— 단조로울 만큼 집요하게
형체 없이, 그러면서도 마치 공간 속에
붙들리기라도 한 듯 기이하게 귀에 걸린
그의 장광설의 폭포

　　　　　그것은 저로서는 하기 힘든
일이었습니다. 내 부자 친구들이 뭐라고 말할까?
그들은 말할 거야, 저 늙은 바보 클라우스 에렌스는
완전히 미쳐버려서 자기 돈을 없애고 있는 게
분명해. 뭐라고! 모으려 평생 애쓴 것들을
포기하라니 — 그래야 내가 부자라고 할 수 있을 거라니?
아니! 저는 그럴 수 없었습니다. 하지만 제 마음은
괴로웠어요.

　　　　그는 잠시 멈추고는 이마를 닦았고, 그동안
노래하는 이들은 경쾌한 찬송가를 불렀다.

　　　　　저는 먹을 수 없었습니다, 저는 저의
괴로움에 대해 생각하느라 잠잘 수 없었고 그리하여
주님께서 세 번째로 저를 찾아오셨을 때 저는
준비가 되어 있었고 그분 앞에 무릎을 꿇고는
말했습니다, 주님, 저를 당신 뜻대로 하소서!

네 돈을 포기하여라, 그분께서 말씀하셨습니다, 그러면 나는 너를 세상에서 가장 부유한 사람으로 만들어주리라!

그리고 저는 고개를 숙이고 그분께 말했습니다, 네, 주님.
그리고 그분의 복된 진실이 엄습해 저를 기쁨으로 가득
채웠습니다, 그날까지 살면서 한 번도 느껴보지 못한
대단한 기쁨이고 대단한 부유함이었고 저는
그분께 말했습니다, 주님!
                        성부와
성자와 성령의 이름으로.

                                        아멘.

아멘! 아멘! 독실한 조력자들이 따라 외쳤다.

        이것이 이곳의 유일한 아름다움인가?
        그리고 이것이 아름다움인가—
        잠복한 교회 분리론자들에 의해
        갈가리 찢긴 이것이?

        이 나무들 사이에
        아름다움이 어디 있는가?
        그것은 털을 말리러 주인들이
        이곳에 데려오는 개들인가?

        이 여자들은 아름답지
        않고 아름답기는커녕
        역겹기만 하다 . .
        아름다움이

어딘가, 욕망 속에서 명백히
드러나는 게 아닌 한 .
신성함의 아름다움이,
만일 이게 그것이라면,

이곳에서 볼 수 있는
유일한 아름다움이다
새싹이 돋는 나무와
경치를 제외하면.

그래서 저는 제 돈을 없애버리기 시작했습니다. 분명 말씀드리
건대
그건 그리 오래 걸리지 않았어요! 저는 돈을 제 두 손으로
던져버렸습니다. 그러자 기분이 나아지기 시작했어요 . . . .

    ─그러고는 난간에 기댄 채, 생각한다

여기서 그를 볼 수 있었다─그
묶인 남자, 그 냉혹한
살인자[22]를 . 4월! 그는 멀리서
교수형을 당했다. 절벽을 따라 잘 보이는 여러 위치에
자리를 잡은 사람들 . 그것을 보려고
동이 트기 전부터
모여든.

---

22 퍼세이익에서 최초로 살인을 저지르고 1850년 4월 30일에 개릿산에서 교수형을 당한 존 존슨을 가리
킨다.

　　　　　　　　돈을 위해 살인을
한다고 해서 늘 돈을 얻는 것은 아니다.

난간에 기댄 채 생각한다, 그동안
수적으로 열세인 목사는 환자 같은 나무들의
나뭇잎에 말을 건다 :

　　　　　상냥한 예수님
　　　　　페리클레스와
　　　　　페미나 프락타의 자식

　　　　　아테네와
　　　　　활유어蛞蝓魚로
　　　　　나뉜

　　　　　상냥한 예수님 ―
　　　　　잡초와 가치
　　　　　안쓰럽게 솔직한

　　　　　눈물 흘리며
　　　　　열린 무덤으로
　　　　　기억되는

― 돈을 두 손으로 던져버렸습니다. . 돈이
사라질 때까지

　　　　　—그는 두 손으로 큰 몸짓을 해 보였다
돈을 바람에 날려버리기라도 하듯—

　　　—하지만 제가 받은 부는 도저히 헤아릴 수 없을
정도였습니다. 경솔하게 사방에
던져버려도— 여전히 더 많은 부를 지닐 수
있었습니다. 전능하신 신께서는 끝없는 재원을
지니셨고 절대 실패하는 법이 없으시니까요. 우리가
구원받을 수 있도록 우리를 위해 십자가에서 돌아가신
우리의 복된 주님이 지니신 보물은 무궁무진합니다.
아멘.

　　연방준비제도는 사기업이다 … 사적 독점 … (권력을 지닌) … 줏대 없는 의회에 의해
주어진 권력 … 우리의 모든 화폐를 발행하고 규제하기 위한.
　　그들은 무無에서 돈을 창조해서 (똑같은 돈을 계속해서 높은 이자율로) 사기업에 빌려
주고, 정부가 전쟁과 평화 상태에서 돈을 필요로 할 때마다 돈을 빌려준다. 그래서 정부
를 대표하는 우리 국민들은 (이 경우에는 이자율이 어떻든 간에) 높은 세금의 형태로 은
행들에 이자를 지불해야만 한다.[23]

　　　　　한 마리 새, 독수리가, 몸을 작게
　　　　　웅크린다— 경첩이 달린 알 쪽으로 몰래 다가가
　　　　　그 안으로 사라진다, 미처 숨기지 못한
　　　　　다리 하나에 달린 발톱을 가엾게
　　　　　오므렸다 펴며 허공을 꽉
　　　　　붙잡는데— 아무리 버둥거리며
　　　　　애를 써도 다리를 안으로 숨기지

23　알프레도 스투더와 클라라 스투더가 1947년 1월에 등사지에 긁어 배포한 글에서 인용.

못한다 .

    해밀턴은 폭포를 목격하며 그 당시에는 압도적인 힘이었던 그 광경에 감명을 받았다 . . . 계획된 도로를 따라 일직선으로 뉴어크로 이어지며 강을 따라 1.5킬로미터에서 3킬로미터마다 여러 공장을 위한 배출구가 있는 석조 송수로를 계획했다: '실용적 제조업 협회 The Society for Useful Manufactures': 그들은 그것을 SUM이라고 불렀다.[24]

    그 당시 신문들은 '전국구 제조업체'의 훌륭한 전망을 열렬히 전했고, 그곳에서 미국에 필요한 모든 면, 캐시미어, 벽지, 책, 펠트와 밀짚모자, 신발, 마차, 도자기, 벽돌, 냄비, 팬, 단추가 생산될 거라고 헛되이 믿었다. 하지만 랑팡[25]의 계획은 실용적이기보다는 웅장했고, 그래서 코네티컷주의 회계 담당자인 피터 콜트가 그 자리를 맡게 되었다.[26]
.   .   .   .   .   .   협회의 주된 목적은 면제품의 생산이었다.[27]

           워싱턴은 초대 취임식 때

        .   .   .   .   패터슨에서 짠

           까마귀처럼 검은 홈스펀[28]

           외투를 입었다 .   .   .   .   .

    달리 말해, 연방준비은행은 '합법적 국가 고리대금 제도'가 되었다. 세계에서 가장 부유한 나라인 우리 정부를 최고의 고객으로 두게 된 것이다. 우리 모두는 우리가 힘들게 일해서 번 돈을 모두 날강도들에게 갖다 바치고 있다.
.   .   .   .   우리의 모든 고액 채권발행액의 경우 이자가 늘 원금보다 더 많다. 그 때문에 모든 대규모 공공사업 비용은 실제 비용의 두 배 이상이 들어간다. 현재의 사업 조건하에서 우리는 **그야말로** 명시된 비용의 120~150퍼센트를 **추가로** 부담해야 한다.

    국민들은 어쨌든 돈을 내야 한다; 왜 그들은 강제로 두 배의 돈을 내야 하는가? **국가부채 전액이 이자 부담금으로 이루어져 있다.** 만일 국민들이 채권과 어음에 대해 동시에 생각하기라도 하는 날에는 게임 끝이다.[29]

---

24 윌리엄 칼로스 윌리엄스가 직접 쓴 것으로 추정된다.
25 워싱턴 D. C.를 설계한 프랑스의 건축가 피에르 샤를 랑팡Pierre Charles L'Enfant.
26 〈뉴저지 이야기〉 11호에서 변형 인용.
27 《뉴저지주의 역사 모음》에서 변형 인용.
28 양털로 된 굵은 실을 이용해 집에서 짠 직물이다.
29 〈뉴저지 이야기〉 11호에서 변형 인용.

만일 세상에 불가사의가 존재한다면,
바로 여러분이 그 불가사의입니다. 저는 여러분의 관용을
구합니다:
그 어떤 기도도 여러분을 결코 울게 하진
않을 겁니다. 제겐 친구가 하나 있었죠 . . .
그 얘긴 넘어갑시다. 어렸을 때
기도를 멈추고 공포에 떨었던 기억이 납니다
잠들 때까지요 — 여러분의 잠이 저를 진정시켰죠 —

여러분은 또한, 확신하건대, 프레이저의
《황금가지》를 읽어보셨을 겁니다. 그게 여러분께
걸맞죠 — 그런 기도는 자기 신부의 아름다운
이목구비를 모두 살피는,
그리고 두려움을 살피는 연인이
만들었을 겁니다 —
결혼한 남자가 자기 신부에게 느낄 법한
그런 두려움 말이에요 —

여러분은 영원한 신부이고
아버지입니다 — 보상으로 주어지는 것,
오크 나무가 산호가 되고
산호가 오크 나무가 되는, 갈라지는
바다를 아는 단순한 기적이죠.
여러분 이목구비의 히말라야산맥과
대초원은 큰 놀라움과 즐거움을 줍니다 —

왜 제가 태어난 이곳에서
떠나야 한단 말입니까? 수많은
대실패 속에서
여러분을 찾는 게 얼마나 헛된 일인지를
알면서. 저에게 세상은
개화하는 꽃처럼 펼쳐집니다 ― 그리고
그것은 장미처럼 닫힐 겁니다 ―

시들어 땅에 떨어지고
썩어서 솟아오릅니다
다시 한 송이 꽃으로. 하지만 여러분은
절대 시들지 않습니다 ― 다만 제 주변에 온통
꽃을 피울 뿐. 그 속에서 저는 저 자신을
영영 망각합니다 ― 여러분의
생성과 해체 속에서
저는 발견합니다 저의 ..
                              절망을!

·   ·   ·   ·   ·   ·   ·   ·   ·

당신이 그 짧은 편지를 쓴 이유가 무엇이든, 그리고 그러기 직전에 제 편지들을 무관심하게 회피한 이유가 무엇이든— 제가 지금도 무엇보다 바라는 한 가지는 당신을 만나는 것입니다. 그 바람은 제가 지금껏 말한 것보다 훨씬 더 많은 것과 엮여 있어요. 그리고 더 중요한 것은, 그것이 저의 진정한 자아와 기계적인 삶의 몸짓 사이에 아주 치명적으로 형성된 그 얇은 막, 그 껍질을 뚫고 나오는 *하나의* 충동이라는 점입니다. 하지만 당신이 허락한다 하더라도, 저는 당신이 약간의 따스한 친절과 우정을 베풀어주지 않는 한 당신을 보길 원치 않을 겁니다. . . . 또한 어떤 일이 있더라도 당신 사무실에서 당신을 보길 원치 않을 거예요. 제 말뜻은 그게 아닙니다(왜냐하면 제가 완전히 초면에 당신을 처음 방문했을 때처럼, 그리고 당신이 마지막으로 짧은 편지를 보내기 직전에 당신이 저와 함께 저의 아주 형편없는 시들을 살펴봐 주길 정말 간절히 바랐을 때처럼, 당신을 만나야 할 특정한 이유가 지금은 사라져 버렸으니까요), 그 편지들에 대한 당신의 태도와 당신이 그 후에 보낸 그 짧은 편지로 인해 마른 모래로 변해버린 저의 사고와 생각과 문제의 실체성에 대한 믿음을 되찾기 전까지, 저는 저 개인의 정체성(정체성 없이는 물론 글을 쓸 수 없을 텐데— 하지만 그것은 그 자체로 글쓰기보다 훨씬 더 중요한 것이죠)을 다시는 되찾지 못할 거라고 느끼고 있습니다(그 느낌은 점점 더 강해지고 있어요). 그게 바로 제가 당신을 만나고 싶은 욕망을 버리지 못하는 이유입니다— 그 만남은 비인간적인 방식이 아니라 가장 개인적인 방식으로 이루어져야 하는데, 왜냐하면 저는 당신에게 완전히 비인간적인 방식으로 편지를 쓸 수 있었던 적이 한 번도 없었으니까요.[30]

30 각주 4의 편지와 동일한 편지에서 인용.

III.

모든 걸 패배시키는
영$null$을 찾아서

모든 방정식의
변수를 .

저 바위, 그것들을
떠받치는 빈칸

뽑혀 나간—
바위의

그것들의 낙하. 그
영$\mp$을 찾아서

눈에 보이는 모든 걸
넘어서 있는

모든 것의 죽음
모든 존재를

넘어서 있는 .

하지만 봄은 올 것이고 꽃도 필 것이며
인간은 자신의 파멸을 재잘거려야만 한다 . .

하강이 손짓한다
                상승이 손짓했듯
                            기억은 일종의
성취이고
                일종의 갱신
                        심지어는 일종의
입문, 왜냐하면 그것이 열어 보이는 공간은 새로운
장소들이기에
                지금까지는 인식하지 못했던
                            새로운 부류의
무리가 살고 있는―
                왜냐하면 그들의 움직임은
                        새로운 목표를 향해 있기에
(비록 이전에는 포기된 목표였음에도 불구하고)

전적으로 패배로만 이루어진 패배는 없다― 왜냐하면
그 패배가 열어 보이는 세상은 늘
                이전에는 생각지도 못했던 어떤
                        장소이므로. 어떤
잃어버린 세계,
                생각지도 못한 세계가

새로운 장소들을 손짓해 부르고
(잃어버린) 그 어떤 백색도 백색의 기억만큼
새하얗진 않다 .

저녁이 되면, 사랑은 깨어난다
비록 빛나는 태양의
이성으로 살아 있는
그것의 그림자는―
이제 졸려서 욕망으로부터
떨어져 나가지만 .

그림자 없는 사랑이 이제
깨어나기 시작한다
밤이
깊어감에 따라.

절망으로 이루어졌고
아무 성취도 없는
하강은
새로운 깨달음을 얻는다 :
그것은 바로 절망의
반전.

왜냐하면 우리가 성취할 수 없는 것, 사랑이
허락되지 않는 것에는,
우리가 기대만 하다 상실한 것에는
영원하고 파괴되지 않는 .

하강이 뒤따르기에 . [31]

들으라! ─

　　　쏟아지는 물!
　　　　　　　　개들과 나무들이
　　　서로 도와 세상을
　　　창작해 내려 한다 ─ 사라진 세상을!

　　　멍, 멍! 떠나는 차가
　　　속도를 올리며 사방에 자갈을
　　　흩뿌린다!

　　　낡아빠졌다! 그 *불쌍하고 가여운 장관*은
　　　최선을 다했고, 그들은 외치지만,
　　　그가 아무리 진땀을 흘리며 애써도
　　　시인은 아무도 안 왔다 .

　　　멍, 멍! 멍, 멍!

　　　각양각색의 소리로 개들이 짖었고, 나무들은
　　　손가락으로 코를 틀어막았다. 시인은 아무도
　　　안 왔다, 시인은 아무도 안 왔다.

---

31 "하강이 손짓한다 (…) 하강이 뒤따르기에"는 윌리엄 칼로스 윌리엄스의 시집 《사막의 음악*The Desert Music*》에 〈하강The Descent〉이라는 제목으로 발표된 바 있다.

— 이윽고 공원에는 떳떳하지 못한 연인들과
길 잃은 개들뿐 .

                    목줄이 풀린!

혼자서, 나무들 위로 떠오른 오월의 달을
본다 .

아홉 시에 공원은 문을 닫는다. 당신은
호수에서 나와서, 옷을 입고, 차에 타
떠나야만 한다: 그들은 차 뒷자리에서
외출복으로 갈아입고 나무들 사이로
빠져나온다 .

'엄청난 괴물'은 모두 사라졌다
갑자기 내리는 밤과 귀뚜라미들의
검은 날개, 청개구리들이 깨어나기 전에 .

　사라진 것은 짐이 마르크스와 베블런과 아담 스미스와 다윈에게서 발견했던 것이었
다— 새로운 시대의 아침을 알리는 위대하고 고요한 종의 위엄 있는 울림　.　. 대신, 경첩
이 느슨해진 문이 천천히 불평하는 소리.[32]

            페이투트는, 시시각각 정신을 차리고,
시시각각 깨어나, 마침내 그를 거부하고
한가로이 떠나간다 .

32　메리 매카시Mary McCarthy의 《그녀가 어울리는 친구The Company She Keeps》(1942)에서 인용.

　　　　　　　그 시가,
가장 완벽한 암석이자 사원이, 엷은 물안개
구름에 둘러싸인 가장 높은 폭포가, 그렇게
경쟁 상대가 되어야 한다니 . 그 시인이
수치스럽게도, (마음을 노예 상태에서 해방시키기
위해) 박식의 힘을 빌려야 한다니: (자신의 특권을
박탈당해 가며 자신이 증오하는 것으로부터 빌려온)
어휘에 비난을 퍼부으며 .

─자신의 실패를 무시하며 .
자신의 뼈들이 무대에 오르도록, 자신의 마른 뼈들이
무대 위로 서도록 애쓴다. (뼈들은 그러지 않을 것이다)
무대가 그 자체로, 스스로 빛을 내
어느 뒷골목이 그러듯
색채를 지니도록, 그리하여 역사가
뚜쟁이들로부터 도망칠 수 있게

.　 .　불가피한 가난을, 보이지 않는 그것을
이룩할 수 있게, 타락한 도시를
.　매질하고 양육하며

사랑은 위안거리가 아니다, 그보다는 차라리
두개골에 박힌 못

.　스스로의 불결함이라는 거울 속에서
뒤집힌, 배움으로부터 단절되어 타락한,

[　117　]

연석緣石 위의 쓰레기, 그 쓰레기 아래의
입법자들, 교육받지 못한, 스스로를
가르칠 수 없는 .

좌절시키기, 잡아 찢기 :

─뿌리 뽑힌 꽃들, 길 위에 흩뿌려진
노랗고 빨간 매발톱꽃들; 꽃을 활짝 피운 층층나무들,
가지 잘린 나무들; 그곳의 얄팍한
여자들, 단호히 거절할 뿐인 그곳의 남자들─
기껏해야 .

언어 . 문체도 없는
말들! 그것을 연구하는 학자들은 (아무도 없고)
. 혹은 매달려 있고, 물은
흐름 아래 머문 채
일종의 걸쭉한 래커로 그들을 감싸며
물의 가닥을 엮는다 .

(마음속에) 갇힌 채
물가에서 그는 내려다본다, 듣는다!
하지만 혼란스러운 굉음 속에서, 여전히
말 한마디 찾지 못하고: 못 배웠어도 들어보려
(애쓰지만) 그 의미를 놓친 채, 맹렬히 귀
기울이느라 몸을 떤다 .

오직 물의 흐름에 대한 생각만이 그를 위로한다,

결혼을 청하는― 그리고 털로 만든

화환을 청하는 그것의 무시무시한 곤두박질만이 .

그리고 그녀는―

　　　돌들은 아무것도 창작하지invent 않아, 오직 인간만이 창작할 뿐.

　　　폭포는 뭐라고 대답하지? 덧니 같은 돌들로

　　　웅덩이를 가득 메우며?

그리고 그는―

　　　분명, 쏟아져 내리며, 옛것을 개작하는 것은

　　　해석되지 않은 새것이야 .

그리고 그녀는―

　　　그것은 우리 시대에는 일어나지 않았어!

　　　　　　　　　　　　　　　　　　　　　　　그

　　　불쌍하고 가여운 장관은

　　　양팔을 흔들며, 무관심한 참피나무 향기 아래로

　　　익사한다 .

당신에 대한 저의 감정은 이제 노여움과 분노에 가깝습니다; 덕분에 저는 평소처럼 혀가 묶인 채 우회적으로 말하는 대신 아주 직설적으로 아주 많은 것을 당신께 말할 수 있어요.
　　당신은 당신과 다른 모든 사람이 쓴 모든 문학작품을 가져다가 위생국의 그 커다란 쓰레기 수거차에 던져버리는 게 나을 겁니다. 최상의 정신과 '보다 섬세한' 감수성을 지닌 사람들이 그 정신과 감수성을 스스로를 보통 사람보다 더 인간적인 인간으로 만드는 데 사용하지 않고, 단지 다른 인간들을 더 잘 이해해야 할 책임을 회피하는 수단으로만 사용한다면 말이에요. 전자는 이론상으로만 가능한 일일 텐데―그런 건 빌어먹을 아무 의미도 없어요.[33]

───────────

33　마샤 나디가 1943년 5월(?)에 윌리엄 칼로스 윌리엄스에게 보낸 편지에서 인용.

. 그리고 저기 전도사들이 간다! (소형 트럭 뒤쪽에
오르간을 실은 채) 내리막으로
서둘러 돌진한다 . 아이들은 적어도
이 광경에 짜릿한 쾌감을 느낀다!

그는 분노가 끓어오른다. 추위가 그의 뼛속까지 스며들었다.
흉측하게 불구가 된 난쟁이가 모습을 드러낼 때—
그는 자기 마음의 나뭇잎 아래서
꿈틀대는 뿌리가 안간힘을 쓰는 목사의 발에
밟히듯 휴일 군중의 발에 밟히는 것을
본다. 그의 눈에 참새가 놀라며 노래하는 모습이
보인다. 그의 귀는 독버섯이고, 그의 손가락에는
잎사귀가 돋아나기 시작했다 (그의 목소리는
폭포 아래로 가라앉았다) .

시인이여, 시인이여! 그대의 노래를 부르라, 당장! 아니면
벌레가 아니라 흐물흐물한 수초가 그대 시인 족속들을
완전히 뒤덮어 버릴 테니.
                    그는 추락하기 일보 직전이다 . .

그리고 그녀는—

우리와 결혼해 줘! 우리와 결혼해 줘!
                    아니면! 끌어내려서, 아래로 끌고
내려가서 사라지게 해줘

그녀는 공허한 말과 결혼했다:

차라리

끄트머리에서

비틀거리다

떨어지는 게

낫지

떨어져서

― 단절되는 게

집요한 장소로부터 ―

지식으로부터,

배움으로부터 ― 낯설고, 전혀

긴급하지 않은, 쏟아져 내리는 말들로부터.

― 단절되었다

달걀처럼 머리가 벗겨진, (더는 창작이 없는)

시대로부터 .

그리고 뛰어내렸다 (혹은 떨어졌다) 언어

없이, 혀가 꼬인

닳아빠진 언어 .

그곳에 난쟁이가 살았다, 폭포 근처에 ―

보호색 덕분에 남들 눈에 띄지 않고.

집으로 가라. 써라. 작문해라 .

하!

화해하라, 시인이여, 그대의 세상과, 그것만이
유일한 진실!

하!

― 언어는 닳아빠졌다.

그리고 그녀는 ―
　　　너는 나를 저버렸어!

　　　― 강물의 마법 같은 소리에
　　　그녀는 침대에 몸을 던졌다―
　　　가련한 몸짓! 말 속에서 길을 잃은:

　　　창작하라 (할 수 있다면) 발견하라, 그렇지 않으면
　　　아무것도 분명해지지 않는다 ― 아무것도
　　　머릿속의 울림을 없애주지 않을 것이다. 분명해지는 건
　　　아무것도 없을 것이다, 아무것도 .

　　　그는 울부짖음에 쫓겨 달아났다.

　세계의 주요 학자와 시인, 철학자 75명이 지난주에 프린스턴에 모였다　 .　 .　 . [34]

34　1946년에 열린 프린스턴 대학 200주년 기념 국제회의 관련 기록에서 인용한 것으로 추정된다.

페이투트는 자신의 발뒤꿈치를

돌에 세게 문질렀다:

일요일인 오늘, 기온은 최고 80도까지 오르겠고; 온화한 남풍이 불겠습니다. 내일은
가끔 흐린 가운데 따뜻한 날씨가 이어지겠고, 온화한 남풍이 불겠습니다.

그녀의 배 . 그녀의 배는

구름 같다 . 저녁의

구름 .

그의 정신은 다시 불러일으킬 것이다:

그   나는 아직도 바지와 외투, 조끼를 입고 있어!

그녀   그리고 나는 아직도 갈로시[35]를 신고 있어!

— 하강이 상승을 따른다 — 절망을 향하듯
지혜를 향해.
한 사람이 그의 기분의 정점을 겁 없이
무너뜨려야 하는 더없이 지독한 필요에
직면해 있다 —
맨 아래로; 맨 아래! 맑은 공기를 알기에
비명을 지르는 쓰레기들이 있는 곳으로 .

35 비가 올 때 신발 위에 신는 방수용 장화.

그 맨 아래에서, 태연히, 햇빛이 입 맞추는
사랑의 정상에 다시 오르기 위해!

                          ― 모호하게
휘갈겨 쓴 . 그리고 승리한 전쟁!

― 이전에 만들어진 노래를 스스로
되풀이해 중얼거리며 . 믿고 싶어 한다
그는 본다, 그 구조 속에서, 무언가
                          흥미로운 것을:

한 해 중 가장 관능적인 이 밤
달의 모습은 빛 없이 노랗고
공기는 부드럽고, 밤의 새는 오직
한 음으로만 노래하고, 활짝 꽃 피운 벚나무는

숲을 흐릿하게 만들고, 겨우 어림짐작할 수 있을
만큼의 향기가 마음속에서 움직인다.
아직 어떤 곤충도 깨지 않았고, 나뭇잎은 거의 없다.
아치 모양으로 우거진 나무들 안에는 잠이 없다.

피는 고요하고 무관심하다, 얼굴은
아파하지 않고 흙도 땀 흘리지 않고 입도
목말라하지 않는다. 이제 사랑은 장난을 즐길 것이고
사랑의 운행의 풍부한 옥타브를 그 무엇도 방해하지 않는다.

›

그녀의 배 . 그녀의 배는 흰 구름 같다 . 저녁의
흰 구름 . 몸서리치는 밤이 찾아오기 전의!

　당신은 여성의 비참한 사회적 지위에 대한 저의 태도와 그것에 필요한 모든 변화에 대한 저의 생각을 흥미로워하셨죠. 그것이 *문학*을 위한 것인 한 말이에요, 안 그런가요? 저의 특별한 감정적 성향이, 저 자신을 양식화되고 표준화된 여성적 감정에서 자유로워지도록 비틀어 떼어냄으로써, 제가 그런대로 괜찮은 *시*를 쓰게 했다는 사실을 말이에요—그건 다 괜찮았죠, 안 그런가요—그건 당신이 주목할 만한 무엇이었어요! 그리고 당신은 제가 당신께 처음 보냈던 편지들 중 하나(그때 당신이 당신의 '패터슨 서문'[36]에 사용하길 원했던 편지)에서 제 생각을 진지하게 받아들여야 한다는 징후를 느꼈는데, 왜냐하면 그것 또한 당신에 의해 문학으로, 삶에서 분리된 무엇으로 변할 수 있었기 때문이죠.
　하지만 저의 실제 개인사, 당신이 문학만큼이나 제법 감탄스럽게 여긴 바로 그 태도와 감성과 몰두로 가득한 저의 개인사가 끼어들었을 때—그건 완전히 다른 문제였어요, 안 그런가요? 더 이상 감탄스럽지 않게, 오히려 반대로 유감스럽고 짜증스럽고 멍청하게, 혹은 어찌 보면 용납할 수 없게 여기셨을 겁니다; 왜냐하면 일종의 새로운 통찰력으로 한 사람을 작가로 만드는 바로 그 생각과 감정은, 종종 한 사람을 어설프고 서툴고 우스꽝스럽고 배은망덕하게, 대부분의 사람이 과묵해지는 지점에서 속내를 터놓게, 속내를 터놓아야 하는 지점에서는 과묵하게 만들고, 과도한 열성 혹은 도를 지나친 솔직함의 결과로 다른 사람의 예민한 자아를 너무 자주 상하게 만드는 *바로 그것*이기도 하기 때문이죠. 그리고 그 둘이 완전히 같은 것이라는 사실—그것이 중요합니다, 늘 기억해야 하는 무엇이죠, 특히 날것의 삶에서 격리된 채 안전한 삶의 유리벽으로 보호를 받고 있는 당신 같은 작가들은 말이에요.
　오직 (제가 쓸 때의) 제 글만이 저 자신입니다: 오직 그것만이 본질적 의미에서의 진짜 저예요. 제가 당신처럼 문학과 삶에 모순되는 두 가지 다른 가치를 부여하기 때문에 그런 것은 아닙니다. 아니요, *저*는 그런 짓을 하지 않습니다; 그리고 저는 누군가가 그런 짓을 할 때, 문학이 다른 것과 마찬가지로 똑같이 악취를 풍기는 구덩이를 위한 그저 지적이고 발작적인 배설물로 변해버린다고 느낍니다.
　하지만 (모든 형태의 창작 예술에서와 마찬가지로) 글쓰기에서 우리는 자신이 완전히 통제하고 그것을 빚어내는 일이 전적으로 자신의 힘에 달려 있는 특정한 외적 요소(언어, 점토, 물감 등등)와의 관계로부터 존재의 통일성과 자기 자신이 되는 자유를 얻습니다; 반면에 삶에서 우리가 외적 요소(우정, 사회 구조 등등)를 빚어내는 일은 더는 전적으로 자신의 힘에 달려 있지 않고, 대신 자기 자신의 최상의 면과 가장 실재적인 면을 이끌어내기 위해 다른 이들의 협조와 이해와 인간애를 필요로 합니다.

36　1940년대 초에 윌리엄 칼로스 윌리엄스는 그 당시 착상한 '패터슨' 전체를 '서문'이라고 불렀다.

그것이 바로 여성이 "물 만난 물고기처럼 순풍을 받으며 항해"[37]해야 할 필요성에 대해 당신이 *시인*으로서 그럴싸하게 내뱉은 모든 말이, 저에 대한 당신의 행동에 비춰봤을 때 공허한 수사에 그치게 되는 이유입니다. 어떤 여성도 완전히 그렇게 할 수는 없을 거예요. 우선 삶 자체에서—그러니까 심지어 다른 여성과의 관계에서 그렇게 되기 전에 남성과의 관계에서—"물 만난 물고기처럼 순풍을 받으며 항해"할 수 있게 되기 전까지는 말이죠. 혜택을 못 받는 계급의 구성원들은 *자신들의* 일원인 '외부인'을 불신하며 증오하고, 따라서 여성—여성 일반—은 자신의 눈빛이 아니라 자신을 향한 남성의 변화된 태도의 눈빛이 그들에게 스며들기 전까지는 결코 자신의 운명에 만족할 수 없을 거예요—그러니 그전까지는, 저 같은 여성의 문제와 의식은 남성보다는 다른 여성에게서 훨씬 더 매정한 시선을 받겠죠.

그리고 그것이, 친애하는 의사 선생님, 당신이 저에게 베푼 우정과 아주 다른 종류의 우정을 제가 필요로 했던 또 다른 이유입니다.

물론 저는 저에 대한 당신의 우정이 구체적으로 무엇 때문에 식어버렸는지는 여전히 모릅니다. 하지만 저는, 당신이 저 때문에 신경을 *쓰시거나* 했다면, 당신이 고려한 사안이 두 가지뿐이었다는 것은 잘 알고 있습니다: (1) 제가 외로움으로 죽어가는 여자였고, 지금도 그렇다는 것—네, 정말이지 저는 암이나 폐결핵 같은 질병으로 천천히 죽어가는 것과 거의 똑같은 방식으로 죽어가고 있어요(그리고 현실 세계에서의 저의 모든 능률은 그 외로움 때문에 계속해서 약화되고 있고요); 그리고 (2) 제가 *작가의* 삶을 이끌어갈 어떤 방식이나 수단, 그러니까 일종의 글 쓰는 직업(혹은 저의 문화적 관심과 관련된 다른 어떤 직업)을 얻거나 서평 같은 문학 저널리즘 활동을 하는 일을 간절히 필요로 했고, 지금도 그렇다는 것—왜냐하면 저는 오직 그런 종류의 일과 직업을 통해서만 다른 종류의 직업에서의 부채를 자산으로 바꿀 수 있으니까요.

저의 그 두 문제 때문에 당신은 계속해서 거의 의도적으로 저를 도우려 했던 것이죠. 하지만 그 두 문제는 제가 시집을 출간하느냐 마느냐 하는 것보다 훨씬 더 큰 문제였고, 그건 지금도 그렇습니다. 제가 계속 시를 쓰기 위해 당신의 지지를 얻어 시집을 출간하려던 마음은, 시를 쓰기 위해 다른 방식(당신이 거부한 바로 그 방식)으로 당신의 우정을 필요로 했던 마음의 절반도 채 되지 않아요. 그런 이유로, 저는 당신이 제가 훨씬 덜 필요로 했던 종류의 도움을 베풀어준 것에 대해 당신이 제게 기대한 종류의 호응과 감사를 (진심으로) 표할 수 없었습니다.

당신이 저와 맺은 모든 관계는 폐렴을 앓는 환자에게 아스피린 한 통이나 그로브 감기약이나 따뜻한 레모네이드 한 잔을 건넴으로써 도움을 주려는 노력과 거의 똑같은 것이 되어버렸습니다. 그런 사실을 당신께 노골적으로 말할 수는 없었죠. 그런데 문학작품을 창작할 때는 더없이 힘차고 아주 재빠르게 자기주장을 펼치는 상상력이, 당신 같은 상황에 놓인 작가가 저 같은 처지의 여자가 느끼는 부적응과 무력감을 완전히 이해하는 데 있어서는 전혀 힘을 발휘하지 못하는 듯한 상황에서, 문인인 당신은 어떻게 그 사실을 알아차렸던 거죠?

당신이 W.라는 이름으로 제게 가능한 검열 업무에 관해 편지를 썼을 때, 제가 그 일에

---

37 윌리엄 칼로스 윌리엄스가 아나이스 닌Anaïs Nin의 《기교의 겨울The Winter of Artifice》 서평에 쓴 문장을 마샤 나디가 변형 인용하였다.

대해 모든 필요한 질문을 하고, 필요한 면접을 준비하고, (만일 고용된다면) 그런 직업을 견뎌야 하는 모든 불가피한 생활 조건하에 일을 시작하는 건 당신에게 아주 간단한 일로 보였겠죠, 안 그런가요? 그렇게 해서 제가 제 삶의 문제가 적어도 현실적인 면에서는 모두 해결되었다고 느끼게 되는 건 ─마치 마법이라도 일어난 것처럼.

하지만 철로에서 제 쪽─그건 당신 쪽이 아니고, 당신의 열렬한 숭배자인 플레밍 양 쪽도 아니며, 심지어 제대로 된 보살핌을 받은 S. T.와 S. S. 같은 사람, 완전히 빈털터리가 되었을 때도 자신들을 돌봐줄 무슨 클라라나 진 같은 이들과 거의 평생을 함께 산 사람의 쪽도 아니죠─ 에 있는 누군가를 위해 심지어 가장 평범하고 현실적인 방법으로 발 벗고 나서는 것은 절대 그리 간단한 일이 아니에요.

몇 달간 헐벗은 고난으로 완전히 빈털터리가 된 남자는 남부끄럽지 않고 중요한 사무직을 찾기 전에 모습을 멀쩡하게 바꾸는 데만 온갖 종류의 것이 필요합니다. 그러고는 여러 면접을 보러 돌아다니는 동안 먹고 자고 겉모습을 꾸미는 데 (특히 이것에) 쓸 충분한 자금이 필요하죠. 그리고 심지어 그런 종류의 직업을 얻었다 하더라도, 그는 첫 번째 월급을 기다리는 동안, 혹은 첫 번째 월급은 밀린 집세나 다른 비슷한 것을 위해 거의 다 쓰여야 하기 때문에 두 번째 월급을 기다리는 동안에도 여전히 먹고 자고 차비를 내고 겉모습을 꾸며야만 합니다.

그리고 그 모든 걸 하려면 엄청난 돈이 듭니다(특히 여자는)─10달러나 25달러보다 훨씬 더 많이 들죠. 혹은 그러려면 한두 달쯤 흔쾌히 자기 아파트에 머물게 해주고, 면접을 요청하는 데 필요한 편지를 보낼 때 사용할 타자기를 빌려주고, 옷을 다리는 데 사용할 전기다리미를 빌려줄 아주 친한 친구가 필요하죠─저한테는 없고, 제가 한 번도 가져본 적 없는 종류의 친구인데, 그 이유는 당신도 아실 겁니다.

당연히 저는 그렇게 큰 규모의 문제에 대한 그런 현실적인 도움을 구함에 있어서 낯선 사람인 당신께 의지할 수는 없었어요; 그리고 제가 당신께 처음으로 도둑맞은 우편환을 요청하고 나중에 다시 25달러를 요청했을 때 제게 필요한 도움의 정도를 축소한 것은 명청한 짓이었습니다─명청한 짓이었던 이유는 오해의 소지가 있었기 때문이죠. 하지만 제가 요청한 다른 종류의 도움(그리고 당신이 제쳐둔 도움)은 결국 적절한 대안이 되었을 텐데, 왜냐하면 저는 달리 아주 특이한 방식으로 일어서는 데 필요한 능력 없이도 제가 당신께 언급한 그 계획들(서평, 아무 아르바이트나 해서 얻는 부수입, 그리고 나중에는 잡지 기고, 어쩌면 올해 여름에 야도[Yaddo][38]에서 한 달 머물기)을 바로 늦가을에 실행할 수도 있었기 때문이죠. 그러고는 결국 제 이름이 몇몇 출판물의 서평란 여기저기에 등장했다는 바로 그 사실 덕분에 (저는 시를 그런 식으로 이용하고 싶진 않아요) 저는 오직 이름 없는 사람에게만 적용되는 불필요한 요식 행위 없이 어떤 종류의 직업(이를테면 O. W. I.[39] 일)을 얻을 수 있었을 겁니다.

지금 제가 당신에게 느끼는 노여움과 분노는, 당신에게 받은 그 마지막 짧은 편지의 결과로 생겨나 저의 창작력에 고통을 주기 시작한 그 응고물의 거친 얼음을 꿰뚫는 역할을 했습니다. 저는 다시 시의 언어로 생각하고 느끼고 있어요. 하지만 그럼에도 불구하고 사

---

38 미국 뉴욕주 새러토가 스프링스에 위치한 예술가 커뮤니티.

39 전시戰時 정보국.

실 저는 당신을 처음 알게 되었을 때보다도 의지할 곳을 잃어가고 있습니다. 저의 외로움
은 그 끝이 보이지 않을 만큼 깊고, 저의 체력은 그 외로움으로 인해 심지어 더욱더 심하
게 약화되고 있어요; 그리고 저의 경제 상황은 당연히 더 나빠졌는데, 이제 생활비가 지
독히 많이 들고, 당신의 친구 X 양과 연락하지만 그녀는 제가 보낸 짧은 편지에 관심을 기
울이지 못할 또 다른 이유가 있었는지도 모르죠— 어쩌면 저에 대한 당신의 우정이 식어
버렸다는 걸 알게 되었는지도 모릅니다— 그래서 그녀의 태도가 바뀌었을지도 모르는데,
왜냐하면 그녀는 당신의 열렬한 '추종자'이니까요. 하지만 모르겠어요. 그 문제에 대해
저는 아무것도 알지 못합니다; 그리고 지난주에 저의 소설 서평을 실어보려고 저 스스로
〈타임즈〉를 찾아갔을 때도(〈타임즈〉에는 서평이 정말 많이 실리니까요) 아무 소득은 없
었어요. 그리고 제가 하길 원하는 것은 글쓰기인데— 기계나 선반旋盤을 작동시키는 게 아
니라— 왜냐하면 (제가 생각하기에는) 문학이 사회적 문제와 사회적 진보와 점점 더 긴밀
히 엮이는 상황에서 제가 (전시든 평화시든) 인류의 행복에 기여할 수 있으려면 공장 노
동자가 아니라 작가가 되어야만 하기 때문이죠.

　제가 아주 어렸을 때, 중요한 역할을 맡기에는 터무니없이 어려울 때(여학생 나이 때),
정신은 전혀 성숙하지 못했고 모든 생각은 생겨난 지 첫 주째인 배아처럼 형체가 없었을
때, 저는 수많은 잡지에서 어떤 어려움도 없이 서평을 찾아 읽을 수 있었어요— 그리고 서
평에서 다루어진 그 모든 책은 전부 인정받은 (커밍스, 배빗 도이치, H. D.[40]처럼) 중요
한 작가들이 쓴 것이었는데, 제 생각이 성숙했고 저에게 정말로 할 말이 생긴 지금은 그런
종류의 작품을 전혀 찾을 수가 없습니다. 대체 왜 그런 걸까요? 그건 그 사이의 세월 동안
제가 세상에서의 여성의 지위에 만족하지 못한 여자로서, 당신과 같은 성별과 당신처럼
특정한 사회적 배경을 지닌 작가들이 떠맡지 않은, 그리고 저와 같은 성별의 구성원들이
(제가 앞서 이미 언급한 이유로) 눈살을 찌푸리는 그런 수많은 개척자적 삶을 살 수밖에
없었기 때문입니다— 그래서 (삶으로 생각이 명확해지고 풍요로워진) 제가 삶에서 글쓰
기로 돌아가길 원한 바로 그 순간 저는— 그 삶 때문에— 사회적으로 완전히 추방된 상태
였어요(그리고 그건 지금도 그렇고요).

　저는 소녀 시절에 했던 문학 활동을 (당신과의 첫 대화에서) 얼버무리고 넘어갔고 아
주 가볍게 취급했는데, 왜냐하면 그때 그 작품은 재능 있는 대학 신입생이나 조숙한 사립
학교 졸업반 학생이 학교 신문에 발표하는 것보다 더 나을 게 없었기 때문이죠. 하지만 어
쨌든 그 작품이 예정대로 학교 신문에 실리는 대신 그 당시에 그런대로 중요했던 문학 출
판물의 편집자들에게 아주 진지하게 받아들여진 덕분에, 저는 아주 쉽게 매주 평균 15달
러를 받을 수 있었어요. 그리고 저는 이제 다시 그 일을 하려 하고, 이 자리에서 그 사실
을 강조합니다; 왜냐하면 그 사실에 비추어 당신은, 제가 (매력적인 젊은이다운 성적 매
력을 소유하고 제대로 된 무리와 어울리는 일 같은) 몇몇 피상적인 일에 근거해 세상과의
관계에서 작가로서의 개인적 주체성을 유지할 수 있었던 반면, 이후에는 삶에서의 그런
피상적인 일에서 벗어나야 했기 때문에 이제는 그런 주체성을 유지하지 못하게 되었다는
사실을 깨닫고는 어떤 기분을 느낄지 더 잘 상상하실 수 있을 테니까요.

　P 선생님, 당신은 인생을 그토록 자주 시험에 들게 하는 샛길과 어두운 지하 통로에서

40　미국의 시인 힐다 둘리틀Hilda Doolittle.

살아야 했던 적이 한 번도 없습니다. 당신은 당신의 출생과 사회적 배경이 제공한 바로 그 상황 덕분에 날것의 삶에서 탈출할 수 있었어요; 그리고 당신은 삶에서 보호받는 것과 무능력한 생활력을 혼동하고 있고—그렇기 때문에 문학을 그 망상적인 무능력한 생활력에서 비롯된 필사적인 최후의 수단에 불과한 것으로 여길 수 있는 겁니다. (이 말에서 알 수 있겠지만, 저는 당신의 몇몇 자전적인 작품을 봐왔습니다.)

하지만 삶(그러니까 안전하지 못한 삶)이란 그저 편안히 앉아 이런저런 결정을 내리는 것이 아닙니다. 그것은 좁은 의미에서는 홍역처럼 누군가에게 일어나는 것; 혹은 넓은 의미에서는 물이 새는 배나 지진과도 같은 것이에요. 안 그러면 그것은 일어나지도 않죠. 그리고 그것이 일어날 때, 그때 우리는, 제가 그런 것처럼, 삶을 문학으로 이끌어야만 해요; 그리고 그것이 일어나지 않을 때, 그때 우리는 (당신이 그러듯) 순수하게 문학적인 연민과 이해, 오직 종이 위에만 적힌 통찰력과 인간애의 말에 생기를 불어넣죠—그리고 또한, 아아, 저에 대한 당신의 태도 변화에 필시 중요한 역할을 했을 문인의 자아에 말이에요. 제 생각에 그 문인의 자아는 저 자신의 업적이 그의 단춧구멍에 꽂는 꽃 같은 역할을 하게 되는 식으로만 저를 돕고 싶었던 것 같군요. 만일 그런 종류의 도움이 저를 꽃피울 만큼 충분한 것이었다면 말이지만요.

하지만 저에게는 그게 사랑이 됐든 우정이 됐든 누구에게도 줄 꽃이 없습니다. 그게 제가 제 시들 앞에 그 서문을 붙이길 원치 않았던 이유 중 하나예요. 그리고 저는 이 편지의 끝에 이르러 심술궂게 굴거나 빈정대길 원치 않습니다. 그러기는커녕 이 모든 걸 쓰게 했던 노여움과 분노의 자리에 이제는 엄청난 슬픔의 감정이 자리해 있어요. 저는 그동안 다른 어떤 것을 원했을 때보다도 당신의 우정을 더 원했습니다(그래요, 더, 그리고 저는 다른 것들도 간절히 원해왔죠), 저는 당신의 우정을 절실히 원했는데, 누군가의 자부심을 돋보이게 해줄 게 하나라도 있어서 그런 건 아니었어요—그런 게 하나도 없기 때문에 그랬던 거죠.

네, 앞의 내용에서 제가 느꼈다고 상상한 분노는 거짓이었습니다. 저는 분노하기에는 너무 불행하고 너무 외로워요; 그리고 만일 제가 이 편지에서 당신의 주의를 환기한 어떤 내용이 저에 대한 당신의 심경에 어떤 변화라도 일으킨다면, 그것이야말로 지금 당장 제 인생에서 일어나고 있다고 생각할 수 있는 유일한 사건일 거예요.

이만 줄입니다La votre.

C.[41]

추신. 이곳 파인가 21번지에 돌아오고 나니 덧붙일 내용이 떠올랐는데, 누가 그 우편환에 '크레스'라는 이름을 꾸며 적었고 브라운의 수표를 가져갔는지는(물론 그 수표는 현금으로 바뀌지 않았고, 따라서 나중에 다시 받았지만) 결코 밝혀지지 않은 채 수수께끼로 남았습니다. 그리고 그 당시 이곳 관리인으로 있던 사람은 이제 죽고 없어요. 그 사람이 돈을 훔쳐 갔을 거라고는 생각지 않습니다. 그래도 우체국에서 그 일을 끝까지 추적하지 않은 것은 오히려 다행한 일인데, 왜냐하면 혹시라도 밥이 그 일과 연관돼 있었더라면 심

---

41 영국의 중세 시인 제프리 초서Geoffrey Chaucer의 《트로일루스와 크리세이드Troilus and Criseyde》에서 크리세이드가 트로일루스에게 편지를 보낼 때 사용한 서명을 암시한다.

각한 문제에 빠졌을 테니까요— 저는 그것을 달가워하지 않았을 텐데, 왜냐하면 그는 끔찍할 만큼 낮은 보수를 받는 흑인 중 한 명이었고 여러 면에서 대단히 괜찮은 사람이었으니까요. 하지만 그가 (두 달 전에) 죽고 난 지금은 그 일을 끝까지 추적했더라면 좋았겠다는 마음이 드는데, 왜냐하면 그 도둑놈들은 그들이 연중 행하는 무일푼의 노동력 착취가 어떤 식으로든 알려져야만 하는 저열하고 비열한 북부지방 농민이었을 수도 있고, 만일 그들이 정말로 우편환을 훔쳐서 체포되었다면 그 일 자체로 인해 관계 당국이 그들의 다른 모든 불법 행위에도 관심을 가졌을 수도 있기 때문입니다: 그렇지만 저는 그런 종류의 정의에는 큰 관심이 없어요. 저는 심리적으로나 환경적으로나 이런저런 범죄나 반사회적 행동의 근원에 자리한 것에 늘 더 관심이 많습니다. 그런데 저 마지막 문장을 쓰면서, 제가 어떤 산문을 통해서 *사람들과 정말 많은 것을 하고 싶어* 한다는 사실이 떠올랐어요— 어떤 이야기, 어쩌면 장편소설을 통해서 말이에요. 제가 글을 쓰기 위해 필요한 삶을 얼마나 원하는지는 이루 말할 수 없습니다. 그리고 저는 그야말로 완전히 혼자서는 그것을 이룰 수가 없어요. 저는 심지어 지금 타자기도 소유하고 있지 않고, 임대 타자기도 없습니다— 그리고 저는 타자기로 치면서 하는 게 아니면 제대로 된 생각을 할 수 없어요. 시 (물론 초고만 그렇지만)와 편지는 손으로 쓸 수 있습니다. 하지만 편지 외에 다른 산문을 쓰려면 타자기 없이는 안 돼요. 하지만 그것은 물론 저의 가장 하찮은 문제이지요— 타자기 말이에요; 적어도 무언가 조치를 취할 수 있는 가장 단순한 문제예요.

C.

P. 선생님께:

이 편지는 제가 지금껏 당신께 쓴 편지 가운데 가장 단순하고 노골적인 편지입니다; 그리고 당신은 이 편지를 처음부터 끝까지 세심하게 읽으셔야만 하는데, 왜냐하면 이 편지는 작가로서의 당신에 대한 내용, 그리고 당신이 A. N.[42]에 대한 글에서 표한 여성관에 대한 내용을 담고 있기 때문이며, 저 자신과 관련하여 전에는 알려줄 필요가 없다고 여겼지만 지금은 알려줘야만 한다고 생각하는 어떤 정보를 담고 있기 때문입니다. 그리고 만일 서두에 제가 표한 분노 때문에 그 이후로 계속 읽어나가기에는 너무 화가 나셨다면— 음, 후반부에는 저의 그 분노가 사라진 상태일 거예요, 이 추신을 달고 있는 지금은 말이죠.

C.

그리고 만일 그런 이유에도 편지를 읽고 싶지 않으시다면, 그래도 *제발*, 그저 저를 정중하게 대해주는 셈 치고라도 꼭 그렇게 해주셨으면 해요— 이 편지를 쓰는 동안 많은 시간과 많은 생각과 많은 불행이 지나갔으니까요.[43]

---

42 '아나이스 닌'을 가리킨다. 각주 37 참조.

43 각주 33의 편지에서 이어지는 내용. 마샤 나디가 서점에서 《패터슨》 2권을 읽다가 자신의 편지를 발견하고는 1949년 3월 30일에 윌리엄 칼로스 윌리엄스에게 다시 편지를 보내면서 둘 사이의 서신 교환이 재개되었다. 서신 교환은 윌리엄스가 뇌졸중을 앓고서 짧은 편지밖에 쓰지 못하게 된 1956년까지 이어졌다. 그는 1956년 10월 5일에 보낸 마지막 편지에서 마샤 나디의 시집 출간을 축하하며 "당신은 제가 아는 여자 가운데 가장 용감하고 가장 재능 있으며 가장 관대한 사람입니다. 당신이 성공해서 기쁩니다"라는 문장으로 편지를 끝맺었다.

3권[1]

(1949)

---

1 3권의 초판 책 커버에는 《패터슨》 3권에 붙이는 메모'가 수록되어 있었다. 전문은 다음과 같다.
"패터슨은 절벽과 폭포 가장자리에서 뛰어 내려서 결국 죽고 마는 남자다(내가 남자이기 때문
에). 그럼에도 불구하고 그는 절벽과 폭포 그 자체인 여자이기도 하다(내가 여자가 아니기 때문
에). 그녀는 자신의 최후를 위해 곤두박질치는 그에게 보호의 손길을 뻗어 그가 도중에 바람에
날려 날아가지 않게 하려고 한다. 하지만 내가 이미 말했듯 그는 결국 그 손길에서 벗어나고 만
다.
그가 죽을 때 바위들은 그들의 슬픔이 더 잘 울려 퍼지도록 점점 야생화로 분열한다. 그것은 어
떤 언어로, 그들이 재앙이 일어나기 전에 제때 알았더라면 그 둘을 모두 괴로움에서 해방시켰을
바로 그 언어다.
네 권으로 이루어진 《패터슨》(이번 책 '도서관'은 그중 3권이다)이 주력하는 것은, 남자의 때 이
른 죽음—1권에서의 커밍 부인의 죽음 같은—과 그를(그녀를) 붙잡지 못한 여자의(남자의) 실
패를 막을 수도 있었을 구원의 언어에 대한 탐색이다.
4권은 그 엉켜버린 언어를 풀지 못한 실패로 빚어진 뒤틀어진 혼란을 보여줄 것이고, 남자와 여자
가 둘 다 말speech에 실패한 대가로 자신들을 기다리고 있는 (피)바다로 속절없이 떠내려가는 동안
그 뒤틀어진 혼란을 우리 자신의 혼란으로 만들 것이다. 그들을 마침내 구해낼 열쇠는 이 세상에서
오직 시인의 손에 들려 있다."

올리버에게 도시들은 자연의 일부가 아니었다. 도시들이 인간 정신의 제2의 육신이고, 제2의 유기체이며, 피와 살로 만들어진 동물보다 더 합리적이고 영구적이며 장식적이라는 사실을 누군가가 일깨워 줬을 때조차 그는 그 사실을 거의 느낄 수도 받아들일 수도 없었다: 도시들이 자연스러우면서도 도덕적인 예술 작품이라는, 그곳에 영혼이 행위의 기념비들을 세우고 쾌락의 도구들을 마련하는 예술 작품이라는 사실을.

—《최후의 청교도》, 산타야나[2]

---

2 스페인 태생의 미국 철학자, 시인, 소설가, 평론가인 조지 산타야나George Santayana.

도서관

I.

나는 아까시나무를 사랑한다
달콤하고 하얀 아까시 꽃을
　　얼마나 드나?
　　얼마나 드나?
꽃이 활짝 핀
아까시나무를 사랑하는 데
얼마나 드나?

에이버리[3]가 모을 수 있었던 것보다
더 큰 거금
　　아주 많이
　　아주 많이
아래쪽으로 경사진 초록
　　아까시
밝고 작은 이파리들이
　　유월에 돋아나
달콤하고 하얀 꽃 사이로

3　유럽 미술품을 구입하는 미국인 바이어들에게 조언자 역할을 해서 부자가 된 새뮤얼 퍼트넘 에이버리
Samuel Putnam Avery.

몸을 숙인다 커다란
비용을 치르고서

　　　　책들의 서늘함이
이따금 마음을 뜨거운 오후의 도서관으로
이끌 것이다, 만일 책들이 감각을 서늘하게 해
마음을 데려갈 수 있는 것이라면.

그곳에서 삶을 울려 퍼지게 하는
모든 책에는 바람이나 바람의
유령이, 우리가 실제로 바람 소리를 듣는다고
생각할 때까지 귓속의 통로 가득 채우는
세찬 바람이 있으므로 .

　　　　마음을 데려갈 그것이.

거리에서 이끌려 온 우리는
우리 마음의 고립에서 벗어나 책들의 바람에
휩쓸린 채, 찾는다, 찾는다
바람을 따라가며
우리를 지배하는 것이 바람인지
바람의 힘인지 우리가 모를 때까지 .
　　　　마음을 데려갈 그것이

그리고 마음속에는 향기가 자라난다
아마도 아까시 꽃의 향기가
그것의 향기는 그 자체로 움직이는 바람이어서

마음을 데려간다

그리하여, 폭포 아래서
곧 마를
강이 소용돌이치며 빙빙 돈다
                    처음으로 다시 모여.

요 몇 달 동안 쓸모없는 거리를 방황하느라
녹초가 되었다, 해 질 녘의 클로버잎처럼
그에게 겹쳐지는 얼굴들, 무언가가
그를 돌려놓았다, 원래의
                    마음으로 .

            그 마음속에서 보이지 않는 폭포가
굴러떨어졌다 다시 일어서고
다시 떨어진다― 그리고 그러길 멈추지 않는다, 굉음과 함께
떨어지고 또 떨어진다, 폭포가 아니라
조금도 수그러들지 않는 폭포에 대한 소문의
                            반향反響

            아름다운 것,
나의 비둘기, 무력하고 모두 바람에 날려가 버린,
불에 그을리고
            무능력한,
여러 번 되풀이되며
(소리 없이) 감각을 익사시키는 굉음
            침대에 눕기를

[135]

어두운 침대에 누워 잠들고 잠들고 또
                    잠들기를 꺼리는.

여름! 여름이다 .
— 그리고 그의 마음속 굉음은 여전히
수그러들지 않았다

1723년에 바이세 하우스 근처에서 마지막 늑대가 죽임을 당했다

      돌을 흔드는 반향으로 마음을 가득 채우며
      떨어지고 다시 떨어지기 위해
      일어서는 소란스러운 물에게
      책들은 때때로 안식을
                    안겨줄 것이다.

불어라! 그러라지 뭐so be it.[4] 쓰러뜨려라! 그러라지 뭐. 휩싸고
무너뜨려라! 그러라지 뭐. 사이클론, 화재
그리고 홍수.[5] 그러라지 뭐. 지옥, 뉴저지, 편지에 그렇게
쓰여 있었다. 아무 말 없이 배달된 편지에.
그러라지 뭐!
      달아날 테면 달아나 봐. 그러라지 뭐.
(우리를 완전히 껴안고 감싼 바람—
혹은 무풍). 그러라지 뭐. 문을 잡아당겨라, 뜨거운

---

4 윌리엄 칼로스 윌리엄스가 에즈라 파운드에게 보낸 편지에서 "so be it"은 평원 인디언의 기도 번역문을 그대로 가져온 것이며, 그것은 "말 그대로 '만일 그렇다면 그렇게 되라지if it so is then so let it be', 달리 말하면 '될 대로 되라지to hell with it' 라는 뜻"이라고 말한 바 있다.
5 1902년 2월 8일에 패터슨 중심가에 큰 화재가 발생해 댄포스 공립 도서관이 파괴되었고, 그해 3월에는 퍼세이익강이 범람했으며, 그해 말에는 엄청난 토네이도가 도시를 덮쳤다. 도서관은 새로운 부지에 다시 지어져 1905년에 재개관했다.

오후에, 바람이 붙든 채 우리의 팔과 손에서

비틀어 떼어내는 문을. 그러라지 뭐. 도서관은

우리의 두려움의 피난처. 그러라지 뭐. 그러라지 뭐.

―우리를 넘어뜨린, 우리를 내리누른

바람, 음란한, 혹은 우리의 두려움의 음란함을 내리누른 바람

―잦아드는 웃음소리. 그러라지 뭐.

숨이 가쁜 채로 앉아서

혹은 여전히 숨이 가쁜 채로. 그러라지 뭐. 그러고는, 진정을 되

찾고서

다시 그 일로 돌아가라. 그러라지 뭐 :

오래된 신문철에서

발견되는 것들― 들판에서 불에 탄 아이,

무無언어. 집에 가기 위해 불붙은 채

울타리 아래로 기어가려 했다. 그러라지 뭐. 다른 두 사람,

소년과 소녀는 서로 꼭 껴안고 있었다

(물 또한 그들을 꼭 껴안고 있었다) 그러라지 뭐. 운하에서

아무 말 없이 익사하다. 그러라지 뭐. 패터슨

크리켓 클럽, 1896. 여성 로비스트. 그러라지

뭐. 지역의 백만장자 두 명 ― 떠나다.

그러라지 뭐. 또 다른 인디언 석굴이

발견되다 ― 뼈로 만든 송곳. 그러라지 뭐. 옛

로저스사社. 그러라지 뭐.

우리를 외로움으로부터 보호해 준다. 그러라지 뭐. 마음은

어지럽혀지고, 읽을거리로 다시 놀라기 시작한다 .

그러라지 뭐.[6]

---

6 이상은 1936년에 발간된 〈프로스펙터〉 기사들에서 가저온 것이다.

그는 돌아선다: 그의 오른쪽 어깨 너머로
어렴풋한 윤곽이 말한다 .

　　　부드럽게!　　　　부드럽게!
　　　모든 것에서 반대되는 것이
　　　　　　　분노를
　　　깨우듯이, 그 윤이 나는
　　　　　　　머리를

　　　내려놓을 자리가 없는
　　　　　　절망의
　　　형태로 지식을 품으며 —

　　　그저 아끼기만 해라 — 혼자서는 말고!
　　　　가능하면, 절대 혼자서는
　　　말고! 용인된 도마와
　　　　　　네모난 모자를
　　　피하기 위해! .

'성' 또한 완전히 파괴될 것이다. 그러라지 뭐. 오로지
그것이 *거기* 있다는 이유만으로, 이해할 수가
없다; **쓸모가** 없다는 이유만으로! 그러라지 뭐. 그러라지 뭐.

　　　그 성을 지은 가난한 영국 소년이자

이민자인 램버트[7]는

　　처음으로

　　　　　조합에 반기를 든 사람이었다:

여긴 **내** 가게야. 나는 (그의 베틀 사이로)

길을 걸어가다가 얼굴이 마음에 안 든다는

이유만으로 어떤 개자식에게든 마음대로 총을 쏠

권리가 있어(그리고 그것은 사실이었다).

　　로즈랑 나는 1차 대전 무렵 패터슨 파업에 참여해 야외극[8]에서 작업했을 때 서로 알지
못했어. 로즈는 정기적으로 감옥에 있는 잭 리드에게 음식을 주러 갔고, 나는 유니언 홀
에서 빅 빌 헤이우드, 걸리 플린과 나머지 너그러운 후원자들과 지지자들의 말에 귀를 기
울였지. 그리고 이제 이 끝내주는 걸 좀 봐봐.[9]

　　조합은 그를 제대로 박살냈다 .

　　　　　ㅡ그 영감, 그 영국인은

머릿속이 성과 그 통명스러운 변증법의

중심축들로 (그 변증법이 지속되던 동안) 가득 차

충적토에, 화산작용으로 만들어진 '산'의

충상단층을 빙 두른 낙석에 밸모럴성[10]을 지었다

　　　　　ㅡ평평하게 깎은 조약돌의

반투명한 층으로 빛나던 본채의

7　영국 요크셔주 출신의 카톨리나 램버트는 패터슨에서 가장 부유했던 공장주 중 한 명으로, 1892년에
'벨라 비스타'라는 성을 지어서 그곳에서 평생을 살았다. 성은 1925년에 패터슨시에 팔렸고, 1936년에는
성의 황폐해진 회랑 부속 건물이 철거되었다.

8　1913년에 패터슨 파업 참가자들을 돕기 위해 뉴욕 매디슨스퀘어가든에서 상연된 연극.

9　윌리엄 칼로스 윌리엄스가 친구 로버트 칼튼 브라운에게 받은 편지의 일부이다.

10　영국 스코틀랜드에 있는 영국 왕실의 성.

몇몇 창은 (그의 첫 아내는 그것에
감탄했다) 단연코 그곳에서 가장 진짜 같은
세부 장식이었다; 적어도 그곳에 있는 것 중
최고였고 최고의 공예품이었다 .

　　시의 영역은 세계이다.
　　태양이 떠오르면 그것은 시에서 떠오르고
　　태양이 지면 어둠이 내리고
　　시는 어두워진다 .

　　그리고 등불이 켜지고, 고양이는 어슬렁거리고 인간은
　　읽는다, 읽는다— 혹은 중얼거리며 응시한다
　　그들의 작은 빛이 드러내거나 가리는 것을,
　　혹은 그들의 손이 어둠 속에서 찾아

　　헤매는 것을. 시는 그것들을 움직이거나 움직이지 않는다.
　　페이투트, 그의 귀가
　　울린다 . 소리는 없고 . 위대한 도시도 없다,
　　그가 읽는 것처럼 보이는 동안—

　　　　　　단단한 덩어리로 뭉쳐진 도서관에서
　　들려오는 책들의 굉음이 그를 억누른다
　　　　　　　　　　　　　　그의 마음이
　　표류하기 시작할 때까지 .

　　　　아름다운 것:

― 어두운 불길,

바람, 홍수 ― 모든 부패에 반대하는.

이 벽에 갇힌, 죽은 이들의 꿈이 일어나

출구를 찾는다. 영혼은 시들해지고

무력, 무력해진다, 타고난 능력의 부족 때문이 아니라 ―

(혼자서 확실한 죽음에 맞서며)

휴식을 주기 위해 그들을 동료들과 함께 이곳에

감금해 밀어 넣은 것 때문에 .

추위나 밤이 찾아오기 전에 날아와

(빛이 그들을 끌어들였다)

　　　　그들은 (책에서) 안전함을 구하려 했지만

결국 높은 창문의 유리만

　　　　두들기고 말았다

도서관은 황폐한 곳이다, 그곳은 그곳 특유의

정체停滯와 죽음의 냄새를 풍긴다 .

아름다운 것!

― 꿈의 비용.

　　　　그 꿈속에서 우리는 찾는다, 지혜의

수술이 끝난 후 번역해야만 한다, 한 걸음 한 걸음씩

재빨리, 그렇지 않으면 파괴될 것이다 ― 거세당한 존재로

남는 주문에 걸려 (천천히 내려오는 베일

마음을 둘러싸는
　　　　마음을 잘라내는) .

　　　　　　　　　　　쉿!

　　　깬 채로, 그는 몹시 열이 나는 상태로 존다,
불타오르는 뺨 . . 과거에
피를 빌려주며 놀란 채 . 목숨을 걸며.

그리고 그의 마음이 사라지는 동안, 다른 이들이 끼어든다, 그는
마음을 되돌리려 애쓴다 ─ 하지만 그것은
그를 빠져나가고, 다시 파닥이며 날아간다
다시 멀리 .
　　　　오 탈라사, 탈라사!
　　　후려치고 쉭쉭거리는 물

　　　　　　바다!

　　　그것은 그들에게 얼마나 가까웠던가!

　　　곧!

　　　　　　너무 빨리 .

─그럼에도 그는 마음을 되돌린다, 나머지와 함께
통풍구와 높은 창문을 두드리며

(그들은 항복하지 않고 비명을 지른다

분노처럼,

비명을 지르며 상상력을, 성적 불능을 맹렬히 비난한다,

여자 대 여자, 그것을 파괴하려 하지만 파괴하지

못하며, 그것으로부터 생명은 나오지 않을 것이다) .

도서관─ 책들로 가득한! 마음의 의지를

약화시키는 모든 책을 헐뜯는

아름다운 것!

인디언들은 돼지 두세 마리를 죽인 혐의로 고발되었다─ 이는 사실이 아니었는데, 이후에 밝혀졌듯이 돼지들을 도살한 것은 백인들 자신이었기 때문이다. 다음 사건은 고발을 당해 키프트의 군인들에게 체포된 인디언 두 명과 관련된 것이다: 키프트는 그 인디언 전사들을 군인들에게 넘겨서 그들 마음대로 처리할 수 있게 했다.

이 중 끔찍한 상처를 입은 한 야만인은 그들에게 죽기 전에 추는 종교적 춤인 킨테 카예를 출 수 있게 해달라고 부탁했다; 하지만 그는 너무 많은 상처를 입은 나머지 급사하고 말았다. 그러자 군인들은 다른 야만인의 몸에서 살점을 도려냈다. ...이런 일이 벌어지는 동안 책임자 키프트는 자신의 고문관인 프랑스인 잔 드 라 몽타뉴(식민지에서 최초로 교육받은 의사)와 함께 서서 그 즐거운 광경에 실컷 웃음을 터뜨렸고, 너무 유쾌한 나머지 그의 오른팔을 문질러댔다. 그러고서 그는 그(그 인디언 전사)를 요새에서 끌어내라고 명령했고, 군인들은 시종일관 킨테 카예를 추는 그를 '비버의 길'로 데려가서 손발을 잘라내고는 마침내 그의 목을 베었다.

그곳 요새의 북서쪽 모퉁이에는 또한 포로로 잡혀 온 여성 야만인들 스물너덧 명이 서 있었다: 그들은 양팔을 쳐들고는 그들의 언어로 외쳤다. "부끄럽지도 않냐! 부끄럽지도 않냐! 우리는 저런 전례 없는 잔인한 짓은 알지도 못하고, 심지어 떠올려본 적도 없다."

그들은 조개껍데기로 돈을 벌었다. 새의 깃털. 비버 가죽. 사제가 죽어서 묻혔을 때, 그들은 그가 지녔던 귀중한 물건으로 그를 감싸주었다. 네덜란드인들은 시신을 파헤쳐서 모피를 훔치고는 숲을 배회하는 늑대들 몫으로 시신을 버려두었다.

의사 선생님, 좀 들어보세요 — 나이는 오십쯤, 챙이 달린
모자를 뒤로 넘기는 때 묻은 손: 모자에는 금으로 —
                    '미국 의용군'

                                    밖에
결혼하고 싶은 여자가 있어요, 그 여자
피 검사를 해주실 수 있을까요?

   1869년에서 1879년 동안 몇몇 사람이 줄밧줄을 타고 폭포를 건넜다(옛 사진에서 반소
매와 여름용 원피스 차림으로 마른 바위 위에 서 있는 아래쪽 군중들은 위쪽의 사람들을
올려다보는 남녀들이라기보다는 수련이나 펭귄처럼 보인다): 드 라브, 해리 레슬리, 조
지 돕스 — 돕스는 어깨에 남자아이 한 명을 메고 있다. 반쯤 정신 나간 플리트 마일스는
자신도 묘기를 펼치겠다고 선언했지만 군중이 모였을 때 모습을 드러내지 않았다.[11]

   그곳은 퀴퀴하고 부패한 땀을 흘린다
   옥외 변소의 악취 .   도서관의
   악취

   여름이다! 악취를 풍기는 여름

   그곳에서 도망쳐라 — 하지만 달려서 도망치진
   말고. '작문'을 통해 도망치지도 말아라. 그 더러움을 껴안아라

      팽팽한 존재 — 영원들 사이에서
   균형을 잡고 있는

[11] 1936년 8월 7일 자 〈프로스펙터〉 기사를 바탕으로 윌리엄 칼로스 윌리엄스가 직접 썼다.

레슬리가 요리용 스토브를 등에 달고 한창 줄을 타고 있었을 때, 모리스산에 있던 한 관중이 악의로 그랬는지 무료해서 그랬는지 고정 줄 하나를 잡아당겼고, 그래서 레슬리는 거의 떨어질 뻔했다. 그는 스토브를 밧줄 가운데로 가져간 다음 스토브에 불을 붙이고는 오믈렛을 만들어 먹었다. 그날 밤에는 비가 와서 이후의 줄타기 공연은 연기해야 했다.

하지만 월요일에 그는 여장을 하고서 세탁부 놀이를 했다. 술에 취한 듯이 갈라진 틈을 지나며 휘청거렸고, 거꾸로 가기도 했으며, 한 발로 깡충깡충 뛰고 밧줄 가운데에서 옆으로 눕기도 했다. 팽팽한 밧줄을 '망가뜨린' 그는 공연을 멈추고선 밧줄을 수선하기 위해 위쪽의 작은 집으로 물러났다.

이 모든 과정은 새 전화기를 통해 급수탑에서 도시로 전해졌다. 소년인 토미 워커는 이 사건의 진정한 영웅이었다.[12]

그리고 몽상이 늘어나고
　　당신의 관절이 느슨해지는 동안
　　속임수는 끝났다!
하루가 밝았고 우리는 당신을 본다―
　　하지만 혼자는 아니다!
술에 취해 후줄근한 모습으로

별들과 느린 달로 가득한
하늘 아래서
　　아름다운 것
아름다움의 가혹함을 발산하며―
　　　　차는
　　멈춘 지 오래다
　　다른 이들이 와서

12 각주 11과 동일.

그것들을 끌어낸 이후로
　　어떤 마취제가 술집을
　　빈민굴로 만들든
무관심한 채 당신을
　　아름다운 것
거기 둔 그들이 —

그것의 악취!
　　그게 무슨 상관이람?
　　오직 하나만
자유롭게 할 수 있다 —

당신만 빼고!
— 하얀 레이스 원피스를 입은 당신

　　　・　　・　　・

　고귀하고 쉽게 얻을 수 없는
너의 아름다움에 홀렸다 (나는 말했다), 모든
광경이 홀렸다:
　　　　　　　　옷 벗어,
(나는 말했다)
　홀려서, 너의 얼굴의 고요함은
고요함이고, 진짜다

　　　　　　책에서 나오지 않은.

너의 옷을 (나는 말했다) 빨리, 너의

아름다움이 성취 가능한 것인 동안.

             그걸 의자에 올려놔
(나는 말했다. 그러고는 부끄럽게도
분노하며)
                너한테서는 목욕을 해야 할 것처럼
냄새가 나. 옷을 벗고 너 자신을
정화시켜 . .
그리고 나도 나 자신을 정화하게 해줘
                      ― 너를 보게,
                        너를 보게 (나는 말했다)

(그러고는, 화를 내며) **옷을
벗으란 말이야!** 나는 너더러
살가죽을 벗으라고 하지 않았어 . 네가 입고 있는
옷, 옷을 벗으라고 했지. 너한테선
매춘부 냄새가 나. 나는 네가 네 잃어버린 육신의
깜짝 놀랄 만한 미덕을 내 생각 속에 담그고
씻기길 바라는 거야 (나는 말했다) .

                   ― 네가 나를
저 달까지 돌진하게 해주길
. . 너를 보게 해주길 (나는
말했다, 울면서)

차 타고 한 바퀴 돌자, 이 동네가 어떻게 생겼나 보게 .

무관심한, 어떤 죽음에 대한 무관심함
혹은 어떤 죽음에 대한 사건이
수수께끼를 낸다 (제임스 조이스식으로─

                          혹은 반대로,
그것은 무관심한)
                    결혼식 수수께끼:

언어에 대한 너무 많은 말─들어줄 귀도
없는데.

. . . .

할 말이 뭐가 있지? 아름다움이
무시되고 있다는 것 말고는 . 비록 판매 중이고
충분히 유창하게 팔려나가고 있지만

              하지만 그건 사실이다, 그들은 그것을
죽음보다 더 두려워한다, 아름다움은 죽음보다 더한
두려움의 대상이다, 그들은 그것을 죽음보다 더 두려워한다

                아름다운 것
        ─그리고 오직 파괴하기 위해 결혼할 뿐, 남몰래,
비밀리에 오직 파괴하기 위해, 숨기 위해
                          (결혼 안에)
        그리하여 파괴하고 결혼 안에서 눈에 띄지
않도록─파괴하는

죽음은 너무 늦어서 우리에게 도움을 주지 못할 것이다 .

또 무슨 결말이 있나, 죽음을 똑바로 쳐다보는 사랑 말고?
도시, 결혼 — 죽음을 똑바로
쳐다보는

남자와 여자의 수수께끼

죽음을 똑바로 쳐다보는 것은 사랑밖에
없지 않은가, 사랑, 결혼을 낳는 —
오명이 아니라, 죽음이 아니라

　　　　　비록 사랑은 옛날 연극에서 오직
죽음만을, 오직 죽음만을 낳는 듯 보이지만, 그것은
연극이 오명을, 옛 도시들의 오명을 마주하기보다는
차라리 죽음을 바란 것이나 마찬가지이다 .

. . . 부패한 도시들의 세상,
그뿐이다, 죽음이 똑바로 쳐다보는 것은,
사랑 없이: 궁전도 없고, 외딴 정원도 없고,
돌 사이를 흐르는 물도 없다; 난간의
석조 레일은 퍼 올려져서 깨끗한 물과 함께
흘러가고, 평화도 없다 .

　　　　　　　　　　　물은
말랐다. 지금은 여름이다, 여름은 . 끝났다.

내게 죽음을 견딜 수 있게 노래를 불러달라, 남자와
여자의 노래를: 남자와 여자의
수수께끼.

　　　어떤 언어가 우리의 갈증을 누그러뜨릴 수 있을까,
어떤 바람이 우리를 들어 올릴 수 있을까, 어떤 홍수가
　　　　　　　우리를 패배 너머로 데려갈 수 있을까
노래가 아니라면, 죽음 없는 노래가 아니라면?

　　　　　강과 결혼한
　　　　　바위는
　　　　　아무 소리도
　　　　　내지 않는다

　　　　　그리고 강은
　　　　　흘러간다― 하지만 나는 계속
　　　　　소란스레 떠든다
　　　　　새들과 구름에게
　　　　　끊임없이
　　　　　외치며
(귀 기울이며)
　　　　　나는 누구지?

　　　　　　　　　　―목소리!

　―목소리가 들려온다, 방치된 채
　(그것의 새로운) 흔들림 없는

언어와 함께. 해방은 없나?

포기해. 관둬. 그만 써.
'성인군자 같은' 너는 절대로
그 감각의 얼룩을 분리해 내지 못할 거야,

                  사랑에 대한
모욕, 속을 먹어치우는
마음의 벌레, 충족되지 않은 채

— 그 무력한 덩어리로부터 그 감각의 얼룩을
절대로 분리해 내지 못할 거야. 절대로.
넷으로 나뉜,

               상징이 접근하지 못하는,
그 광채를 절대로 .

의사 선생님, 당신은 '사람'을,
민주주의를 믿으십니까? 당신은
여전히 믿으십니까— 부패한 도시들의
이 구정물로 찬 구멍을?
믿으십니까, 선생님? 지금도?

             포기하라
시를. 포기하라 예술의 우유
부단함을.

너는 무엇을, **너는**

무엇을 끝맺길 희망할 수 있나─
더러운 리넨 더미 위에서?

                            ─천국

(에서 쫓겨난) 시인인 네가?

그것은 더러운 책인가? 그건 분명
더러운 책일 거야, 그녀는 말했다.

              죽음이 숨어서 기다린다,
다정한 형제가─
사라진 글자들, 절대 말해지지 않을
글자들로 가득한─
가난한 이에게 다정한 형제가.
최후의 결정화結晶化를 거부하는
빛나는 정수

. 피치블렌드[13] 속에 있는
빛나는 정수 .

더 이른 날이 있었다, 스펙트럼의 무지개 빛깔로 빛나던 : 어딘가에서
뉴바베이도스[14]로 그 영국인[15]이 온 날이 .

---

13 섬우라늄석의 하나로 결정이 없고 덩어리 모양으로 되어 있다.
14 뉴저지주 베르겐 카운티의 한 지역.
15 윌리엄 칼로스 윌리엄스의 아버지인 윌리엄 조지 윌리엄스.

그것은 그렇게 시작되었다 .

리버스[16]에 따르면 비용이 급증한다는 사실에는
분명 어떤 불가사의도 없다ㅡ그 그림이 알려진 것이든
미지의 것이든, 계획된 것이든 저절로 생겨난 것이든.
가난이라는 사실은 논의의 대상이 아니다. 언어는
모호한 영역이 아니다. 비용의 변동에 대한
시가 있다, 알려진 것이든 미지의 것이든 .

비용. 비용

    그리고 사람을 믿는 어떤 동물의
        아름다운 것
    반쯤 졸린 눈부신 눈
        야만적인 도살의 장소를
    사원으로 만드는

    ·   ·   ·   ·   ·

    다른 책을 시도해 봐. 그곳의 건조한 공기를
    극복해 봐

    정신 나간 신
        ㅡ 매음굴에서의 밤들 .
        만일 내가 그랬다면 .

16 단어를 표현하기 위해 그림을 사용하는 수수께끼 퍼즐의 한 종류이다.

그럼 뭐?

— 매음굴을 내 집으로 삼았다면?
　　　(또다시
　　　툴루즈 로트렉[17] .)

두 여자가 만나는 장소가
　　　나라고 해보자

한 명은 오지 출신
　　　야만인과
　　　T. B.의 손길
　　　(허벅지에 난 상처)

다른 한 명은 — 원한다,
　　　오래된 문화 출신 .
— 그리고 같은 음식을
　　　다른 방식으로 내놓는다

물감이 흐르게 내버려두자 .

툴루즈 로트레크는 그것을
목격했다: 이완된 팔다리
— 모든 종교가
　　　그것을 쫓아냈다—

17　앙리 드 툴루즈 로트렉Henri de Toulouse-Lautrec. 프랑스의 화가로 파리의 몽마르트르에 살면서 댄서. 매춘부, 가수 등을 그렸다.

편안히, 긴장이 풀린
힘줄 .

그래서 그는 그들을 기록했다

— 우리가 그것으로
길을 만드는, 부서졌지만
부서지지 않는 사암을
뚫고 들어온
　　　부싯돌처럼 푸른
돌 .

— 우리는 말을 더듬고 선택한다 .

그만해. 이곳을 떠나. 모두가
입을 헹군 곳으로 가: 강으로
대답을 듣기 위해

　　　　'의미'로부터 해방되기 위해

토네이도가 다가온다(이 지역에는
토네이도가 발생하지 않잖아, 뭐라고,
체리힐에?)

　　　　　그것은 퍼붓는다
패터슨의 지붕들 위로, 잡아 찢고,
비틀고, 뒤틀면서 :

오크나무에 반쯤 처박힌
지붕널
        (바람이 그것을 양쪽에서 꽉 붙잡고
강철같이 단단히 만든 게 틀림없어)

                        교회는
건물의 토대에서 호를 그리며 8인치
이동했다―

        윙, 윙!

            ― 바람은
길게 땋아 늘어뜨린 묵직한 머릿단을 바위
끝에서 쏟아내고(얼굴은 보이지 않은 채)―

            상승기류 속에서
여름날들과 붉은어깨말똥가리들은 활강하며
노닐고
            (상승기류 속에서)

            가련한 방적공은
지붕 위에서, 뛰어내릴 준비를 하며
  . 아래를 내려다본다
책들을 뒤지며; 마음은 어디 다른 곳에서
아래를 내려다보며 .

찾고 있고.

II.

불은 타오른다; 그것이 제1법칙이다.
바람이 불을 거세게 하면 불길은

사방으로 퍼진다. 대화는
불길을 거세게 한다. 불길은 그것을

조종했다, 그리하여 글쓰기가
피로 이루어진 것만이 아니라 불이 되도록.

글쓰기는 아무것도 아니다, 글을 쓸
자세를 취하고 있는 상태가 (그들은

그런 상태에 놓인 당신을 본다) 어려움의
90퍼센트이다: 유혹

혹은 강압. 글쓰기는
해소책이 되어야만 한다,

우리가 진격해서 — 불, 파괴하는
불이 되어버리는

조건의 해소. 왜냐하면 글쓰기는
공격이기도 하며 반드시 방지할 수단이

발견되어야 하기에 ― 가능하면 그
뿌리에서. 그러므로

글을 쓰는 것, 문제의 90퍼센트는
사는 것이다. 그들은

배려한다, 사고력을 통해서가 아니라
하위 사고력을 통해서 (맹목적이 되어

이렇게 말할 구실을
찾고자, 우리는 당신이 정말 자랑스러워요!

놀라운 재능이에요! 당신은 *어떻게*
바쁜 인생에서 그럴

시간을 내셨어요? 그런 취미를
가지는 건 분명 멋진 일일 거예요.

하지만 당신은 어렸을 때부터 늘 이상한
아이였죠. 어머님은 어떻게 지내세요?)

― 사이클론처럼 격렬한 분노, 불,
납빛의 홍수 그리고 마침내
비용―

당신 아버지는 정말 좋은 분이셨죠.
저는 당신 아버지를 똑똑히 기억해요 .

혹은, 세상에나, 선생님, 제 생각에는 괜찮은 것 같네요
그런데 그게 대체 무슨 뜻이죠?

의식을 앞두고 기둥 열두 개로 이루어진 오두막이 만들어져야 하는데, 기둥은 모두 다른 종류의 나무로 만들어진 것이어야 한다. 그들은 녹초가 되도록 이 일을 하고서 그 기둥들의 윗부분을 묶은 다음 그것들을 촘촘히 연결된 나무껍질, 가죽이나 담요로 완전히 덮는다.

. 이제 이곳에는 불의 정령, 즉 '연기구멍에서눈이툭튀어나온채누워있는자'를 부르는 자가 없다 . 마니토 열두 명이 하급 신으로서 반은 동물을 대표하고 나머지 반은 야채를 대표하며 그를 수행한다. 희생제의 집에 커다란 솥을 설치한다 . 그러고는 시뻘겋게 달군 커다란 돌멩이 열두 개로 솥을 데운다.

그동안 노인은 뜨거운 돌멩이 위에 파이프 담배 열두 개분의 담배를 뿌리고, 다른 노인이 곧장 뒤따라서 돌멩이 위에 물을 뿌려 텐트의 사람들을 거의 질식시킬 만큼 강력한 연기나 수증기를 일으킨다 ―

Ex qua re, quia sicubi fumus adscendit in altum; ita sacrificulus, duplicata altiori voce, *Kännakä, kännakä!* vel aliquando *Hoo Hoo!* faciem versus orientem convertit.[18]

그 결과 연기가 높이 솟구치면 희생제의 주관자는 큰 소리로 칸나카, 칸나카! 혹은 때로 후, 후! 하고 외치며 얼굴을 동쪽으로 돌린다.

희생제 동안 몇몇은 침묵을 지키는 한편, 어떤 이들은 우스꽝스러운 소리를 내고, 또 어떤 이들은 수탉이나 다람쥐 등의 동물을 흉내 내며 온갖 시끄러운 소리를 낸다. 그들이 소리를 지르는 동안 구운 사슴 두 마리가 배급된다.[19]

(책들의 냄새를 들이마시며)

---

18 바로 아래 문장과 동일한 라틴어 문장.
19 《패터슨시와 뉴저지주 퍼세이익 카운티의 역사》에서 발췌 인용.

[160]

매캐한 연기,

　　　그들이 판독할 수 있는 것을 위해 .

규범을 감지하기 위해 감각을 왜곡시키며, 관습의

두개골을 뚫고 나가

　　　　　　애착—방화에 대한

애착과 여성과 자식에게서 숨겨진 곳으로

가기 위해 .

　그것은 시내 전차 회사의 차고, 도장塗裝 작업을 하는 곳에서 시작되었다. 직원들은 하루 종일 일하며 오래된 차들을 끝손질하는 동안 문과 창문을 닫아두었는데, 날씨가 매우 추웠기 때문이다. 그곳에는 페인트, 특히 도처에서 자유로이 사용되는 니스가 있었다. 페인트에 흠뻑 젖은 걸레 더미들이 구석에 던져져 있었다. 밤중에 차 한 대에 불이 붙었다.[20]

숨 가쁘게 서둘러

(책들의) 다양한 밤이 깨어난다! 깨어나서

(재차) 노래를 시작한다, 새벽의 오명을

그대로 남겨둔 채 .

　　　　　그것이 영원히 이어지진 않을 것이다

긴 바다, 길고 긴 바다, 바람이

휩쓸고 간 '포도주빛의 어두운 바다'와는 달리 .

사이클로트론[21], 감별 .

　　　그리고 거기,

20　윌리엄 넬슨과 찰스 A. 쉬리너Charles A. Shriner의 《패터슨의 역사와 그 환경: 실크 시티 *History of Paterson and its Environs: The Silk City*》(1920) 등에 실린 내용을 윌리엄 칼로스 윌리엄스가 요약한 것.

21　원자핵 파괴 장치에 사용되는 이온가속기의 일종이다.

담배의 고요 속에: 원뿔형 천막에 그들이 누워 있다
적대적으로

　　　　　옹송그리며 모인 채(옹송그리며 모인 책들),
　　　　　　　　　다정함을
꿈꾼다— 뚫고 들어갈 수 없고
깨울 수도 없는 고요의 악의 속에서 다시
활동하지 못한 채— 지옥의 인간들인
　　　　　　책들,
산 자들에게 더는 군림하지 못하는

　　분명하게, 그들은 말한다. 오 분명하게! 분명하게?
　　그 모든 것의 분명함보다 더 분명한 게 뭐가 있나
　　어떤 것도 아주 불분명하진 않다, 남자와 그의
　　글 사이에서, 어느 것이 남자이고 어느 것이
　　사물이고 둘 중 어느 것이 더 존중되어야 하는지와
　　관련해서

　처음 발견되었을 때 그것은 작은 불길이었고, 뜨겁긴 했지만 소방관이 처리할 수 있을
것처럼 보였다. 하지만 새벽에 바람이 불어오자 (잦아드는 듯했던) 불길은 갑자기 걷잡
을 수 없이 커져버렸다— 그 구역을 휩쓸고는 상업 지구 쪽으로 향했다. 정오가 되기 전에
도시 전체가 파멸할 운명이었다 —

　　아름다운 것[22]

　　　　　　—도시 전체가 파멸할 운명이다! 그리고
높이 치솟은 불길 ．

22　각주 20과 동일.

쥐처럼, 붉은

슬리퍼처럼,

별, 제라늄,

고양이 혀처럼, 혹은―

생각, 생각

그것은 잎사귀,

조약돌, 푸시킨[23]의

이야기에 나오는

노인   .

                아!

굴러떨어지는 썩은

기둥,

            . 상처 입은

낡은 병

밤은 불길로 낮처럼 환해졌다, 그가 먹이를 줘서 키운

불길― 벌레처럼 페이지를

                    (불타는 페이지를)

열심히 찾으며― 깨달음을 위해

---

23 알렉산드르 세르게예비치 푸시킨Александр Сергеевич Пушкин. 제정 러시아의 시인이자 소설가.

우리가 마셔서 취하고 결국 (먹는 동안)
파괴되는 것에 대한 깨달음을. 하지만 불길은
필요조건을 지닌, 파괴하는 자신의
위軀를 지닌 불길이다― 세상에는 연기만 피우는
불도 있으므로
　　　　평생 연기만 피우고 한 번도 확
타오르지 못하는

　　　　　　　　　　　종이들
(불타서) 바람에 흩어지는. 시커먼.
하얗게 탄 잉크, 금속처럼 하얗게. 그러라지 뭐.
오라 총체적인 아름다움이여. 어서 오라. 그러라지 뭐.
손가락 사이의 먼지. 그러라지 뭐.
오라 누더기를 걸친 무용함이여. 헤쳐나가라.
그러라지 뭐. 그러라지 뭐.

　　　　　화염에 휩싸인 회랑에서
불타오르는 철로 만든 개와 개의 눈. 불길의
취기. 그러라지 뭐. 불길에 상처 입은
병, 배를 잡고 웃기:
노랗게, 파랗게. 그러라지 뭐 ― 실없이 크게 웃는
불길 속에 살아남은 취기. 타오르는 모든 불!
그러라지 뭐. 불을 삼키며. 그러라지
뭐. 불 때문에, 바로 그 불 때문에 몸을 비틀고
웃으며. 그러라지 뭐. 빨려 들어온 불길에
깔깔거리며, 웃음의 다양성, 불길의

냉철함을 능가하는 불타는

중력, 절멸의 순결함. 비겁하게,

그것을 좋은 것이라 부르며. 불을 좋은 것이라 부르며.

그러라지 뭐. 불의 아름다움― 폭발한 모래

한때 유리였던, 한때 병이었던: 병에서 꺼내진.

뻔뻔한. 그러라지 뭐.

불길에 상처 입은 낡은 병은

새로운 광택을 얻고, 유리는 우그러져서

새로운 특성을 얻으며 확실하지 않았던 것을

확실히 드러낸다. 물살에 떠밀려 온,

잔주름 같은 금이 난

뜨거운 돌멩이, 손상되지 않은 유약 .

개선된 절멸: 더없이 뜨거운

입술이 들어 올려진다, 새로운 소식의

거대한 허물만이 흐를 때까지. 소식을

마신다, 숨결에 부드러운 소식을.

큰 소리로 웃는다, 외치며― 모래

위에서 은혜를 입어

―혹은 돌멩이: 오아시스의 물. 불이

식으며 그곳에 남긴 차가운 불의

동심원 무지개에 얼룩진

유리―그곳에서 불길에 의해

꽃이 꺾였다가 다시 피어나는

유리를 둘러싼 불길: 두 번째 불길, 열기를

능가하는 .

지옥의 불. 불. 흥분한 엉덩이 붙이고
앉아. 너의 속임수가 뭐지? 너의 속임수를
역이용할 거야, 불. 너보다 오래갈 거야:
시인이 불의 속임수를 역이용한다! 병!
병! 병! 병! 내가 너에게
병을 주겠다! 지금
뭐가 타고 있지? 불이?

도서관이?

                    소용돌이치는 불꽃은
집에서 집으로, 건물에서 건물로 뛰어오른다

                        바람에 실려

불꽃이 가는 길에는 도서관이 있다

아름다운 것! 활활 타올라라   .

                                권위에 대한 도전
—불타버린 사포의 시들[24], 의도적으로
불태워진(아니면 그것들은 여전히 바티칸
지하실에 숨겨져 있나?) :
                            아름다움은
권위에 대한 도전 :

---

24   프랑스의 역사가 스칼리제르Joseph Justus Scaliger는 고대 그리스 시인 사포Sappho의 시들이 교황 그레고리오 7세의 명령으로 로마와 콘스탄티노플에서 불태워졌다고 주장했다.

그것들은
뜯겨졌기에, 조각조각, 종이 반죽으로 만든
바깥쪽 미라 상자에서, 이집트 석관
안에서 .

옛날 대화재 때의
휘날리는 종이들, 장의사들이 죽은 이를 위한
거푸집을 만들기 위해 마구잡이로
한 장 한 장 집어 든

아름다운 것

금지된 선집, 심지어 이것을 전혀
이해하지 못하는 망자인 당신에 의해
되살아난 선집:

뒤러[25]의 〈멜랑콜리아〉, 기계의
셈법과는 무관하게 놓인
도구들

쓸모없는.

아름다운 것이여, 너의
아름다움이 지닌 저속함이 그들 모두의

---

25 알브레히트 뒤러Albrecht Dürer, 독일의 화가이자 조각가.

완벽함을 능가한다!

　　　저속함이 모든 완벽함을 능가한다
—그것은 니스를 칠한 냄비에서 뛰어내리고 우리는
그것이 지나가는 것을 본다—불길 속에서!

　　아름다운 것

—불과 뒤엉킨. 세상을
극복하는 동일성, 그것의 핵심—우리는 그것으로부터
몸을 피하며 작은 호스로 반대의 물을
　　　　　　　쏘고—그리고
나도 나머지 사람들과 함께, 불을 향해
물을 쏜다

　　시인이여.

　　　거기 있는가?

어떻게 본보기를 찾을 수 있을까? 이오섬[26]에서
불도저를 몰고 집중포화를 뚫고 가다가
방향을 돌려 다른 이들을 위한
길을 만들러 갔던 어떤 소년—

　　　말 없는, 불길을 빛내주는

26　일본 오가사와라 제도 중앙에 있는 화산섬으로 제2차 세계대전 이후 미군이 점령하였다가 1968년에
일본에 반환되었다.

그의 행동

          — 하지만 상실된, 음절들을
새로이 연결해 그를 감금할 방법이
없기에 상실된

        그 자신의 이미지에는
어떤 불길의 일그러짐도 없다 : 니케[27]가
그를 기리며 살 때까지 그는 계속 무명이다

그리고 그렇기에, 창작이 결여되어 있다
말이 결여되어 있다:

        불길의
폭포, 역류하는 물, 위로
솟아오르는 (그런다고 무슨 차이가 있나?)

언어,

        아름다운 것 — 그래서 나는
나 자신을 웃음거리로 만든다, 헌신의 결핍을
애도하며

        그것의 상실을 애도하며,
너를 위해

27 그리스신화에 나오는 승리의 여신.

상처 입은, 불이 휩쓸고 간
(심지어 당시 자신에게도 알려지지 않은
이름 없는 불에 의해) 이름 없는,

취한.
솟아오르며, 소용돌이치며 불길 속으로
들어간 사람이 불길이 된다―
그 사람을 장악한 불길

― 포효하며, 누구도 지를 수 없는
비명을 지르며 (우리는 침묵 속에서 죽는다, 우리는
부끄러워하며 즐긴다― 침묵 속에서, 심지어
서로에게도 자신의 기쁨을 숨기며
                                        우리가
감히 인정하려 들지 않는 불길 속에서
은밀한 기쁨을 간직하며)

                        맞바람에 날카로운
비명을 지르는 불이 공간을 휘감아 날리며 ― 양철지붕
하나가 통째로 불길에 휩싸여 치마처럼
들어 올려진 채 반 블록 되는 거리를
날아가는 어마어마한 광경을 보여주고(1880) ― 마침내
거의 한숨처럼 솟아올라, 솟아올라 떠다니다가,
감미로운 미풍에 실린 채 불길 위를 떠다니다가,
장엄하게 부유하고, 공기를 타고,
            공기 위로
미끄러지며, 슬슬 저 멀리, 그 아래로 몸을 굽힌 듯

지글지글 튀겨진 느릅나무들 위를 지나,
기차선로를 뛰어넘어 그 너머 지붕들 위로
떨어진다, 시뻘겋게 달아오른 채
그 공간들을 캄캄하게 만들며
    (하지만 우리의 마음은 캄캄하게 만들지 않으며)

우리가 입을 벌린 채 서서 고개를 저으며
원 세상에, 저런 거 본 적 있어?라고
말하는 동안. 마치 그게 전부 우리의 꿈에서
벌어지는 일인 것처럼, 실제로
그러하니까, 우리의 가장 살벌한 꿈들 중에서도
유례가 없는 .
                    놀라움에 빠진
그 사람, 불이 그 사람이 된다 .

하지만 (탁월한 책은 한 권도
소장하고 있지 않을) 한심한 도서관도
붕괴되어야만 한다―

    왜냐하면 그곳은 조용하니까. 그곳은
가치의 결함으로 인해 조용하고 그래서 당신에
대한 것은 아무것도 소장하고 있지 않다

            진귀한 취급을 받아야 할 것은
것은, 쓰레기다; 왜냐하면 그곳은 당신에 대한 것은
아무것도 소장하고 있지 않기에. 그들은 말 그대로, 당신에게
침을 뱉지만, 당신 없이는 아무것도 아니다. 도서관은

숨죽인 소리를 내며 죽어 있다

　　　　　　하지만 당신은 죽은 이의
꿈이다

아름다운 것!

그들에게 당신을 설명하게 하면 당신은
설명의 요점이 될 것이다. 이름 없이,
당신은 나타날 것이다
아름다운 것
불길의 연인처럼—

　　　　　　가련한 망자가
불 속에서 우리에게 외친다, 불 속에서
차갑게 식은 채 외친다— 놀림당하고
소중히 여겨지길 바라며
　　　　　　책들을 쓴 그들

　　　　우리는 읽는다: 불길이 아니라
　　　　대화재가 남긴
　　　　잔해를

　　　　거대한 화재가 아니라
　　　　죽은 이들(남은
　　　　책들)을. 우리가 읽게 해달라 .

그리고 소화하게: 표면이

반짝인다, 오직 표면만이.

먹어라—그런데 당신에게는

아무것도 없다, 표면에

둘러싸인 채, 뒤집힌

종이 울려 퍼진다, 아주

뜨거운 백열 상태의 남자가

한 권의 책이 된다, 동굴의

공허함이 울려 퍼진다

안녕 애

지금쯤 날 쏴 죽이고 싶을 거란 거 알아. 하지만 애. 솔직히 말해서 난 편지를 쓰기에는 너무 바빴어. 도처에서 일이 터졌거든.

애, 10월부터 편지를 못 썼으니까 10월 31일로 돌아갈게. (아 그나저나 친구인 B. 해리스 부인이 31일에 파티를 열었는데 피부가 짙은 갈색이거나 황갈색인 사람만 갈 수 있어서 나는 초대받지 못했어)

하지만 나는 신경 안 써. 왜냐하면 나는 정말 (애썼으니까) 그날 일찍 공연에 갔어, 그러고는 클럽에서 춤추고 (꽤나 좋은 시간을) 보냈지 기분이 좋았어. 정말이야. 애.

하지만 애. 11월 1일에 너도 알다시피 나는 녹초였고 (항아리) 나르는 데 온 힘을 다했지 우리가 나갔을 때는 (뉴어크로 가는 길이었어) 비가 오고 있었는데, 차가 급브레이크를 밟더니 몇 바퀴 돌았고, 좀 흔들리고는 우리가 가던 쪽이랑 반대쪽을 향한 채 멈춰 있었어. 애, 정말이야 다음 며칠 동안. 애, 나는 데일까 봐 뜨거운 물 반 동이도 못 들었다니까.

이제는 그게 항아리 때문이었는지 미끄러진 차 때문이었는지도 모르겠지만 어쨌든 확실한 건 내가 긴장해서 어쩔 줄을 몰랐다는 거야. 하지만 속담에도 있듯이 끝이 좋으면 다 좋지 그래서 11월 15일, 내 말은 애, 내가 너무 정신이 없어서 정말 어쩔 줄을 몰랐고, 정말이지 11월 15일 이후로 정신이 너무 없어서 그 후로 계속 그러고 있어.

하지만 이제는 (남자애들 이야기를 하자) 레이먼드 제임스 피플은 서실리아랑 만나 하지만 조지블 밀러의 아이를 낳아서 지금은 감옥에 있어

로버트 블로커는 샐리 미첼에게 줬던 반지를 빼앗았어
꼬맹이 소니 존스는 리버티가에서 한 여자애의 아이의 아버지가 될 거야

샐리 먼드 바바라 H 진 C랑 메리 M은 모두 아이를 가질 예정이야 3번가에 사는 애 넬슨 W는 곧 세 아이의 아버지가 될 테고.

．　　　．　　　．　　　．　　　．　　　．　　　．　　　．　　　．
추신. 애, 나한테 보낼 다음 편지에 거기 어떻게 가는지 말해줄 수 있을까.

레이먼드한테 내가 "I bubetut hatche isus cashutute"[28]라고 했다고 전해 줘
이건 새로운 이야기 방식이야. 애. (투트)라고 하는 건데 너도 들어봤을지 모르겠네. 음
네가 읽을 수 있길 바랄게

D

J

B

안녕.[29]

나중에

아름다운 것

나는 너를 보았다:

그래요, 네 질문에

안주인이 대답했다.

아래층

(세탁물 통 옆)

28　투트어[Tut]로 "I bet he is cute(걔는 분명 귀여울 것 같아)"라는 뜻. 투트어는 아프리카계 미국인 노예들이 영어를 읽고 쓰는 법을 배우기 위해 만들어낸 은어이다.
29　윌리엄 칼로스 윌리엄스의 친구이자 역사학자이며 《패터슨》 초고의 타이피스트인 캐슬린 호글랜드의 가정부 글래디스가 자신의 친구 돌리에게 1941년 12월 2일에 받은 편지.

                    그리고 그녀는 가리켰다,
미소 지으며, 지하실을, 여전히 미소 지으며, 그리고
밖으로 나갔다. 거기 누워 있는 아픈 너와 나를
(그 집에 단둘이) 남겨둔 채
              (나는 네가 아팠다고는 전혀
생각지 않는다)
      너는 벽에 붙인 축축한 침대에 누워, 너의 긴
몸을 더러운 시트 위에 아무렇게나 늘어뜨리고 있었고 .

대체 어디가 아프다는 거지?
              (너는 억지웃음을 짓는다
들키고자 하는 의도 없이)

    ―창유리 두 장이 끼워진 작은 창문,
내 눈높이가 곧 지면의 높이, 용광로 냄새 .

              지옥으로 내려간
페르세포네, 그 지옥은 다가오는 연민의 계절을
따라갈 수 없었다.

              ―나는 놀라움에 압도되어
그저 감탄하며, 조용히 있는 너를 돌보기 위해
몸을 숙이는 것 말고는 아무것도 할 수 없었으니까―

너는 나를 바라보며 미소 지었고, 우리는 그렇게
서로를 바라보며 가만히 있었다 . 침묵 속에서 .

무기력한 너는, 나를 기다리고, 불을
기다리고, 너의 간병인인
　　　　나는, 너의 아름다움에 몸을 떤다

너의 아름다움에 몸을 떤다 .
　　　　　　　　　　　떤다.

　─ 너는 낮은 침대에 드러누워서 (기다린다)
진흙이 튄 창문 아래 성스러운 시트의 난잡한
더러움 사이에서 .

너는 내게 다리를 보여주었다, (어렸을 때) 채찍에 맞아
흉터가 생긴 다리를 .

읽어라. 한낮의 열기로 (그 페이지를
시중드는) 마음을 되돌려라. 그 페이지 또한
똑같은 아름다움이다: 그 페이지의 건조한 아름다움─
채찍을 맞은

　　　　　색실 이빨로
유니콘의 목을 물어뜯어 진홍색 피를 흘리게 하는
태피스트리 속 사냥개[30]

. . . 깽깽거리며 우는 하얀 사냥개들
─ 더 원시적이고 사변형에

30　〈유니콘 태피스트리the Unicorn Tapestries〉에 등장하는 이미지의 묘사이다. 자세한 내용은 285쪽 참조.

돔과 아치에 앞서는 쭉 뻗은
채색된 긴 들보가 있는 성로렌초 성당의
                         천장 같은 천장 아래

. 유순한 여왕, 굳이
달을 향해 혀를 내밀려 하지 않는, 상실에도
무관심한, 하지만 .

                         여왕다운,
불운하게, 별들의 운, 검은 별들

        . 광산의 밤

소중한 이에게
        다 너를 위한 거야, 나의 비둘기, 나의
                         바꿔치기한 아이[31]
        하지만 너!
        ─ 하얀 레이스 옷을 입고
          '죽어가는 백조'
        굽 높은 실내화를 신은─ 원래
        그렇듯 큰 키에─
          네 머리가
        풍부한 과장을 통해
        하늘과 그 황홀경의
        오싹함에 이르렀을 때까지

31 요정이 예쁜 아이를 데려가는 대신 두고 가는 못생긴 아이를 가리킨다.

아름다운 것!

그리고 패터슨 출신 남자들이

　　두들겨 팬다

뉴어크 출신 남자들을

그리고 그들에게 자기 구역에서

꺼지라고 말하고는

한 대 갈긴다

　　네 코를

아름다운 것

행운과 열렬함을 위해

　　그것을 깨뜨리며

마침내 내가 믿게 되기까지

남자들이 바랐던 여자는

　　결국 모두

　　코가 깨져야 하고

이후로는 기억을 위해

아름다운 것

　　행동을 신뢰할 수 있다는

표시를 지닌 채 살아간다고

그러고는 다시 파티에!

　　그리고 그들은 너를 남자로 만들었다가

여자로 만들었다 질투하며

아름다운 것

마치 발견하기라도 하려는 양

　　어디에서 어떤 기적을 통해

탈출해야 하는지, 뭐라고?

여전히 사로잡히기 위해, 어떤

　부분을

　아름다운 것

보여야 하나?

　아니면 꺼져버리기 위해—

삼 일 동안 위아래로

　같은 옷을 입고서 .

　너에 대한, 너에 대한 온화함을,

다정함을 나는

　　반도 표현할 수 없다, 분명히

표현할 수 없다, 애정이 반 이상 부족하여

밝혀라

　　　　　　구

　　　　　　　석을

너희가　　　　　　있는　　　　　그곳을!

　　　　　　　　　　　　　—불길,

　검은 플러시[32], 어두운 불길.

32 　벨벳과 비슷하지만 보풀이 더 길고 부드러운 비단 또는 무명 옷감.

III.

형편없게 쓰인 것을 그대로 남겨두는 것은 위험하다. 종이에 우연히 적힌 단어 하나가 세상을 파괴할 수도 있다. 유심히 지켜보고 지워라, 그럴 힘이 아직 네게 있을 때, 나는 나 자신에게 말한다, 왜냐하면 적힌 모든 것은, 일단 달아나고 나면, 수천 명의 마음속으로 들어가 부패하고, 그 결실은 검댕이 되어버리며, 모든 도서관은, 당연하게도, 결국 잿더미가 되어 버리고 말기 때문이다.

유일한 답변: 조심성 없이 쓰게, 파릇파릇하지 못한 것은 그 어떤 것도 살아남지 못하도록.

> 물속에 잠긴 엔진들이 북처럼
> 울려대는 소리, 프로펠러의 박동.
> 귀는 물이다. 발이 귀
> 기울인다. 눈에 몰래 접근하는
> 빛을 품은 앙상한 물고기 — 무심히
> 떠다니는. 백분율의 법칙에 따라 고이는
> 요오드의 맛: 불타서 생석회가 된 외피로
> 우리의 손가락을 베어 피 흘리게 하는
> 벌레들에 구멍이 뚫린
> 두꺼운 판자들 .

우리는 꿈속으로 걸어 들어간다, 확실함에서 불확실한 것으로,
제때에 보기 위해 . 장밋빛 과거로부터 . 이랑이 진 꼬리의
전개

트랄 랄 랄 랄 랄 랄 랄 랄 랄 라
라 트라 트라 트라 트라 트라 트라

그 위에 잉걸불의 시큼한 악취가
끼어든다. 그러라지 뭐. 내리는 비가
천천히 모여 강의 상류를 범람하게
한다. 그러라지 뭐. 도랑마다
모여든다. 그러라지 뭐. 탐색하는 물 옆에서
부러진 노 하나가 발견된다. 헐거워진 그것이
움직이기 시작한다. 그러라지 뭐. 오래된 목재가
한숨을 내쉰다— 그리고 굴복한다. 감미로운 물을
주던 우물은 더럽혀졌다. 그러라지 뭐. 그리고 고정된 채
얕은 물 위를 떠가던 백합은 낚싯줄에 걸린 물고기처럼
힘껏 당긴다. 그러라지 뭐. 그리고 줄기가 아래로
잡아당겨져 진흙탕의 흐름 속에 익사한다.
흰 두루미가 숲속으로 날아간다.
다리에 선 사람들이 조용히
구경한다. 그러라지 뭐. 그러라지 뭐.
그리고 그곳에
상대가 나타난다, 천천히 마음을 읽으며
압도하는; 그를 의자에 단단히 고정시키는. 그러라지
뭐. 그가 돌아선다 . 오 천국! 물줄기가 그의 안에서
납빛으로 변해간다, 그의 백합이 몸을 질질 끈다. 그러라지

뭐. 텍스트가 올라와 스스로를 복잡하게
한다, 추가 텍스트로 이어지고 거기서
개요, 요약문, 교정한 내용으로 이어진다. 그러라지 뭐.
말들이 속박에서 벗어날 때까지, 혹은— 슬프게
지탱할 때까지, 흔들림 없이. 흔들림 없이! 그러라지 뭐.
인공 아치는 지탱하고, 물은 그것에 맞서
잔해를 쌓지만 흔들리지 않는다. 그들은 다리 위에
모여 아래를 내려다본다. 흔들리지 않은 채.
그러라지 뭐. 그러라지 뭐. 그러라지 뭐.

시무룩한, 납빛의 홍수, 비단결 같은 홍수
— 완전히
                    전적으로
                                        (옅은 회색)

이름은 헨리예요. 그냥 헨리요,
                                        이 부근에서는
저를 모르는 사람이 없죠: 모자를
머리에 푹 눌러쓰고, 가슴은 두툼하고,
나이는 50쯤 .

                    아기는 제가 안을게요.

작년에 저를 문 작은 개는 당신의 개였죠.
네, 그리고 당신은 제가 녀석을 죽이게 만들었어요.
                                        (완전히)
저는 그 개가 죽임을 당한지 몰랐어요.

　　　　　　　　당신이 신고해서

그 사람들이 와서 개를 데려갔어요. 녀석은 누구도

다치게 한 적이 없는데.

　　　　　　그 개는 저를 세 번이나 물었어요.

　　　　　　　　　　　　그 사람들이 와서

녀석을 데려가서 죽였어요.

　　　　　　　　　　　　죄송해요, 하지만 저는

신고해야만 했어요 . .

한 마리 개, 물속에서 머리를 뒤로 젖힌 채

물 밖으로 다리를 뻗치는 :

　　　　　　죽음의 포도주로 긴장한

피부

　　　　　　　　　급류에

떠내려가는 :

　　　　　　　　침묵 위로

희미하게 들려오는 쉿쉿 소리, 처음에는

알아차리기 힘든 들끓음

　　　　─ 허둥지둥!

　　　　　빨리!

　　　　─ 슬레이트에

그어진 줄로 기록된 채, 보잘것없는 소용돌이에

얼룩진 채

(완전히, 전적으로)

공식적인 진행

유해—엄청나게 큰 사람—는 주변의 가장 유명한 전사들의 책임하에 이송되었다 .
그들은 장시간에 걸쳐 쉼 없이 이동했다. 하지만 여행 중반에 이르러 운반자들은 피로한
나머지 걸음을 중단해야만 했다— 그들은 장시간에 걸쳐 걸어왔고 포갓티컷[33]은 무거웠
다. 그래서 그들은 '함성을 지르는 소년들의 골짜기'라는 지역의 길옆에서 쉬면서 그곳에
얕은 구멍을 파고는 죽은 족장을 그 안에 내려놓았다. 그럼으로써 그곳은 인디언들이 예
를 다하는 성스러운 장소가 되었다.

매장지에 도착한 장례 행렬은 포갓티컷의 형제들 및 추종자들과 마주쳤다. 큰 비탄의
소리가 들려왔다. 그들은 슬픔 속에서 킨테 카예를 추었다.

가장 유명한 형제인 와이언던치는 매장 의례를 행했다. 그는 자신이 가장 사랑하고 많
이 아끼던 개를 데려와서 죽였고, 그러고는 녀석의 코와 주둥이 부분을 붉게 칠해서 자신
의 형제 옆에 누여주었다. 인디언들은 삼 일 밤낮으로 애도했다.[34]

소용돌이의 입에 쫓긴 개가
아케론강[35]으로 내려간다 . 무 Le Néant
. 하수도
죽은 개가
물 위에서
몸을 뒹군다:
얼른 와, 치치!
흘러가며

33 인디언 족장을 뜻한다.
34 캐슬린 호글랜드가 조사하고 요약해서 윌리엄 칼로스 윌리엄스에게 준 내용을 윌리엄스가 다시 수정
하고 줄인 것이다.
35 저승에 있는 강.

몸을 뒹군다 .

그것은 일종의 성가, 일종의 찬송, 파괴
뒤에 오는 평화다:
　　　　　완전히,
전적으로
　　　　(잘린 리드 줄)
　　　　　저는 물렸어요
수백 번이나. 녀석은 누구에게 해를 끼친 적이
한 번도 없어요 .
　　　　　무력하게.

　　　당신은 제가 녀석을 죽이게 만들었어요.

　머셀리스 반 지센에 대하여[36] 오늘날의 미신을 보여주는 흥미로운 이야기는 다음과 같
다: 그의 아내는 오랫동안 병을 앓으며 침대에만 누워 있었다. 그녀가 거기 누워 있는 동
안 매일 밤마다 검은 고양이가 찾아와서 사악하고 타오르는 듯한 눈빛을 한 채 창문 너머
로 그녀를 쳐다보았다. 이 방문의 섬뜩한 점은 다른 사람은 누구도 그 고양이를 볼 수 없었다
는 사실이다. 마을 사람들은 모두 제인이 마법에 걸렸다고 믿었다. 게다가 사람들은 이
마법을 걸고, 마법에 걸린 이에게만 보이는 고양이가 환자를 기이하게 방문하게 만든 마
녀가 언덕 너머 협곡에 사는 B 부인이라고 믿었다.

　　행복한 영혼! 악마가 그토록 가까이 살았던.

　이웃과 이 문제에 대해 이야기하던 중, 머셀리스(그는 '세일'로 불렸다)는 만일 은으로
만든 총알로 그 유령 고양이를 쏴 죽일 수 있다면 아내에게 걸린 마법도 풀 수 있을 거라는
말을 들었다. 그는 은으로 만든 총알은 없었지만 은으로 만든 커프스단추 한 쌍은 있었다.

36　윌리엄 칼로스 윌리엄스가 인용문 앞에 추가한 것이다.

우리 중 누가 그렇게 빨리 머리를 굴려서
사랑과 증오의 범주를 바꿔버릴 수 있겠어?

단추 하나를 총에 장전하며, 그는 침대에 앉아서 옆에 있는 아내에게 자신이 그 마녀 고양이를 쏘겠노라고 선언했다. 하지만 눈에 보이지 않는 걸 어떻게 쏠 수 있을까?

우리는 조금이라도 나은가?

"고양이가 오면 녀석의 위치만 손으로 가리켜줘. 그러면 내가 거길 쏠게." 그가 아내에게 말했다. 그리하여 그들은 기다렸고, 그녀는 자신을 괴롭히는 마법이 곧 끝나길 바라며 떨리는 희망과 두려운 희망을 품었는데, 두려운 이유는 남편의 이 대담한 시도가 자신에게 새로운 고통을 안겨줄지도 몰랐기 때문이었다. 그는 B 부인이 보이지 않는 고양이의 모습으로 자기 아내에게 휘두른 불경한 힘을 영원히 끝내고자 하는 단호한 결의에 차 있었다. 그들은 조용히 오랜 시간을 기다렸다.

— 대단한 부부의 신의가 아닌가! 하나가 되어 꿈꾸는.

마침내 그들이 극도의 긴장감으로 흥분했을 때, 제인이 외쳤다. "저기 검은 고양이가 있어!" "어디?" "창문 쪽에, 창턱 위를 걷고 있어, 왼쪽 아래 구석에 있다고!" '세일'은 전광석화처럼 총을 들어 올려 보이지 않는 그 검은 고양이를 향해 은으로 만든 총알을 발사했다. 으르렁거리는 비명과 함께 그 신비한 생명체는 반 지센 부인의 시야에서 영원히 사라졌고, 부인은 그때부터 건강을 회복하기 시작했다.

다음 날 '세일'은 오늘날 '시더 클리프 파크'로 알려진 곳으로 사냥을 나갔다. 그러던 중 그는 마녀로 의심받던 여자의 남편을 만났다. 둘은 흔히 하듯 서로의 가족의 건강에 대한 정중하고 친절한 질문을 주고받았다. B 씨는 아내가 다리에 난 상처 때문에 한동안 고생하고 있다고 말했다. "다리에 난 그 상처를 한번 봤으면 좋겠군요." '세일'이 말했다. B 씨는 얼마간 난색을 표한 후 그를 집으로 데려갔고, 그는 몇 번이고 애원한 끝에 결국 그 상처를 살펴봐도 좋다는 허락을 받았다. 하지만 특히 그의 관심을 끈 것은 새로 생긴 상처로, 그것은 그녀가 유령 같은 검은 마녀 고양이의 모습으로 자신의 아내를 마지막으로 방문했을 때 그 불운한 고양이가 은으로 만든 커프스단추에 맞아 생긴 상처였다! 말할 것도 없이 B 부인은 더 이상 그 기이한 방문을 하지 않았다. 반 지센 부인이 1823년 9월 26일에 제일장로교회에 들어간 것은 기적적으로 구출된 데 대한 감사의 표시였는지도 모른다. 1807년에 산정된 머셀리스 반 지센의 재산은 미개발된 땅 62에이커, 말 두 마리, 가축 다

섯 마리였다.[37]

　　　　— 미개발된 땅 62에이커, 말 두 마리
그리고 가축 다섯 마리 —

　　　　(환상을 치유하는)

　　　　　　　　　　　　납의 책,
그는 페이지를 들어 올리지 못한다

　　　　(왜 내가 이따위 쓰레기에
신경을 써야 하는 거지?)

　　　　　　　　　　묵직한 머릿단
거대하게 무너지는, 갈라진 틈으로 누렇게,
고함치며
　　　— 구루병에 걸린 뇌 속에서
인정을 받으며 퍼지는 홍수에
길을 비켜주며

　　　　(이제 유료 고속도로에서 2피트 높이에 이른 물
여전히 상승하는)

37 《패터슨시와 뉴저지주 퍼세이익 카운티의 역사》에서 변형 인용.

편한 건 없다.

우리는 눈을 감는다,

우리가 사용하는 것을

얻고 지불한다. 그럴 수

없는 자는 두 배를 빚진다.

사용하라. 왜? 하고 질문하진 마라.

아무도 우리의 찬성을 원치 않는다.

하지만 남자는 어떻게든 자신을 들어 올려야만 한다

또다시 —

　'또다시'는 마법의 단어이다 .

　　　　　　안을 바깥으로 바꾸는 :

범람에 맞서는 속도

그는 더 *해야만* 한다고 느낀다. 그에게는

어린 여자아이가 있었다. 그녀의 어머니는 그녀에게 말했

다,

폭포에서 뛰어내리렴, 누가 신경이나 쓴대? —

그녀는 겨우 열다섯 살이었다. 그는 몹시 좌절감을 느꼈다.

나는 그에게 말한다, 그게 뭐 놀랄 일이라고, 네가

가진 거라곤 두 손이 전부잖아 . ?

볼만한 곳이었죠. 그녀[38]가 말했다. '화이트 셔터스' 말이에요. 그는 내가 자신과 함께

---

38 캐슬린 호글랜드.

라면 완전히 안전할 거라고 했어요. 하지만 나는 한 번도 가지 않았어요. 가고 싶긴 했죠, 두렵긴 했지만 어쩌다 보니 한 번도 가질 못했네요. 그는 그곳에 작은 오케스트라를 가지고 있었죠. 그는 그걸 '클리퍼 크루'라고 불렀어요― 그 시절 주류 밀매점은 다 그랬던 것처럼. 하지만 어느 날 밤 그들이 입고 있던 옷을 찢으며 연회장에서 깡충깡충 뛰어 내려왔고, 여자들은 머리 위로 치마를 벗어 던지며 벌거벗은 채로 1층에 있던 다른 이들의 춤에 합류했어요. 그는 한번 획 쳐다보고는 경찰이 오기 바로 전에 뒤쪽의 창문으로 빠져나가서 예복용 구두 차림으로 강둑의 진흙을 따라 도망쳤죠.

가만, 푸에르토플라타는
산토도밍고[39]의 항구 도시이다.

그들이 백인들로 하여금
어떤 것도 소유하지 못하게 하던
시절이 있었다― 어떤 것도 붙들지
못하게 하던 시절이― 즉, 이건
내 거야.

나는 헛것을 본다, . .

― 이 단계에 이른 물은 자장가가 아니라 피스톤이다,
공존하며 돌멩이들을 박박 문지르는 .

바위

39 도미니카공화국의 수도.

물 위를 떠다니는 (카트마이산[40]에서처럼
부석으로 뒤덮인 바다는 우유처럼 하얬다)

뛰어오르는 물살에서
물고기가 숨어 있거나
전속력으로
정지해 있는 모습을
상상할 수 있을 것이다

— 그것은 철도 제방의 토대를 허문다

40 미국 알래스카주 서남부의 활화산.

안녕, 한 다스를 열어서

두 다스로 만들어봐!　　　만만한 여자야!

분통을 터뜨리고 싶어?

온갖 종류의 열거

우묵우묵한 달을 머무르게 하기 위해 :

1월의 햇살 ·

19^{49}년

11일, 수요일

(10,000,000배 더하기 4월)

— 엉덩이가 빨간, 뒤집을 수 있는 1분 모래시계

소금 같은

흰 크리스털로　　　　　채워진

시간을 측정하는 알들을 위해

<u>흐르는</u>

아주 순수한 시구를 쓴

앙토냉 아르토[41]*에게 경의를* :

"그리고 플라스틱의 환기

…의 요소들"

그리고

"장례식 디자인"

(아름답고 낙관적인

말 ． ．)　　　　　　　　　그리고

"심는다Plants"

41　앙토냉 아르토Antonin Artaud는 프랑스의 시인으로 배우이자 극작가, 연극이론가이기도 하다.

[191]

(이 경우에는 "심는다"라는 말이
'매장'을 의미하지 **않는다**는 설명이 필요하다.)[42]
"웨딩 부케"

— 그 연관에는

변명의 여지가 없다.

---

[42] 'plant'는 '파묻다'를 뜻하기도 한다.

S. 리즈 10월 13일

(답신. C.O.E.　판다 판다)

제발 그렇게 과장하지 마세요
저는 당신더러 그걸 읽으라고 한 적이 없습니다.
재독은 말할 것도 없고. 저는 그게
즐거운 독서였다고 ！！ 말하지 않았습니다.
저는 그 사람이 자신의 연극 기술을 발전시키는
정직한 작업을 한 것 같다고 말했죠

그랬다고 해서 꼭 그 책을 읽는 일이
중요하다는 뜻은 아닙니다.
어쨌든 당신의 정신을 위해
읽을 필요가 있는 책은
분명 백 권은 있겠죠
(그 책은 *빼고요*).

러브 문고에 있는 모든 그리스 비극을 다시
읽으세요. ― 프로베니우스도, 게젤도.
브룩스 애덤스도
만일 당신이 그를 전혀 안 읽어보셨다면. ―
그리고 골딩의 오비드는

[　193　]

에브리맨스라이브러리에 있어요.[43]

만일 독서 리스트를 원하시면
아빠한테 부탁하세요— 하지만
언급되었다는 이유만으로
다급히 책을 *읽진* 마세요
앙파상[44]— 이건 프랑스어죠.[45]

43 '러브'는 미국의 은행가 제임스 러브James Loeb로 그리스·라틴의 고전 대역 문고인 '러브 클래시컬 라이브러리'의 출판을 계획하고 원조했다. '프로베니우스'는 독일의 민족학자인 레오 프로베니우스Leo Frobenius로 《아프리카 문화의 기원》을 썼다. '게젤'은 미국의 심리학자·소아과 의사인 아널드 루시우스 게젤Arnold Lucius Gesell로 《유아의 심리학》을 썼다. 미국의 역사가·소설가인 '브룩스 애덤스Brooks Adams'는 《에스더》 등을 썼다. '골딩의 오비드'는 아서 골딩Arthur Golding이 번역한 오비디우스Ovidius의 《변신 이야기》를 가리킨다. '에브리맨스라이브러리Everyman's Library'는 영국을 대표하는 문고본이다.

44 "eng passang"은 "지나가는 말로"를 뜻하는 프랑스어 "en passant"을 윌리엄 칼로스 윌리엄스가 음가로 표기한 것이다.

45 에즈라 파운드가 1948년 10월 13일에 윌리엄 칼로스 윌리엄스에게 보낸 편지의 초반 3분의 2에 해당하는 내용. "(답신. C.O.E.　판다 판다)"는 윌리엄 칼로스 윌리엄스가 추가한 내용이다.

패터슨 퍼세이익 압연 공장의 지하수 우물

다음은 우물에서 발견한 표본들과 그것들이 채취된 깊이를 피트 단위로 기록한 표 형식의 보고서이다. 천공穿孔은 1879년 9월에 시작되어 1880년 11월까지 이어졌다.

깊이		성분 설명
65피트	. .	고운 적赤사암
110피트	. .	거친 적사암
182피트	. .	적사암, 그리고 약간의 이판암
400피트	. .	적사암, 이판암
404피트	. .	이판암
430피트	. .	결이 고운 적사암
540피트	. .	부드러운 모래 이판암
565피트	. .	부드러운 이판암
585피트	. .	부드러운 이판암
600피트	. .	단단한 사암
605피트	. .	부드러운 이판암
609피트	. .	부드러운 이판암
1,170피트	. .	셀레나이트, 2×1×1/16인치
1,180피트	. .	불그스름한 고운 유사流砂
1,180피트	. .	황철광
1,370피트	. .	유사에 깔린 사질沙質 암석
1,400피트	. .	어두운 적사암
1,400피트	. .	밝은 적사암
1,415피트	. .	어두운 적사암
1,415피트	. .	밝은 적사암
1,415피트	. .	적사암 파편들
1,540피트	. .	적사암, 그리고 고령토 자갈
1,700피트	. .	밝은 적사암
1,830피트	. .	밝은 적사암
1,830피트	. .	밝은 적사암
1,830피트	. .	밝은 적암
2,000피트	. .	붉은 이판암
2,020피트	. .	밝은 적사암
2,050피트	. .	
2,100피트	. .	이판질의 사

물이 일반적인 용도에 전적으로 부적합하였기에 이 깊이에서 적사암을 뚫고 천공하려는 시도는 포기되었다. . . . 영국의 암염과 유럽의 다른 몇몇 암염 갱岩鹽坑의 암염이 이와 같은 연령대의 암석층에서 발견된다는 사실은 이곳에서도 암염이 발견되지 않을까 하는 의문을 제기한다.[46]

---

46 《패터슨시와 뉴저지주 퍼세이익 카운티의 역사》에서 변형 인용.

——완전히, 전적으로

. 어, 어

완전 정지[47]

——그러고는 세상을 떠맡긴다

어둠에게

그리고

나에게

물이 빠졌을 때 대부분의 것은 이미 원래의 형체를 잃은
후였다. 그것들은 급류가 흘러간 곳으로 기울어 있다. 진흙이
그것들을 뒤덮는다

——비옥한(?)진흙이.

비옥하기만 하면 좋을 텐데. 이 경우에는 오히려 일종의
진창. 배설물——부스럼투성이 찌꺼기, 부패, 숨 막히는
죽음—— 그 뒤에 굳어지는 흙을 남기는,
모랫바닥을 들러붙게 하고 돌멩이를 검게 만드는——그래서
우리는 그것을 정원에 쓰기 위해 긁어모을 때, 흡인성이 있는
더러움 때문에, 세 번이나 박박 문질러 닦아야 한다.

----

47 "FULL STOP"은 '마침표'를 뜻하기도 한다.

거기서 풍기는 매캐하고 역겨운 악취, 거의 누군가가
오돌토돌한 악취가 마음을 더럽힌다고 말할 정도의 .

어떻게 형상을 찾기 시작할 것인가 ─ 안을 밖으로 뒤집어
다시 시작하기를 시작할 것인가 : 기쁨을 위해 다른 구절과
결합하여 나란히 누워 있을 하나의 구절을 찾기 위해 . ?
─ 이룰 수 없는 목표 같다 .

미국 시詩는 그런 게 존재하지 않는다는 단순한 이유로 인해 토론하기 아주 쉬운 주제이다

  타락한 것. 달력에서 찢어진
  페이지. 다들 잊었다. 그것을
  그 여자에게 주라, 그녀가 다시
  시작하게 하라 ─ 벌레들과
  부패로, 부패로 그러고는 벌레로 :
  낙엽 ─ 퇴적물로 광택이
  나는, 떨어진, 부패로 조각조각
  분해된 잡동사니, 소화작용이
  일어난다 .

  ─ 이것으로, 이것으로 그것을 만들라, 이것
  이것, 이것, 이것, 이것으로 .

  준설기가 가득 찬 흙을 버린 곳에서,
  무언가, 노끈 같은 (강철) 뿌리를 지닌
  하얀 토끼풀이 발톱으로 모래를

움켜잡았다 ― 그리고 대규모로
꽃을 피웠다, 오래된 농장이 있던 곳
그리고 아내가 자신이 원하는 대로
들판에서 일을 해주기에는
너무 약하다고, 너무 아프다고
생각한 남자가 그녀의 암에 걸린 턱을
박살 낸 곳에서 .

그렇게 생각하며, 그는 그녀에게
노래를 만들어 주었다:
        그녀가 책을 읽는 동안
그녀를 즐겁게 해주기 위해:

                ∗   ∗   ∗

        겨울에는 새들
        그리고 여름에는 꽃들
        그것들이 그녀의 두 가지 기쁨
        ― 자신의 은밀한 슬픔을 숨길

        사랑은 그녀의 슬픔
        그녀가 마음속으로
        기쁨을 달라고 매시간 외치게 하는
        ― 그녀가 밝히지 않을 비밀

        그녀의 '오오'는 '아아'
        그녀의 '아아'는 '오오'

그리고 그녀의 슬픈 기쁨은
새들과 함께 날고 장미와 함께
피어나네

— 부종이 가라앉는다

4월을 이야기한 게 누구지? 어떤
미친 엔지니어. 되풀이는 없다.
과거는 죽었다. 여자들은
법치주의자다, 그들은 구출하고 싶어 한다
법의 체계를, 관습의
뼈대를, 벌처럼, 그들이 꿀로 채울
불타서 석회화된 과거의 망상 조직을 .

그것은 아직 끝나지 않았다. 침수는
커튼을 부식시켰다. 그물망은
부패했다. 기계의 살을
헐겁게 하라, 더는 다리를
짓지 말라. 당신은 어떤 허공을 통과해서
대륙을 가로지를 것인가? 어떤 식으로든
말을 입 밖에 내라 — 그것이 사랑을 비스듬히
때리도록. 그것은 희귀한 방문이 될
것이다. 그들은 너무 많은 걸 구출하고 싶어 하고
홍수는 자신의 임무를 마쳤다 .

내려가라, 물고기들 사이에서 응시하라. 당신은

뭘 구하길 기대하는가, 근육 껍질?

여기 소라고둥 화석이 있다 (충분히
진기한 문진) 거의 영원에 가까운
세월에 구워져 작은 조개껍데기로 가득하고
돌멩이처럼 단단한 혼합물로 변한
진흙과 조개껍데기가

— 끝없이 건조되어 구워져 조가비로 덮인
단단한 표면으로 변한— 그 역사가—
심지어 그 역사의 일부조차도
죽음 그 자체인 오래된 목초지에서
모습을 드러낸

　　　　　　베르킨게토릭스,[48] 유일한
영웅 .

그 카나리아는 저 귀먹은 노파에게
주자; 녀석이 입을 열어 쉭쉭 소리를 내면
노파는 녀석이 노래를 부르고 있다고
생각할 거야 .

펄프를 물에 담가서 더 부드럽게 할 필요가 있을까?
벽을 허물어라, 죄를
불러들여라. 결국, 찌꺼기들은

48　로마에 대한 반란을 지도한 갈리아의 족장이다.

(살아서) 완전히 제거되지

않는 한 재건될 수

없다 .

말은 새로운 벽돌로 쌓아 올려져야만 할 것이다, 새로운

— 뭐라고? 내가 뭐가 되어가고 있는 거지 .

쏟아져 내리는?

아프리카의 이비비오족 남자가 전투 중에 죽임을 당하면 그의 가장 가까운 친척인 기혼 여성들이 시신을 수습한다. 남자들은 시신을 만져서는 안 된다. 척후병들은 울고 노래를 부르며 죽은 전사를 '오와카파이'라고 불리는 숲속의 작은 빈터 — 허망하게 죽임을 당한 이들을 위한 장소 — 로 데려간다. 그들은 그를 새로 난 이파리로 만든 침대에 누인다. 그러고는 신성한 나무에서 어린 나뭇가지를 잘라 가지를 전사의 생식기 위로 흔들며 생식력의 영혼을 이파리로 끌어낸다. 이 의례의 지식은 남자들과 미혼 소녀들에게 알려져서는 안 된다. 오직 몸으로 남자의 생식력을 느껴본 적이 있는 기혼 여성만이 생명의 비밀을 알 수 있다. 그들의 위대한 여신은 그 일을 그들에게 맡겼다. "남성이 아니라 여성이 우세한 성별이던 시절에. . ; 부족의 힘은 이 비밀을 지키는 일에 달려 있었다. 이 의례가 폭로되고 나면 — 아이들이 거의 안 태어나거나 아예 안 태어날 것이고, 가축우리와 가축 떼는 거의 불어나지 않을 것이며, 전사들 후손의 팔은 힘을 잃고 마음은 용기를 잃고 말 것이었다." 이 의식은 오직 전사들의 아내들만 부를 수 있거나 심지어 알 수 있는 낮고 구슬픈 노래와 함께 거행되었다.[49]

— 백 년 뒤에는, 어쩌면 —

음절들

(천재성을 지닌)

혹은 어쩌면

두 번의 생 뒤에는

---

49 소피 드링커Sophie Drinker의 《음악과 여성: 여성과 음악의 관계에 대한 이야기 *Music and Women: The Story of Women in Their Relation to Music*》(1948)에서 인용.

때로는 더 오래 걸린다 .

제가 다정한 당신의 죄책감을 덜어주는 것 이상의 일을
한 건가요. 체리모야는 열대 과일 중 가장 우아한 맛이
나는 과일이죠. . . 당신을 포기하든지
아니면 글쓰기를 포기하든지 .

저[50]는 어제 하루 종일 그 애를 생각했어요. 그 애가 죽은 지 사 년이 지난 거 아시죠? 그리고 그 개자식은 이제 복역 기간이 일 년밖에 안 남았어요. 그러고 나면 그놈은 출소할 테고, 우리는 아무것도 할 수 있는 게 없겠죠. ─제 생각에는 그놈이 그 애를 죽인 것 같아요. ─그놈이 그 애를 죽였다는 거 *아시잖아요*, 총으로 쏴서 죽여버린 거예요. 그리고 그 애를 졸졸 따라다니곤 하던 그 가엾은 남자, 클리퍼드 기억하세요? 그는 그 애가 부탁하는 건 뭐든 했을 거예요─세상에서 가장 무해한 존재죠; 그는 아팠어요. 어렸을 때 류머티즘열을 앓아서 더는 집 밖에 나가지 못해요. 그는 우리에게 편지를 보내서 자기한테 음담패설을 좀 적어 보내달라고 했는데, 왜냐하면 자기는 밖에 나가서 그걸 듣지 못하니까요. 그리고 우리 둘 중 누구도 그에게 보내줄 새 음담패설을 떠올리지 못하고 있어요.

과거는 상류에, 미래는 하류에
그리고 현재는 쏟아져 내린다: 굉음,
현재의 굉음, 말─
그것이, 필연적으로, 나의 유일한 관심사 .

그것들은 떨어져 내렸다, 실신 상태로 떨어졌다 .
혹은 종지부를 찍을 의도로─그
굉음, 수그러들 줄 모르는, 목격하는 .
과거도 아니고 미래도 아니고

---

50 간호사 베티 스태드먼. 81쪽 참조.

응시하지도, 망각하지도 — 잊지도 — 않는.
언어가 폭포로 떨어진다
저 너머와 위쪽, 보이지 않는 것 속으로 : 보이는
부분의 폭포 —

언어로 복제품을 만들기 전까진
내 죄는 용서되지 않을 것이고 내 병도
치유되지 않을 것이다 — 왁스로: *라 카펠라 디 산로코*[51]
오래된 구리 광산 위쪽

사암 산마루 위에 — 내가 못에 박혀 걸린
팔과 무릎의 이미지를 보곤
하던 곳 (드 몽펠리에) .
의미는 없다. 그래도, 내가 그곳과 분리된

장소를 찾아내지 않는 한, 나는 그곳의 노예,
그곳의 잠든 사람이다, 어리둥절한 채 — 먼 거리에
현혹된 채 . 여기 머물러
과거만 바라보며 살 순 없다:

미래도 답은 아니다. 나는 나의 의미를 발견하여
미끄러지듯 흐르는 강 옆에, 하얗게
쌓아두어야 한다: 스스로 —
언어를 빗질하거나 — 아니면 굴복하거나

51 산로코 예배당.

―상황이야 어찌 되든. 나를 밖으로
내보내 줘! (자, 가자!) 이 미사여구는
진짜야!

4권

(1951)

바다로의 질주

I.

전원시

코리던&필리스[1]

멍청한 두 여자!

(봐요, 아빠, 저 춤추고 있어요!)

뭐라고 했죠?

아무 말도 안 했어요 .
당신이 멍청해 보이지 않는다는 말 말고는 .

별거 아니에요, 코리던 양 .

―그리고 난 내가 그렇지 않다는 거 알아요 .

아야! 당신 손은 꼭 남자 손 같네요 . 언젠가,

---

[1] '코리던Corydon'은 전원시에 등장하는 대표적인 목동이고, '필리스Phyllis'는 비티니아의 필리스강 여신
이다.

당신, 우리가 서로 더 잘 알게 되면

내가 좀 더 말해줄게요 . .

고마워요. 아주 만족스럽군요. 내 비서가

입구에서 돈을 드릴 거예요 .

아니에요. 저는 그 편이 더 좋아요

알겠어요.

안녕히 가세요.

저기 . 에

필리스 양

자! 에이전시에 전화할게요 .

그럼 필리스, 내일 같은 시간에 봐요.

내가 곧 다시 걸을 수 있을 거라고 생각하나요?

왜 아니겠어요?

.   .   .   .   .   .

편지

이봐요, 잘나신 분, 전 아빠가 술을 끊겠다고 약속하기 전까지는 집에 돌아가지 않을
거예요. 어머니가 저를 필요로 한다느니 하는 가식적인 헛소리해 봤자 소용없어요.
만일 아빠가 어머니를 조금이라도 생각한다면 계속 그런 식으로 굴진 않겠죠. 어쩌면
아빠네 집안이 한때 골짜기 전체를 소유했는지도 모르겠어요. 그런데 지금은 그게 누
구의 소유죠? 아빠는 한번 제대로 당해볼 필요가 있어요.

저는 대도시에서 전문직 여성으로 멋진 시간을 보내고 있어요, 에헴! 정말이에요, 여기긴 돈이 정말 많아요ー손에 넣을 수만 있다면. 아빠의 머리와 능력이라면 그쯤은 식은 죽 먹기일 테죠. 하지만 아빠는 그러느니 술이나 잔뜩 퍼마시고 말겠죠.

그래도 상관없어요ー저야 섬망증이 있는 당신과 더는 침대에서 밤새 씨름하지 않으면 그만이니까. 더는 못 견디겠어요. 아빠는 저에게 너무 힘든 사람이에요. 그러니 마음을 정하세요ー어느 쪽을 택하든.[2]

.   .   .   .   .   .

코리던&필리스

　　오늘은 기분 어때요, 자기?

　　　　　　　　（이제 나를 '자기'라고 부르네!）

　　그런 진저리나는 곳에서 어떻게
　　사는 걸까 . 라ー차ー모, 라고
　　했던가요?

　　　　　　　　라마포

　　　　　　　　　　　　혹시나 해서요,

　　나는 참 멍청하기도 하지.

　　　　　　　　맞아요.

　　　　　　　　　　뭐라고 했죠?

2　4권 '전원시'에 등장하는 편지는 모두 윌리엄 칼로스 윌리엄스의 창작이다.

당신은 좀 크게 말할 필요가 있겠어요

제 말은 .

신경 쓸 거 없어요.

어떤 도시 이야기를 하지 않았던가요?

패터슨이요, 제가 교육받았던

패터슨!
네, 물론이죠. 니컬러스 머리 버틀러[3]가 태어난
곳 . 그리고 다리를 절던 그의 누이도. 그들은
그곳에 견직물 공장을 가지고 있었어요 .
조합이 그걸 망쳐놓기 전까지는. 너무 안됐죠. 놀라운
손이로군요! 나 자신의 존재를 완전히 잊어버렸어요 .
어떤 손은 은이고, 어떤 손은 금인데, 몇 안 되는
당신의 것 같은 손은 다이아몬드죠(내가 당신을
가질 수만 있다면!) 여기 마음에 들어요? . 가서
저 창밖을 좀 보세요 .

저게 이스트 강이죠. 저기서 해가 떠요.
그리고 너머에 있는 게 블랙웰섬이에요. 웰페어섬,
시티섬 . 지금은 뭐라고 부르든 .
도시의 하찮은 범죄자들, 가난뱅이들,

---

3   니컬러스 머리 버틀러Nicholas Murray Butler. 미국의 교육가이자 1931년 노벨 평화상 수상자이다.

노약자들, 정신병자들이 사는 곳이죠 .

내가 말할 땐 나를 좀 봐요

                              ─그리고
물속으로 들어가면서 점점 작아지는 저 세 바위 .
이곳 자연환경에서 남은 자연력의 산물, 원시적인 건
저게 다예요. 나는 저것들을 나의 양이라고 부르죠 .

        흠, 양이라고요?

온순하잖아요, 안 그래요?

        왜 그러는 거죠?

아마도 외로움 때문이겠죠. 이야기하자면 길어요. 그들의
양치기가 되세요 필리스. 그러면 나는
코리던이 될게요 . 불쾌한 건 아니죠?
필리스와 코리던. 얼마나 멋져요! 아몬드
좋아해요?

        아뇨. 저는 견과류라면 딱
질색이에요. 머리카락에 끼잖아요 . 그러니까 제 말은
이에 낀다고요 .

   .   .   .   .

그런 소리는 관둬요. 제 일은 제가 알아서 할 테니까. 그리고 만일 못하면, 그러면 뭐요?

이건 부정한 돈벌이에요. 제가 하는 거라곤 그 여자에게 '마사지'를 해주는 것뿐이거든요—그런데 제가 마사지에 대해 뭘 알죠? 아, 맙소사! 그래서 저는 그 여자를 문질러주고 그 여자에게 책을 읽어줘요. 그곳은 책들로 가득해요—온갖 언어로 된 책들로!

하지만 그 여자는 완전 미쳤어요. 오늘은 자기가 세 마리 양이라고 부르는, 이곳 강의 어떤 바위에 대해 이야기하더라고요. 만일 그것들이 양이면 저는 영국의 여왕이겠죠. 바위들은 물론 흰색이지만 그건 갈매기들이 하루 종일 거기에 똥을 쌌기 때문이에요.

아빠는 이곳이 어떤 곳인지 꼭 봐야만 해요.

오늘은 헬리콥터(?) 한 대가 강 위를 날아다니면서 자살한 어떤 사람의 시신을 찾았는데, 어떤 학생, 제 나이 정도 되는 어떤 여자라고 했어요(그 여자가 말하길 . 인도 공주라고 하더군요.) 오늘 아침에 그 일이 신문에 났지만 저는 딱히 신경 쓰지 않았어요. 그 갈매기들이 시신 주위를 날아다니는 모습을 아빠가 봤어야 했는데. 다들 아주 환장하더라고요 .

   .   .   .   .   .

코리던&필리스

     필리스, 당신은 남자친구가 아주 많겠어요

              딱 한 명이요

   놀랍군요!

              지금 제가 관심 있는 사람은 딱
한 명이에요

어떤 사람이죠?

누가요?

당신 애인이요

아, 그 사람이요. 유부남이에요. 저는
그 사람이랑 그럴 기회가 없었죠.

이런 바람둥이 같으니! 그럼 둘이 뭐 하죠?

그냥 대화요.

.   .   .   .   .   .

필리스&패터슨

넌 행복해
내가 와서 행복해?

행복하냐고? 아니, 행복하지 않아

절대로?

글쎄 .

소파가 편안해

보이네

오 패터슨! 오 유부남이여!
그는 싸구려 호텔들과 은밀한 출입문들이
있는 도시 . 문 앞에 택시가 서 있고
도로변 여관 출입문 앞에 선 차가
몇 시간이고 비를 맞고 있는 .

안녕, 내 사랑, 정말 즐거운 시간이었어.
잠깐! 다른 뭔가가 있었는데 . 그런데 그게 뭔지
잊어버렸어 . 뭔가 해줄 말이
있었는데. 완전히 까먹어 버렸네! 완전히.
그럼, 안녕히 .

필리스&패터슨

언제까지 있을 수 있어?

6시 반까지 . 나
남자 친구 만나야 해

옷 벗어

아니야. 그 말은 내가 잘하지.

　　　　　그녀는 가만히 서서
옷이 벗겨지길 기다렸다 .

단추 풀기가 어려웠다 .

이건 아버지가 가장 아끼는 것 중
하나야. 오늘 아침에 내가 연미복을
잘랐을 때 아버지가 뭐라고 했는지
네가 들었어야 했는데 .

그는 흰 셔츠를 뒤로
젖혔다 . 리본을 옆으로
밀었다 .

　　　　하느님께 영광을　 .

─그러고는 그녀를 벗겼다

　　　　그리고 그분의 모든 성인聖人을!
　　　　　　　.

아니, 그냥 넓은 어깨만

　　　　　　.

―소파에서, 키스하고 대화하는 동안 그녀의 몸을
손으로 더듬으며, 천천히 .
자상하게 . 집요하게 .

        .

조심해 .
나 감기에 심하게 걸렸거든

올해 첫
감기야. 지난주에 그렇게
비가 퍼붓는 와중에
다 같이 낚시를 갔거든

누구랑? 네 아버지랑?
―그리고 내 남자 친구도

플라이 낚시?
아니. 농어 잡으러. 하지만 지금은

철이 아니잖아. 나도 알아
하지만 아무도 우릴 못 봤어

나는 홀딱 젖었지
낚시할 줄 알아?

아, 그냥 낚싯대에 낚싯줄

달아서 하는 거지 뭐

우린 꽤 많이 잡았어

.   .   .   .   .   .

코리던&필리스

좋은 아침이에요, 필리스. 당신 오늘 아름다워 보이는군요 (평범한 방식으로) 당신이 정말 얼마나 사랑스러운지 아는지 모르겠어요, 필리스, 이런 귀여운 우유 짜는 여자 같으니라고 (그거 잘됐군! 그는 행운아야!) 나 어젯밤에 당신 꿈꿨어요.

.

편지

아빠가 뭐라고 하건 신경 안 써요. 아빠가 술을 끊었다고— 그러니까 제 말은 정말 술을 *끊었다고*— 어머니가 직접 제게 편지 쓰지 않는 한 집에 돌아가지 않을 거예요.

.

코리던&필리스

당신 가족은 어떤 사람들이죠, 필리스?

제 아버지는 술꾼이에요.

그건 필요 이상의 자기 비하 같네요. 당신이 어디서 태어났건 절대 부끄러워하지 마세요.

안 부끄러워요. 그냥 진실이 그렇다는 거예요.

진실이라! 당신도 알게 되겠지만, 미덕은, 만일 누군가 그걸 지니고 있다면! 합계를 냈을 때만 흥미로운 거예요 . 어쩌면 이미 그렇다는 걸 알고 있을지도 모르겠지만. 그게 우리 기독교의 가르침이죠: 부정이 아니라 용서, **돌아온 탕녀**. 남자랑 자본 적 있어요?

당신은요?

설마요! 이 몸으로? 나는 여자라기보다는 말에 더 가까운 것 같아요. 이런 피부 본 적 있어요? 뿔닭처럼 얼룩덜룩 반점이 나 있잖아요 .

물론 *걔네들* 반점은 하얗지만요.

어쩌면 두꺼비에 가까울지도 모르겠어요, 그렇죠?

그렇게 말하진 않았어요.

왜 아니겠어요? 진실이 그렇잖아요, 나의 귀여운 오레이아스.[4] 불굴의 진실. 우리 이름 바꿔요. 당신이 코리던이 되는 거예요! 그리고 나는 필리스가 되고. 젊고! 순수한! 사과를 던지며 공격하는 소리랑 판[5]이 발을 구르며 쿵쿵거리는 발굽 소리가 누구의 귀에나 아주 똑똑히 들릴 거예요. 무無나 다름없는 .

·   ·   ·   ·   ·   ·

---

4 그리스신화에 나오는 산의 요정.
5 그리스신화의 목양신으로 염소의 뿔과 다리를 지녔으며 음악을 좋아한다.

우리 꼴을 좀 봐! 너는 왜
너 자신을 괴롭히는 거지?
너는 내가 처녀인 줄 알지.
내가 경험이 있다고 네게
말했다고 생각해 봐. 그럼
뭐라고 말할 건데?
뭐라고 말할 건데? 내가 그렇게
말했다고 생각해 봐 .

그녀는 흐릿한 빛 속에서
앞으로 몸을 숙였다, 그의 얼굴에
가깝게. 한번
말해봐, 뭐라고 말할 건데?

그동안 만난 애인 많았어?

너처럼 나를 거칠게 다룬 사람은
아무도 없었어. 봐,
우리 둘 다 땀범벅이잖아 .

       .

아버지가 내게 말 한 마리를 사주려고 해 .

       .

한번은 어떤 남자애랑 사귄 적이 있어
잠깐 만났지

그 애가 내게 물었어 . .
안 돼, 나는 말했지, 당연히 안 되지!

그 애는 많이 놀라더군.
왜, 그 애는 말했어, 대부분의 여자애는

그걸 미치도록 좋아하잖아. 나는
다들 그런 줄 알았어 .

네가 그때 내 눈을 봤어야
했는데. 나는 그런 소리는
난생 처음 들어봤어 .

                              .

       왜 내가 네게 나를 허락하지 못하는 건지 모르겠어. 너 같은 남자
는 모름지기 자신이 원하는 걸 다 가져야 하는데 . 아무래도 나는 걱정이
너무 많나 봐, 그게 문제야 .

  .   .   .   .   .   .

코리던&필리스

       필리스, 좋은 아침이에요. 많이 이른 시간인데 술 마실 수 있나
요? 내가 당신을 위해 시를 한 편 써왔거든요 . 그리고 이게 더 최악인

데, 이제 내가 당신에게 그걸 들려줄 거예요 . 마음에 들어 하지 않아도
괜찮아요. 하지만, 그냥 받아요, 제대로 귀 기울여 듣는 게 좋을 거예요.
나 떠는 것 좀 봐요! 시작하는 게 좋겠군요, 짧은 것부터 읽을게요:

> 만일 내가 고결하다면
> 나를 비난하라
> 만일 내 삶이 행복하다면
> 나를 비난하라
> 이 세상은
> 부당하다

느낌 좀 오나요?

딱히요.

흠, 이것도 들어봐요:

> 몽상에 젖은
>   공산주의자야
> 어디로
>   가는 중이니?

> 세상의 끝으로
>   무엇을 통해서?
> 화학
>   오 오 오 오

그러면
　　　정말
끝이겠구나 .
　　　몽상에 젖은

공산주의자야
　　　안 그러니?
함께
　　　함께

"그 말과 함께 그녀는 자신의 거들을 찢었다." 한 잔 더 주세요.
나는 밖으로 나가고 싶을 때마다 코를 박고 넘어지고 말았죠. 하지만 자,
시작할게요! 바로 이거예요. 결국 이런 작품이 되었어요. 제목은 〈코리
던, 목가牧歌〉예요. 헬리콥터로 시작하는, 바위와 양에 대한 앞부분은 건
너뛸게요. 그 이야기 기억하나요?

. . 몰아낸 갈매기들이 구름처럼 솟아오른다
음 . 숲과 들판은 더 이상 존재하지 않는다. 그리하여
현재만이, 영원히 현재만이

　　　　　. 다빈치를 떠오르게 하는
윙윙거리는 기계장치 익룡이
헬게이트 수로[6] 위를 날며 시신을 찾는다,
갈매기들이 그걸 먹지 않도록
그리고 그것의 희망으로서의 정체성과 성별, 그것의

6　미국 뉴욕주 동남부의 이스트강에 있는 좁은 수로.

절망과 그것의 점과 그것의 흔적과 그것의 치아와
그것의 손발톱이 더는 해독되지 못하는 일이 없도록
그리하여 상실되지 않도록 .
   그리하여 현재만이,
     영원히 현재만이 .

갈매기들, 절망의 소용돌이들이 선회하며
그것이 사라질 때까지 자신들의 거친 대답을
내뱉는다 . 그러고는 먹이를 찾아다니며, 살기 위해
흩어진 후, 다시 목표물에 접근한다,
헐벗은 돌, 세 개의 보금자리 돌, 그렇지
않으면 . 쓸모없는
        더럽혀지지 않은 .
악취가 나네요!

  만일 이게 운문시라면, 자기야
    정말 그런 운문이라면
  입이 쩍 벌어질 텐데 .

  하지만 그 길이가 문제지 . 누구도
    윤색을 바랄 수 없고
  그의 마음을 간결하게 유지할 수 없어,
    내가 계획하는 행동 .
  그런 행동에 적합하게

    — 내 손을 들어 올려서
  내가 골똘히 생각하는 .

그들의 죽음의 비를 향해
손을 펼친 채 . 오직 나의 죽음만이
준비돼 있는 것을 아는 .

헛소리! 그러고는 약간 . 희귀한recherché, 약간 강한 이야기 한 편
어때요? 나의 어색함도 숨길 겸? 좋아요?

물론이죠.

건너뛰죠.

반지는 둥글다round
하지만 속박할bind 수는 없다
비록 그것이 연인의 마음mind
뛰게bound 할지라도

필리스, 이제 나 꽤 괜찮
아진 것 같아요 . . 나랑 어딘가로 낚시하러 가는 거 어때요? 낚시 좋아
하면 .

아버지를 데려가도 될까요?

아뇨, 아버지는 데려갈 수 없어요. 당신은 이제 다 컸잖아요. 나
랑 같이 숲속에서 한 달을 보낼 텐데! 나도 권리가 있어요. 당장 대답하진
말아요. 안티코스티[7]에 한 번도 안 가봤죠 . ?

---

7 캐나다 퀘백주 동부의 세인트로렌스강 하구에 있는 섬.

그게 뭐죠, 피자 같은 건가요?

필리스, 당신은 나쁜 여자예요. 내 시나 계속 읽을게요

.   .   .   .   .   .

아빠에게:

어떻게 지내세요? 점잖게 굴고 계신가요? 그 여자가 저랑 같이 낚시 가자고 하거든
요. 한 달이나요! 어떻게 생각하세요? 아빠라면 좋아하겠죠.

.

그런가요? 음, 아빠도 어디서 내려야 할지 알잖아요. 그런데 여기 오려는 생각은 하지
마세요. 만일 그러면 저는 절대 집에 돌아가지 않을 테니까요. 그리고 아빠는 술을 *끊지도
않았잖아요!* 저를 속이려 들지 마세요.

.

좋아요, 만일 제가 위험에 직면했다고 생각되면 점잖게 구는 법을 배우도록 하세요. 아
빠는 의지박약 같은 뭐 그런 건가요? 하지만 그 문제는 다시 꺼내지 않겠어요. 절대로. 걱
정 마세요. 말씀드린 대로 제 일은 제가 알아서 하니까요. 그리고 만일 제게 무슨 일이 생
기면, 그러면 뭐요? 저한테 술꾼 아빠가 있다는 걸 탓해야지 어쩌겠어요.

아빠의 딸
P.

.   .   .   .   .   .

필리스&패터슨

이 옷은 땀에 다 젖었어. 깨끗이
빨아야겠네

그것은 어깨를 지나 올라갔다.
그 아래로는, 그녀의 스타킹

커다란 허벅지 .

                    .

우리 책을 읽자, 왕이 부드럽게
말했다. 우리

다시 옆길로 새자, 여왕이 더욱더 부드럽게
말했다

눈 하나 깜짝하지 않고

                    .

그는 그녀의 젖꼭지를
부드럽게 입술로 물었다. 아니
싫어

  .   .   .   .   .   .

코리던&필리스

    우리가 어디서 멈췄는지 기억하죠? 45번가 터널 입구에서 . 어
디 한번 보죠

,

      . 플래카드가 붙은 집들:
사람이 살기에 부적합한 어쩌고저쩌고

아 그래 .

          저주받은 .
하지만 누가 저주받았지 . 강 아래에서 터널이
시작되는 곳에서? *여기 들어오는 너희는*[8]
다시 찾아온! 땅 아래, 바위 아래, 강 아래
갈매기들 아래 . 광인 아래 .

. 차들은 집어삼켜지고 사라져 .
나타나지 않는다 . 다시는

왁자지껄한 가운데 부르는 목소리 (왜 거기에는
수레 한 대분의 신문이 있는 거지?) 어떤 재치로도
피하지 못할, 어떤 운문으로도 가리지 못할 소식을
요란하게 외쳐대는. 말을 꽉 붙드는 필요성 . 사랑은
때투성이이고 더럽혀졌다는, 교묘한 회피를 찾아 돌아다니는 .

나는 그 부분에 대해 진실을 털어놓고 싶어요.

그러지 그래요?

---

8 단테의 《신곡》〈지옥편〉 3곡 9절의 일부. 9절의 전문은 "여기 들어오는 너희는 모든 희망을 버릴지어
다Lasciate ogni speranza, voi ch'entrate"이다.

이건 **시예요!**

　　　　　때투성이임에도
그것은 머리를 들어올린다, 급변하는 고통을 겪고서!
눈과 머리카락을 빼앗기고
이는 뽑혀 나가고 . 어둠 속에서의
쓰라린 침몰 . 거세한 말, 명단에 오르지
않을 . 준비되지 않을! 내놓기에
적당한 (해로운 송어, 연어의 알을 먹어치우는,
황홀함을 뚫고 쳐다보는 . 유리
목걸이를 한 . 가치 없는
고풍스러운 시골 물건) . 펄프

　　　　　한편 높은
(위아래로 미끄러지는) 빌딩에서는 돈이
만들어지고
　　　　위아래로
　　　　　겨냥되는 미사일
높은 빌딩의 매끄러운 수직 통로에서 .
그들은 우리에서 무기력하게 일어선다, 난폭한 동작으로
냉정하게
　　　　하지만 기민하게!
　　　　　　　포식동물 같은 마음, 영향을
받지 않는
　　　불편을 겪지 않는
　　　　　　　　성적 불능이 된, 위
아래로 (날갯짓하는 동작 없이) 돈은 이런 식으로

만들어진다 .   그런 플러그를 사용해서.

                                            여자 대
여자로 (혹은 남자 대 여자로, 다를 게 뭔가?)
가득 찬 청결한 점심시간에
살쪘거나 연골이 드러난
그들의 얼굴 살, 윤곽을 알아볼 수
없는, 엄하게 굳어진, 지방질 혹은 경화증으로
표정이 사라진, 서로를 마주한, 모든 얼굴을 위한
하나의 틀 (통조림 생선) 이것은 .

뒤로 가세요, 제발, 그리고 문 쪽을 향해요!

이렇게 돈은 만들어진다,
                    돈은 만들어진다
                              함께 눌려서
흥분한 채 떠들며 . 다음 먹을 샌드위치에 대해 .
한 손으로는 간밤의 뇌우가 지나간 후
흠뻑 젖은 채 수면 위로 올라온
어떤 학생에 대한 기사를 읽으며 . 살
눈물과 싸우는 갈매기들의 살 .

                              아, 울고 싶어라!
잘은 모르겠지만 당신의 젊은 어깨에 기대 울고 싶어라.
난 너무 외로워요 .

 ·   ·   ·   ·   ·   ·

>

필리스&패터슨

　　　나 배우가 되어볼까 봐,

　　　그녀가 말했다, 자기비하적인 웃음을 터뜨리며,

　　　호, 호!

　　　한번 해보지 그래? 그가 대답했다

　　　아무래도 다리 때문에

　　　안 될 것 같지만 .

.　　　　　　.　　　　　　.　　　　　　.　　　　　　.　　　　　　.

코리던&필리스

　　　　　　　　　　　　.　나와 함께, 필리스

　　　(나는 깡충거미가 아니에요) 당신의 모든 타고난 어여쁨으로

　　　이 뾰족한 루머들로 그 사랑스러운 살이

　　　　　　　　　　　찢기지 않도록

이 부분은 마치 내가 당신을 먹고 싶어 한 것처럼 들리네요, 수정해야겠
어요.

　　　나와 함께 안티코스티로 가요, 연어가 얕은 물에서

　　　햇살을 받으며 알을 낳는 곳으로

　　　　　　　그건 예이츠⁹ 같은데요 .

9　아일랜드의 시인 윌리엄 버틀러 예이츠William Butler Yeats.

—그리고 우리는 연어를 낚을 거예요

아니, 그게 예이츠 같네요 .

　—그리고 연어의 은빛은
우리의 깃털 장식과 거든guerdon[10]이 될 거예요 (거든이 뭐죠?)
끌어낸 투쟁 .

정말이에요, 어떤 몸싸움!

얼음처럼 찬물에서 .

당신이 갔으면 좋겠어요, 자기, 내 요트를 꽉 채워서 준비해 두었
다고요. 당신을 데리고 여행을 갈 수 있게 해주세요 . 천국으로!

그건 저도 보고 싶네요.

그럼 가지 그래요?

저는 아직 죽을 준비가 안 됐어요, 전혀요.

그럴 필요 없어요.

‧　　‧　　　‧　　　　‧　　　‧　　　‧

10　‘포상’, ‘보수’ 등을 뜻하는 고어.

＞

아빠에게:

이번이 정말 마지막이에요!

믿거나 말거나, 우리는 오늘 하루 종일 이곳 사람들이 '노스 쇼어'라고 부르는 곳을 따라 항해하며 우리가 낚시할 곳으로 갔어요. 안티코스티는 무슨 이탈리아 저녁 식사처럼 들리지만 실은 프랑스어예요.

사람들은 이곳이 거칠다고 하지만, 우리에게는 끝내주는 가이드가 있어요. 인도 사람 같은데 확실하진 않아요(어쩌면 저는 그 사람이랑 결혼해서 여생을 그곳에서 보낼지도 몰라요) 어쨌든 그는 프랑스어를 하고 그 부인도 그와 프랑스어로 대화해요. 둘이 뭐라고 하는지 저는 몰라요(그리고 신경도 안 써요. 저는 제 언어를 할 줄 아니까).

눈을 제대로 뜨고 있을 수가 없어요. 이번 주에는 거의 매일 밤마다 나갔거든요. 놀아야 하니까. 우리는 와인을 마시는데, 보통은 배 위에서 샴페인을 마셔요. 그 여자가 제게 파티 때 마실 술 스물네 박스를 보여줬지만 저는 그건 전혀 원하지 않아요, 됐다고요. 저는 럼앤콕[11]만 마실 거예요. 걱정 마세요. 엄마한테 아무 문제도 없다고 전해 주세요. 하지만 잊지 마세요, 이번이 마지막이에요.

.　　　.　　　.　　　.　　　.　　　.

필리스&패터슨

　　　　　　　　키 크고 가무잡잡하고
　　　　　　　　코가 긴 그 여자 알아?
　　　　　　　　그 여자는 내 친구야. 그녀가 말하길
　　　　　　　　자기는 내년 가을에 서부로 갈 거래.

　　　　　　　　나는 모을 수 있는 돈은 동전 하나까지
　　　　　　　　다 모으고 있어. 그 여자랑 같이

11 럼에 콜라를 섞은 칵테일.

갈 거야. 어머니한테는 아직
말 안 했어 .

너는 왜 너 자신을 괴롭히는 거지? 나는 네가
발가벗지 않으면 생각을 할 수가 없어. 네가 나를

때리든 마구 두들겨 패든, 무슨 짓을 하든
너를 비난하지 않을게 . 나는 네게 그렇게 큰

경의는 표하지 않을 거야. 뭐라고! 뭐라고 했어?
네게 그렇게 큰 경의는 표하지 않을 거라고

했어 . 그래서 그게 다야?
유감스럽지만 그런 것 같아. 내가 늘 욕망할

무언가, 네가 처리해 준. 말해봐.
지금은 그럴 때가 아니야. 왜 나를 여기

오게 했던 거지? 누가 알겠어, 왜 그랬던 거야? 나는
여기 오는 게 좋아, 난 네가 필요해. 나도 알아   .

내가 네게서 그걸 가져가 주길 바라며, 너의
동의 없이. 난 놓쳐버렸어, 안 그래?

그래. 내 슬립을 끌어내려 .
그는 등을 소파에 기대고 누웠다.

그녀가 옷을 반쯤 벗은 채 와서 그에게 올라탔다.
자전거를 타서 허벅지가 아파 .

아, 숨을 못 쉬겠어! 내가 결혼하고 나면
가끔 나 불러줘야 해. 만일 그게

네가 원하는 거라면 .

코리던&필리스

당신이 말한 이 남자들 중에서
혹시 . ?
—그리고 그는?

아니요.

좋아요.

대체 뭐가 좋다는 거죠?

그럼 당신은 여전히 처녀일 테니까요!

그게 당신이랑 무슨 상관이죠?

II.

너는 많아야 열두 살이었지, 아들아

　　　　　　어쩌면 열네 살, 고등학생 나이였어

우리는 함께 갔지

　　　　　　둘 다 난생 처음

병원 꼭대기의 일광욕실에

　　　　　　원자핵 분열 강의를

들으러. 나는 네가 '흥미'를

　　　　　　느끼길 바랐어.

너는 귀 기울였지 .

　　　세상을 때려 부숴라, 광범위하게!

　　　— 만일 내가 널 위해 그렇게 해줄 수만 있다면 —

　　　그 광범위한 세상을 때려 부숴라 .

　　　악취를 풍기는 자궁, 구정물 웅덩이!

　　　강이 아니다! 강이 아니라

　　　수렁, 하나의 . 습지대

　　　마음으로 가라앉는 혹은

　　　마음이 그곳으로 가라앉는, 하나의 ?

노먼 더글러스(남풍)[12]가 내게 말했다, 자신의 아들이 태어났을 때 남자가

12　노먼 더글러스Norman Douglas는 영국의 소설가이자 외교관이고, 《남풍South Wind》은 그의 장편소설이다.

할 수 있는 최고의 일은, 죽는 거야 .

나는 네게 너 자신보다 더 큰, 씨름할 또 다른 무언가를 주었어.

이야기를 이어나가자면:

(네 어머니는 말했지, 내가 그리워하는 건 시야, 앞부분의 순수한 시 .)

　　　달은 상현이었다.
　　　　　　　　　우리가 병원에 다다랐을 때
　　병원 위의 공기는 유리 지붕을
　　　　　　　　　　통과한 빛을 머금어 활활 타오르는
　　듯했다, 밤의 여왕과 겨루며.

　　　　　　　　강의실은 의사들로 가득 차 있었다.
　　그 돼지들 사이에서 그 소년은 얼마나 창백하고
　　　　　　　　어려 보였는지, 그들 사이에서
　　나 자신은! 오직 의약품에 관한
　　　　　　　　경험으로만 그를 능가하던,
　　똑바로 앉아 그들의 대화를 듣던:
　　　　　　원자가原子價 .

　　수년간의 보모 생활
　　　　　　　　부화되지 않은 태양이 그녀의 마음을
　　부식시키고, 비영구적인 껍질을
　　　　　　　　먹어치웠다, 무자비한
　　책으로 .

소르본 대학의 무대에 선

퀴리[13] (은막의 여왕) .

0.5마일을 가로질러! 마치 숲속인 듯

홀로 걸으며, 모임(어린

폴란드인 보모)이

국제적 인정 (의약품)을

받기 전 거대한 (생각의)

숲의

침묵

어서 오라! 어서 오라 자매여 어서 와서

구원받으라(쓰라림의 원자를

분열시키며)! 그리고 전도사이자

전직 우익수인 빌리 선데이는 사람들을

별나게 만들려고 애쓴다

그는 이제

테이블 위로 올라가 있다! 두 발로, 자신의

성화聖化된 발로 (발 노래를) 부르며 .

. 공장주연합회로부터

돈을 받은 대로 .

. 그 개자식들을 신에게 불러들여

---

13 폴란드 태생의 프랑스 물리학자 마리 퀴리Marie Curie. 남편 피에르 퀴리Pierre Curie와 함께 라듐과 폴로늄을 발견하여 1903년에 노벨 물리학상을 공동 수상했으며, 남편이 죽은 뒤에는 소르본 대학 최초의 여성 교수로 활동하는 한편, 순수한 금속 라듐을 분리하는 데 성공하여 1911년 노벨 화학상을 받았다.

파업을 '중단' 시키고, 제기랄, 그들을

제자리로 돌려보내기 위해!

— 도시를 떠나기 전날, (해밀턴의)

호텔 방에서 최후의 만찬 후

자신의 몫인 2만 7천 달러를 받고

판을 분열하려는 노력(정신

분열증)에 . 지쳐

　　　　　　　　　　대단한 팔이로군!

예수님에게로 오라! . 누가 계단을 올라가는 저

할머니를 도와주시오 . 예수님에게로

오라 그리고 . 이제 모두 함께,

전력을 다해서!

　　　　　　　　　　　밝혀라

. . 너희가 있는

구석을!

의사 선생님께:

　시대의 잿빛 은밀함과 이 기운찬 비 오는 날에 스스로 덧문을 닫아버린 저 자신의 의심에도 불구하고, 저는 패터슨에서 당신께 저를 소개하고 싶습니다. 그리고 저는 저와 마찬가지로 이 세상의 녹슨 동네에 살고 있는 미지의 나이 든 시인인 당신께서 미지의 젊은 시인인 제가 드리는 이 편지를 반겨주시길 바랍니다. 저는 뮤즈의 형제 같은 자식들로서 세대를 막론하고 서로를 인정하던 (서로의 이름을 잘 알던) 옛날의 정중한 현자들이 쓰던 방식을 어느 정도 흉내 낼 뿐만 아니라, 가스탱크, 쓰레기 처리장, 오솔길의 소택지, 방앗간, 장례식장, 강의 풍경 — 네! 폭포 말입니다 — 같은 이미지들이 그 턱수염에 하얗게 엮인 것이나 마찬가지인, 같은 지역에 사는 동료 시민이자 후원자로서 이 편지를 씁니다.

　저는 2년 전(제가 스물한 살이었을 때) 지역 신문에 당신의 인터뷰 기사를 싣기 위해 당신을 잠깐 한 번 만나러 갔던 적이 있습니다. 저는 그 기사를 섬세하고 간단한 스타일로 썼는데, 그것은 곤혹스럽게 수정되어 그다음 주에 당신을 놀리는 어색한 농담으로 실리고 말았습니다. 아마 당신은 그걸 보지 못했겠지요. 당신은 정중하게 다시 저를 초대했지만 저는 다시 찾아가지 않았는데, 왜냐하면 저는 흐린 빛의 이미지 말고는 할 이야기가 없었고, 당신 자신이나 저 자신의 구체적인 용어로 당신과 이야기할 수도 없었으니까요. 그로 인한 좌절감이 적게나마 남아 있긴 하지만, 그래도 저는 당신에게 다시 한번 다가갈 준비가 된 기분입니다.

제 개인사에 대해 말하자면: 저는 1943년 이후로 컬럼비아를 들락거리면서 그곳에서 일하고 여행했고, 학교에 있지 않을 때는 배에 올라 영어를 공부했습니다. 저는 그곳에서 문학상 몇 개를 받았고 《컬럼비아 리뷰》의 편집 일을 했죠. 그곳에서는 반 도렌[14]을 가장 좋아했어요. 나중에는 연합통신사에서 잡일꾼으로 일했고, 작년은 대부분 정신병원에서 보냈습니다; 그리고 이제는 7년 만에 처음으로 고향인 패터슨으로 돌아왔어요. 여기서 무엇을 할지는 저도 아직 모르겠습니다— 처음에는 이곳과 퍼세이익의 한 신문사에 취직해 보려고 했는데 아직은 결과가 좋지 않네요.

제가 좋아하는 작가는 《피에르》와 《사기꾼》을 쓴 멜빌이고, 동시대 작가로는 올해 첫 책을 낸 잭 케루악이 있습니다.

당신이 제 시를 좋아할지 모르겠습니다— 즉, 낡은 스타일이나 서정시의 수법을 완전하게 하고, 갱신하고, 변모시키고, 동시대적으로 실재하게 만들려는 저의 덜 독립적이거나 젊은이다운 시도를 당신 자신의 창의적인 고집이 어디까지 배제할지 말이에요. 그것은 제가 관심을 가져온 구름의 상상력과의 투쟁을 기록하는 데 사용하는 방법입니다. 제가 쓴 최고의 작품 몇 편을 동봉합니다. 제가 해온 모든 일은 의식적이든 아니든 계획을 따릅니다. 한 단계에서 다음 단계로, 감정적 붕괴의 시작에서 순간적인 빗방울들로, 구름이 형체를 가지는 것에서 제가 궁극적으로 관념이 아니라 사물과 동일하게 여기는 인간의 객관적 실재의 갱신으로 말이죠. 하지만 저는 이 마지막 단계를 아직 시적 실재로 바꿔놓지 못하고 있습니다. 저는 스스로 모종의 새로운 언어, 즉 (비참함 그 자체가 아니라) 비참함에 대한 사실의 명확한 진술이 되어야 한다는 점에서 새로운— 적어도 그동안 써온 것과는 다른— 언어를 그려보게 되었고, 패터슨에서의 주관적인 방랑에서 비롯된 광휘를 허락되는 만큼이나마 그려보게 되었습니다. 이곳은 저의 말대로 제가 태어나 살아온 추억의 장소이고, 저는 당신의 시적 발자취를 따르고 있지는 않습니다: 하지만 적어도 당신이 속한 공동체의 실제 시민 한 사람이 자기가 사는 세계도시를 사랑하며 알려고 노력하는 과정에서, 당신 자신도 거의 바라지 못했을 성취인 당신의 작품을 통해 당신의 경험을 계승하게 되었음을 깨닫고 기뻐하시리라는 것을 저는 압니다. 저는 (저 자신의 환상에서 빠져나가 버린 썰물처럼) 절망을 보지만, 제가 주로 보는 것은 제가 저의 내면에 담고 있고 자유로운 사람이라면 누구나 그렇게 하는 광휘입니다. 그런데 몇 문장 앞으로 돌아가 다시 생각해 보면, 어쩌면 저에게는 새로운 운율이 필요할지도 모르겠군요. 물론 제가 당신의 문체를 흉내 내는 재능이 있다고 하더라도 당신이 사용하는 리듬, 행의 길이, 때로는 구문론 등을 있는 그대로 좋아하는 일은 드물고, 제가 당신의 작품을 충실한 대상

<hr>

14 미국의 시인이자 비평가인 마크 반 도렌Mark Van Doren.

으로 다룰 수도 없지만요— 그런 특징들은 마땅히 당신에게 귀속된 권리일 것입니다. 저는 운율이라는 걸 이해할 수 없습니다. 저는 그것에 대해 열심히 궁리해 보지도 않았어요. 물론 그렇게 하면 분명 달라지긴 하겠지만. 하지만 저는 이 문제에 관해 당신과 구체적으로 이야기를 나누어 보고 싶습니다.

다음 시들을 동봉합니다. 첫 번째 시는 2년 전에 쓴 것입니다. 두 번째 시는 본능적으로 모방해서 써본 일종의 난해한 서정시입니다— 크레인, 로빈슨, 테이트와 옛 영국 시인들의 시를 따라서 말이죠. 그리고 (3) 〈베일에 싸인 이방인Shroudy Stranger〉은 시로서는 덜 흥미로울지(혹은 덜 진지할지) 몰라도 *사물*에 대한 관찰을 공허에 대한 옛꿈과 연결하는 작품입니다— 저는 실제로 복면을 한 전형적인 인물에 대한 꿈을 꿉니다. 하지만 이 꿈은 저 자신의 심연과— 그리고 똑바른 길에 난 이리 철로 아래의 옛 자욱한 연기의 심연과— 동일시되었고, 그래서 베일에 싸인 이방인은 (4) 패터슨 혹은 미국 어디에나 있는 늙고 파멸한 부랑자의 내면을 말하고 있습니다. 이 시는 (꿈에서 본 몇몇 문장과 상황을 이용한) 겨우 반만 완성된 작품입니다. 저는 베일에 싸인 이방인, 그의 방황에 대한 긴 작품을 쓸 생각이었어요. 다음 시는 (5) 초창기에 쓴 〈라디오 시티Radio City〉로, 아플 때 쓴 긴 서정시입니다. 다음 시는 (그루초 막스[15]가 비밥에 맞춰 부를 법한) 미친 노래 (6). 그리고 (7) 옛 발라드 스타일로 쓴 유령 꿈에 대한 시. 그러고는 병원을 떠나기 전에 쓴, 추상적인 관념의 〈석양Setting Sun〉에 부치는 시, 그리고 마지막으로 방금 막 썼지만 미완성인 〈심판에 부치는 시Ode to Judgment〉. 이 시들로 무엇을 할지는 저도 아직 잘 모르겠습니다.

이 편지를 받는 당신이 건강할 거라 믿습니다. 제가 이번 주에 뉴욕의 박물관에서 당신이 말하는 걸 봤을 때처럼 말이에요. 저는 당신에게 다가가 말을 걸려고 무대 뒤로 달려갔는데, 그러다가 마음을 바꿔서 당신을 향해 손을 흔들고는 다시 도망치고 말았습니다.

존경을 담아,

A. G.[16]

파리, 5층의 방, 빵

우유와 초콜릿, 몇 개의

사과와 운반할 석탄,

연료, 그것들의 특별한 냄새,

새벽에: 파리 .

---

15 그루초 막스Groucho Marx. 미국의 희극영화 배우들인 '막스 형제' 중 한 명이다.

16 미국의 시인 앨런 긴즈버그Allen Ginsberg가 1950년 3월 30일에 윌리엄 칼로스 윌리엄스에게 보낸 편지에서 변형 인용. 당시 윌리엄 블레이크의 모작에 불과한 시를 쓰던 긴즈버그는 윌리엄스의 시를 접한 후 큰 충격을 받아 유럽의 영향에서 벗어난 미국적인 시를 쓰기 시작했고, 이는 1956년에 발표한 첫 시집이자 비트 세대의 대표작《울부짖음Howl》으로 결실을 맺는다.

부드러운 석탄 냄새, 그녀가
일하러 떠나기 전에
창가에 기댈 때
풍겨 오는 .

— 용광로, 분열할 무렵
아파하는 공동空洞; 빈 구멍,
채워지길 기다리는 여자

— 원소들의 광휘, 전류의
도약!
오스트리아에서 온 피치블렌드[17], 불가사의하게
증가한 우라늄의
원자. 남편 퀴리는 그녀를 지지하기 위해
자신의 일을 포기했다.

하지만 그녀는 임신했다!
                         불쌍한 조지프,

이탈리아인들은 말한다.

천상에 계신, 그리고 지상에 계신 하느님께
영광을, 인간들에게 평화와
호의를!

---

17 1899년 12월에 퀴리 부부가 이로부터 라듐을 분리했다. 역청우라늄석이라고도 한다.

믿거나 말거나.

우라늄 원자가의
불일치가
발견으로 이어졌다

불일치는
(당신에게 관심이 있다면)
발견으로 이어진다

— 덩어리를
쪼개서 분리된 금속을
남기는:

수소는
불꽃, 헬륨은
임신한 재 .

— 코끼리의 임신 기간은 2년

사랑은 한 마리의 새끼 고양이, 유쾌한
것, 가르릉거리고 확
덮치는 것. 실 한 오라기를
뒤쫓는, 야옹 하고 울고 긁는 것
앞발로 친 공 .
움츠린 발톱 .

사랑, 원자를 박살 내는 대형 해머? 아니, 아니다! 적대적 협력이 핵심이다. 라고 레비[18]는 말한다 .

토파즈 경(캔터베리 순례자)[19]이 말한다 (초서에게)
　　　　그만—
　　　　그대의 형편없는 라임 실력은
　　　　똥만도 못하니[20]
—그리고 초서도 그렇게 생각했는지 운문을 관두고 산문으로 이야기를
이어나갔다 .

사례 보고서

　　사례 1—아동 병동의 간호사인 35세 백인 여성 M. M.은 위장 장애를 앓은 적이 없다. 그녀와 함께 산 여동생은 위경련과 설사 증상이 있었는데, 나중에 우리가 살펴보니 아메바성 감염 때문이었다. 1944년 11월 8일에 그 간호사가 매달 의례적으로 하는 검사를 위해 제출한 대변은 살모넬라 몬테비데오[21] 양성 반응을 보였다. 간호사는 즉시 유급으로 업무에서 빠지게 되었는데, 경제적 보복의 걱정 없이 설사성 장애라는 병원 인사 보고로 끝났다는 점에서 이득이 되는 조치였다.[22]

　　　—잔뜩 부푼 배, 생각으로 넘쳐나는
　　　머리로! 큰 냄비를 저으며
　　　. 의대생들이 해부를 위해 사용한
　　　낡은 헛간에서.
　　　겨울. 틈 사이로 들어오는 눈

18　《현대인을 위한 철학A Philosohpy for a Modern Man》의 저자인 하이먼 레비Hyman Levy.
19　제프리 초서의 소설 《캔터베리 이야기The Canterbury tales》에 등장하는 순례자들을 뜻한다.
20　《캔터베리 이야기》 제7장 930행.
21　살모넬라속 세균형 감염형 식중독균.
22　《미국의학협회지》 143호(1950년 7월 29일)에 실린 〈병원에서의 불현성 살모넬라 감염Inapparent Salmonella Infections in Hospitals〉에서 변형 인용.

불쌍한 학생.

내 나이 서른이 되었을 때[23]

또한 . 거칠어진 손으로

매시간, 매일, 매주

그렇게 몇 달 동안 일해서 얻은 것이라고는 .

증류기 바닥에 있는 얼룩

무게도 없는, 실패, 아무것도

아닌 것. 그러고서, 밤에 돌아와서는

발견했다 .

빛나는 그것을!

10월 12일 금요일, 우리는 육지 앞에서 닻을 내리고 해안으로 갈 준비를 했다. 그곳에서 나는 사람들을 보내 물을 가져오게 했는데, 몇몇은 맨손으로 보냈고 다른 이들은 통을 들려 보냈다. 그곳까지는 거리가 좀 있었기 때문에, 나는 두 시간 동안 그들을 기다렸다.

그러는 동안 나는 나무들 사이를 거닐었는데, 그 나무들은 내가 알던 것 중 가장 아름다웠다.[24]

.   지식, 오염물질

우라늄, 복합 원자, 분열

하는, 그 자체로 하나의 도시인 그

복합 원자, 늘 분열해서 .

납이 되는.

---

23 중세 프랑스의 시인 프랑수아 비용Francois Villon의 《유언시 *Le Testament*》의 첫 행이다.
24 크리스토퍼 콜럼버스Christopher Columbus의 《항해일지*Journals*》에서 인용.

　　　　　하지만 발산하며, 노출된
표면에, 드러낼 것이다 .

　　　그리하여 거칠어진 손으로
　　　　　　　　　　　　그녀는 젓는다

　　　그리고 사랑은, 격렬히 다투며, 기다린다
마음이 꿈속에서 혼자가 아님을
스스로 선언하길 .

너 같은 남자는 모름지기 자신이 원하는 걸 다 가져야 하는데 .

　　　　　잠결이 아닌 상태로
태양이 허름한 구름의 음순을 벌리길
기다리며 . 하지만 남자(혹은
여자)는 성취했다

　　　　　노골적으로!
언어에 능숙하게, 말을 갖고 놀며
그에게는 상징인, 생각의 종합인
표를 따라,
동틀 녘! 멘델레예프, 분자량에 따라
배열된 원소들, 발견되기도 전에
예측된 정체성! 그리고 .

오 더없이 강력한 연결사여, 대륙들
사이에 놓여 그 사이로 하나의 줄이

지나가게 하는 구슬이여 .

아 부인!
이것은 질서입니다, 완벽하고 통제된,
그것을 기반으로 제국이, 아아, 건설되는

하지만 오염물질, 어떤 다른
방사성 금속, 불일치가 생겨날지도
모릅니다, 표가 거짓말을 하지 않는 한,
암을 치료할 수 있을지도 모릅니다 . 분명
저 잿더미에 있을 겁니다 . 헬륨 더하기, 더하기
무엇? 신경 쓰지 마세요, 그러나 더하기 . 한 명의
여자, 작은 폴란드인 보모
무력한 .

여자는 더 연약한 그릇입니다, 하지만
마음은 중성이죠, 대륙을, 이마와 발가락을
연결시키는 구슬

            그리고 기껏해야
수학에서 홍수를 일으킬 겁니다
            살인을 대신해서

사포 대 엘렉트라[25]!

---

25 그리스신화에 나오는 아가멤논의 딸로, 아버지를 죽인 어머니와 그 간부姦夫를 동생 오레스테스와 함께 죽였다.

젊은 지휘자가 자신의 오케스트라를 데리고
아이를 가진 자신의 여성 후원자를
　　　　　　떠난다.

. 윌슨²⁶적 생각이 우리를
망친다 . 모호한 무관함과
파괴적 침묵

　　　　　　　　　　무력감

캐리 네이션²⁷에서
　　　　아르테미스²⁸로 이어지듯
　　　　　　　오늘날 우리의 인생도 그러하다 .

그들은 키아로스쿠로²⁹를 연구하기 위해 서부로 떠나는
사진 촬영 원정길에
　　　　그녀를 데려갔다
　　　　　　　　내 생각에는, 덴버로.
그곳 주변 어딘가로 .
　　　　　　　　　　그 결혼은
취소되었다. 그녀가 아기와 함께
　　　　　　돌아와서

26　미국의 제28대 대통령인 토머스 우드로 윌슨Thomas Woodrow Wilson.
27　미국의 여성 금주운동가로 도끼로 술집을 부수고 다녔다.
28　그리스신화에 등장하는 달과 사냥의 여신.
29　회화에서 한 가지 색상의 명도 차에 의해 입체감을 표현하는 기법이다.

공개적으로
아기를 친구들의 파티에 데려갔을 때, 그들은
충격을 받았다

— 그리고 힐데가르트[30] 수녀원장은 1179년에
루페르츠베르크에서 거행된 자신의 장례식에서
모든 여성에게 합창곡을 부르라고
명했다, 그녀는 그때를 위해 그 곡을 써두었고
결국 그렇게 되었다, 소작농들은 뒤에서
무릎을 꿇고 있었다 . 당신이 보게 되듯

30 힐데가르트 폰 빙엔Hildegard von Bingen. 독일의 빙엔 근처 루페르츠베르크 수녀원 원장 수녀이자 시성된 성녀로 음악, 과학, 철학, 의학 등 다방면에 능했다.

헌법에는 이렇게 되어 있다: *미합중국의 신용으로 돈을 빌리라.* 이렇게 되어 있지는 않다: *개인 은행가들에게 돈을 빌리라.*

국가 예산에 자금을 대는 지금 우리의 방법이 기반한 오류와 착각을 설명하자면 너무 많은 지면과 시간이 필요할 것이다. 냉전에서 승리하려면 우리는 우리의 자금 시스템을 개혁해야만 한다. 러시아인들은 오직 물리력밖에 모른다. 우리는 그들보다 더 강해져야 하고 더 많은 비행기를 제조해야만 한다.

다음 조항에 따라 비행기 제조 자금을 대라:

1. 제조자에게 **국가신용장**과 함께 돈을 지급하라.
2. 제조자는 자신의 은행에 수표와 마찬가지로 신용장을 맡긴다.
3. 은행가는 은행가를 위해 **미합중국 국민신용장**을 개설하는 재무부에 국가신용장을 돌려준다.
4. 이제 은행가는 예금자를 위해 **은행신용장**을 개설한다. 제조자는 평소대로 자신의 신용장에 따라 수표를 발행한다.
5. 제조자는 노동자들에게 자신의 은행에서 발행한 수표를 지급한다.
6. 재무부는 은행가에게 재무부 거래 처리에 대한 1퍼센트의 서비스 비용을 지급한다. 만일 비행기 제조 비용이 백만 달러면 은행가의 이윤은 일만 달러가 될 것이다.

이 시스템을 이용하여 우리가 무엇을 성취하는가?

1. 제조자는 전액을 지급받는다.
2. 노동자들은 전액을 지급받는다.
3. 은행가들은 국가신용장을 백만 달러씩 처리할 때마다 일만 달러의 이윤을 얻는다.
4. 우리는 국가 부채를 늘리지 않는다.
5. 우리는 연방 조세를 늘리지 않는다.
6. 백만 달러짜리 비행기의 제조 비용은 은행가의 서비스 비용에 해당하는 고작 일만 달러에 지나지 않는다.
7. 우리는 비행기 한 대 가격으로 비행기 백 대를 제조할 수 있다.

내가 여기서 국가에 바라는 단 하나의 요구에 대해 어떤 똑똑한 경제 전문가나 은행가가 고개를 내밀고 반박해 주길 바란다.

돈에 관한 규약을 시행하라

———————

어거스트 월터스, 뉴어크, 뉴저지주

돈 : 농담 (즉, 그런 상황에서는

범죄 : 점점 빠르게

사라져 가는 가치.)

— 당신은 사람이 뇌종양으로 죽어가고 있을 때

농담을 합니까?

개인의 불행을 덜어내라 그것을

지역성에 전가해 완화함으로써 — '병원 소득'을 위한

시장 가격의 선금으로 지불되는

외과의의 수수료와 부수입으로

그를 처벌하지

말라

누가 그걸 받나? 가난한 사람이?

뭐가 가난하단 말인가?

— 병동 요금이 하루에 8.5달러인데?

회복 가능성에는 못 미치고

그리고 생식력이 이미 끝난 지 오래인 과부를

풍요롭게 해주지도 못하고

돈: 우라늄 (납이 되기 마련인)

불을 내뿜는다.

— 라듐이 신용이다 — 나무 사이의

바람, 야자수 사이의

허리케인, 대양을 들어 올리는

토네이도 .
대륙을 수면에 떠오르게 한 무역풍이
배를 전진시킨다 .

몰수된 돈이 탐욕을 키운다, 가난을
만든다: 재앙의
직접적 원인 .
　　　　　그러는 동안 새어 나온 물이 뚝뚝 떨어지고

불을 내보내라, 바람을 풀어주라!
암을 치료하는 감마선을 방출하라
. 암, 고리대금업. 신용장을
내보내라 . 은행 창구 앞
창살 사이로

　　　. 정체된 돈의 신용이
예술을 좌절시키거나 (알지도
못한 채) 그것을 구입하는 세대를
숨긴다, 빈곤한 재치로, 남을 대신해
블루리본³²을 얻기 위해

　　　　　　　　직무 범위를
넘어서는 용기로
명예 훈장을 얻기 위해
정부에서 실업 수당을 받는 다리 관리자로

---

32 ‘최우수상’을 뜻한다.

삶을 마감하기 위해서가 아니라

　　　　패배가 우리를 단련시킬 것이다
우리의 지식 : 돈 : 농담을
조만간 펜 놀림에 완전히
사라져 버릴 .

. 그 지점에 마시기에 적당한 물이 없다고 해서 (혹은 그런 물을 발견하지
못했다고 해서) 그곳에 담수가 **전혀** 없다고는 말할 수 없습니다 . .[33]

　　　— 그리고 톨슨과
그의 송가와 라이베리아와 앨런 테이트에게
(그를 인정하는)[34]
그리고 대부분의 남부에게
　　　　셀라[35]*!*

　　　— 그리고 그것이 보낸 백 년의 세월에 — 라듐을
쪼개면, 감마선이 우리와
대립하는 그들의 망할 뼈를
먹어치울 것이다
　　　　셀라!

불쌍한 자식들, 비참하고

33　에즈라 파운드가 《패터슨》 3권의 '지하수 우물' 보고서 병치와 관련해 윌리엄 칼로스 윌리엄스에게
보낸 1949년 12월 13일 자 편지에서 변형 인용.
34　《시*Poetry*》 1950년 7월 호에 멜빈 B. 톨슨Melvin B. Tolson의 〈라이베리아 공화국을 위한 리브레토Libretto
for the Republic of Liberia〉 발췌본과 그에 대한 앨런 테이트Allen Tate의 논평이 실린 적이 있다.
35　구약성서의 시편에 나오는 의미 불명의 히브리어로 목소리를 높이거나 멈추라는 지시 기호로 추측된다.

가여운 녀석들
아아! 어찌나 불쌍한지

— **민방위대**의 개자식에게
상판에 최후의 (불명예스러운)
일격을 당하고
얼굴을 흙에 처박힌 채
죽임을 당하고 싶은 거야 . ?

셀라! 셀라!

신용!   나는 네가 오래오래 신용을 얻길
그것도 더러운 신용을 얻길 바란다
셀라!

신용이란 무엇인가? 파르테논

돈이란 무엇인가?   팔라스 아테나 조각상을 위해
페이디아스[36]에게 맡겨진 황금, 그가
개인적인 목적으로 '따로 떼어둔'

— 황금, 요컨대 페이디아스가 훔친
당신은 신용을 훔칠 수 없다 : 파르테논.

---

36 고대 그리스의 조각가. 파르테논 사원 건립 총감독이었으며, 말년에 자신이 제작한 조각상 '아테나 파르테노스'의 금을 훔쳤다는 모함으로 고발된 적이 있다.

— 이번에는 엘긴의 대리석 조각[37]에 대한 언급은 모두 건너뛰자.

　　　루터[38] — 창문으로 총을 맞은, 누구 돈으로?

— 그리고 벤 샨[39]도 있다 .

　　　내전 이후 몇 년 동안
　　　미국의 도시 120개의 시장 리스트는 다음과
　　　같다 . 혹은, 내전이라는 말이 마음에 안 든다면,
　　　남북전쟁 이후 . 그 시대
　　　*블러드 소시지*의 네모난
　　　지방 덩어리처럼 .

신용. 신용. 신용. 그들을 전적으로 신용하라. 그들은 이후의 여러 소설가, 나머지와 다를 바 없는 그자들의 아버지였다.

　　　　돈 : 농담
　　　　그것은 펜
　　　　놀림에 완전히
　　　　사라져 버릴 수 있고
　　　　금과 파운드의 가치가
　　　　떨어졌을 때 실제로
　　　　그렇게 되었다

37　영국박물관에 있는 고대 그리스의 대리석 조각으로 영국의 엘긴Thomas Bruce Elgin 경이 19세기 초에 매수하여 기증한 것이다.
38　전미 자동차 노조 위원장이었던 월터 루터Walter Reuther. 1948년에 자택에서 총상을 입었다.
39　벤 샨Ben Shahn. 미국의 화가로 주로 정치·사회 문제를 주제로 다루었다.

돈 : 삼류

상호작용으로 인한 유물

최신식보다 앞선

터빈 : 신용

우라늄 : 기본적인 생각— 납으로 향하는

균열된 : 라듐 : 신용

퀴리 : 천재 (보잘것없는) 여성 : 라듐

정수

신용 : 정수

창IN

작venshun.

오.케이

창 작In venshun

그리고 당신이 그렇게 시작하셨기에. 부지敷地에 대한 해결책을
생각해 보시겠습니까 :

즉, 지역이 권력을 매입하는 것에 대한 **지역의**

통제를 .

？ ？

번지는 슬럼가의 더러움과

르네상스 도시들의 장려함의 차이[40]

신용을 견고하게 만드는 일은
노력 및 작업과 직접적으로 연관되어
있다: 만들어지고 주어지는 가치,
우리의 인생을 경시하는 모든 것에
대항하는 '빛나는 정수'.

---

40 "창IN (⋯) 장려함의 차이"는 에즈라 파운드가 1950년(?)에 윌리엄 칼로스 윌리엄스에게 보낸 짧은
편지에서 변형 인용한 것이다. 《패터슨》 2권 1부에는 파운드의 〈칸토Canto 45〉의 스타일을 모방한 '창작
invention'에 대한 구절이 등장한다.

III.

애초의 목적, 그러니까 언어를
잊은 것은 아닌지?

무슨 언어? 그녀가 내게 해준 말이라곤 "과거는
과거에 살았던 사람들의 몫이지"[41]가 전부다.

쉬잇! 노인네가 잠들어 있다

— 거의 조류만 있을 뿐, 강은 없다,
그의 꿈속의 뒤척임은
이제 조용히 잦아들었다 .

              대양이 하품을 한다!

거의 때가 되었다

— 그리고 당신은 아이가 있는 예순 살 여인을
알고 있었나 . ?

---

41 윌리엄 칼로스 윌리엄스의 할머니 에밀리 디킨슨 웰컴Emily Dickinson Wellcome의 말이다. 5권의 각주 56, 58 참조.

들어보라!

누군가가 길을 걸어 올라오고 있다, . 어쩌면

너무 늦은 것은 아닌지? 너무 늦은 것은 .

조나단, 1752년 10월 29일에 세례받음; 남. 그리티 (해링?). 그는 호퍼타운(호호쿠스)에서 태어나고 자랐지만 1779년에는 현재 알리아스의 소유인 제분소와 방앗간을 운영하고 있었다. 1779년 4월 21일 밤, 그의 아내는 시끄러운 소리에 잠에서 깨어났다. 마치 누군가가 방앗간 아래층에 들어오려고 하는 듯한 소리였는데, 그곳은 그가 더 나은 안전 조치를 위해 말들을 두는 곳이었다. "욘탄." 그녀가 네덜란드어로 말했다. "누군가가 당신 말을 훔치고 있어." 그는 등불을 켜고 2단식 문의 위쪽을 열면서 약탈자들에게 도전했다. 즉시 2단식 문의 아래쪽으로 총탄이 발사되어 그의 복부에 총상을 입혔다. 그는 비틀거리며 집 뒤로 물러서서 침대에 쓰러지며 몸을 담요로 감쌌다. 복면으로 위장한 토리당원들이 난입하더니 그의 젊은 아내에게 촛불을 들게 하고는 바닥에 엎드린 형상을 향해 야만적으로 공격을 퍼부었다. 그는 일단 총검 하나를 움켜잡고 잠시 그대로 있다가 자신을 공격한 자에게 외쳤다: "안드리스, 이건 오래된 원한이다." 더욱더 분노한 잔혹한 야만인들은 그를 총검으로 찔렀고, 마침내 그는 신음 소리와 함께 숨을 거두었다. 그의 두 어린아이는 그의 침대 아래에 있는 간이침대에서 자는 버릇이 있었는데, 아버지가 학살당하는 장면을 목격하고는 겁에 질렸다. 살인자들이 떠난 후 그의 부인과 이웃은 침대에서 두 움큼이나 되는 피를 치웠다. 살해당한 남자는 총검에 열아홉 혹은 스무 차례나 찔려 있었다. 몇몇 이웃이 토리당이 그를 공격한 이유를 정치적인 이유나 금전상의 이유보다는 개인적 복수 때문으로 여겼다. 호퍼는 베르겐 카운티 민병대의 대장이었다. 그의 아이들 중 한 명은 1776년 10월 6일에 세례를 받은 알버트였다. 조나단의 아이들은 신시내티로 이주한 후 그곳에서 어느 정도 이름을 날렸다고 한다.[42]

자, 다시 가자. 조류가 밀려온다

조용히, 조용히! 천천히! 천천히 가야
멀리 간다! 가치는,
변덕쟁이 아가씨야, 모든 언어에서
복잡한 보상이다, 천천히 얻어지는.

---

42 《패터슨시와 뉴저지주 퍼세이익 카운티의 역사》에서 변형 인용.

. 나에게 지금은 떠난

옛 친구를 떠올리게 하는 .

— 그가 아직
호텔업에 종사하고 있었을 때, 어느 날 키가 크고 꽤 아름다운 젊은 여자가 그의 프런트로
와서 호텔 안에 읽을 만한 흥미로운 책이 있는지 물었다. 그녀가 알고 있듯이 문학에 관심
이 있던 그는 자기 방에 그런 책이 잔뜩 있다고 대답하고는, 비록 당장은 자리를 비울 수
없지만 — 여기 제 방 열쇠가 있습니다. 올라가서 마음껏 고르세요.

그녀는 그에게 감사를 표하고
자리를 떴다. 그는 그녀에 대해 완전히 잊어버렸다.

점심 식사 후 그도
자기 방으로 갔는데 문 앞에 이르러서야 자신에게 열쇠가 없다는 사실을 떠올렸다. 하지
만 문은 빗장이 풀려 있었고, 그가 들어가자 한 여자가 벌거벗은 채 침대에 누워 있었다.
그는 살짝 놀라고 말았다. 그는 놀란 나머지 자신도 옷을 벗고 그녀 옆에 누울 수밖에 없
었다. 꽤나 편안했기에 그는 곧 깊은 잠에 빠져들었다. 그녀 또한 잠들어 있었을 것이다.

두 사람은 나중에
훨씬 상쾌한 기분으로 동시에 잠에서 깨어났다.

— 한번은 또 다른 사람이 내게

오래된 재떨이를 준 적이 있다, 약간

도자기 같은 느낌에, *가치는*

전적으로 노력에 달려 있다

라는 명각이 새겨져 있고,

유약을 바른 베네치아풍의 가리비가

흰색 바탕에 고동색으로

구워져 있는 . 재를

위해, 명각을 새기기에,

생각을 잠잠하게 하기에 적합한 용기:

가치는 전적으로

고결하고자 하는 노력에 달려 있다 .

이것에는 묵인이 필요하고,

나선형의 형상이 필요하고, 시간이

필요하다! 조개껍데기 .

어린 시절의 외설적인 친척들에 대해서는

깊이 생각하지 말자. 우리가 왜

그래야 하나? 혹은 하룻밤 사이에

얼굴을 바꾸고 마는

국화과의 민들레만큼이나

비교적 간단한 것에 대해서도

생각할 필요 없다 . 가치,

가면: 가면,

고결한 .

　분명한 문장을 죽여야 한다. 그렇게 생각하지 않나? 그리고 우리의 의미를 확장시켜야
한다— 말의 연쇄로. 문장들, 하지만 문법에 맞는 문장들이 아니라: 교사들이 정한 죽은
폭포. 그것에 어떤 가치가 있다고 생각하나? 우리를 회복시키는 데 있어서, 잠보다 나은
그 어떤 가치가?

그녀는 나를 자신의

촌놈이라고 부르곤 했다

이제 그녀는 떠났고 나는 그녀가

천국에 있다고 생각한다

그녀는 내가 천국을 믿게

만들었다 . 약간

그녀가 그곳 말고 어디로 갈 수 있었겠나?

그녀에게는

무언가 거창한 면이

있었다 .

남자와 여자는

　　　　　그 나이에 그만큼

두드러지지 않는다: 둘 다

　　　　　같은 것을

원한다 . 즐거워하길.

　　　　　그녀의 장례식에 간

나를 상상해 보라. 나는 한참 뒤쪽에

　　　　　앉았다. 어쩌면

바보 같았을지 모르지만

　　　　　여느 장례식과 다를 건 없었다.

당신은 그녀에게 개인 전용 티켓이

　　　　　있었다고 생각할지도 모른다.

나는 있었다고 생각한다; 어떤

　　　　　사람들, 소수의 사람들은

그런 기분이 들게 한다.

　　　　　그들에게는 그런 능력이 있다.

가치는, 그녀는 말하곤 했다 .

　　　　　(그녀의 설명에 따르자면)

튼튼하고 늙은 새다,

　　　　　예측할 수 없는. 그리고

나는 기억한다, 그녀가 이렇게

　　　　　덧붙이던 것을,

그녀는 말했다, 서투르게,

　　　　　그런 대화에는 익숙하지

않았으므로, 이렇게─

　　　　　아무것도 예전, 예전

같지 않아
　　　　　　　않아, 않아! 나는 그녀를 사랑했다.

모든 직업, 모든 예술,
엄청난 결핍과 기형을 가진
바보들, 범죄자들, 인간의 정신을
구성하는 안정적인 부분들이 ― 그를
쫓아 날아가며 귀와 눈을 공격한다;
사냥감을 찾아 돌아다니는 암소들을 따르는
작은 새들 . 두려움과 대담성에
도취되어

뇌는 나약하다. 그것은 숙달에 실패한다,
한 번도 사실이었던 적이 없다.

　　　　그를 불러들이기 위해,
아내들을 한 명의 아내 안에 뭉치게 하고
동시에 그들 모두 안에 있는 한 명을
흩어지게 하기 위해 .
　　　　　　　나약함,
나약함이 그를 괴롭힌다, 오직 꿈일 뿐인, 혹은
꿈속에서나 이루어질 성취. 그 어떤 하나의 정신도
그것 모두를 해낼 수는 없다, 부드럽게 달릴 수 없다
노력하는 가운데: *전적으로 노력하는 가운데*

　　머리가 센 (아이티)
대통령, 그의 여자들과 아이들이

물가에서
땀을 흘리다가, 마침내 시작한다, 지체한
후에, 화려한 구경거리를 위한 만세를, 노래를
푸른 바다 위에서 .
자신의 전용기에서
　　　금발 비서와 함께.[43]

흩어진 지식의 맹렬함이
다시 모여든다―

　　　어린 시절의 기념품,
흰 돌로 만든 두개골 .

가슴이 크고 대담한 눈빛을 한
마거릿이 있었지, 이고 다니던 머리 안에서는
작은 뇌가 달가닥거렸어, 기껏해야
정신도 이고 다니길
바라며. 금발에 푸른 눈을 한
루실도 있었지, 아주
정숙했는데, 술집 주인이랑 결혼하고서
단정함을 잃으면서
여러 사람을 놀라게 했어.

43　윌리엄 칼로스 윌리엄스가 처음으로 비행기를 타고 한 여행의 묘사. 45쪽 참조.

꾸준히 글을 쓰고, 휴식을 원한다고 절대
말하는 법이 없던 사랑스러운 알마도
있었지. 그리고 가슴이 작고 납작한
쌀쌀맞은 낸시도 있었고.

기억나?

. 넓은
이마, 절대 필요 이상으로
웃지 않았지만 커다란 입은 기쁨으로
싸늘해 등과 무릎을 깜짝
놀라게 하던! 말수가 적고 절대 말을
낭비하는 법이 없던 그녀. 다른 아이들도
있었지 ─ 냉담한 아이, 지나치게 열심인 아이,
따분한 아이, 다들 불쌍했어, 절망적으로,
무관심하게, 더러운 창문 밖을 쳐다보던 아이들,
너무 늦었고 너무 적었지, 깨어나서
그것을 받아들이기에는 너무
취해 있었어 ─ 뭐 그런 거였지. 이 모든 것
그리고 그 이상 ─ **그녀의** 그물망 같은 머리카락에
붙잡혀 발버둥 치던 빛나는 파리들, 그녀에 대해서는
불평할 수 없지. 보이지 않는 그물에
붙잡혀 ─ 시골에서 와서
반쯤 깬 채 ─ 다들 욕망하며. 누구도
탈출하지 못했어, 누구도 . 베어낸
건초의 향기, 탐욕스러움,
'거대함'을 마주한 .

난쟁이 피터의 무덤 위치는 지난 세기말까지 불명이었다. 그러다가 1885년에 장의사 P. 도리머스가 새 화로를 들일 공간을 마련하기 위해 옛 교회의 지하실에 있는 시신들을 옮기던 중 작은 관 하나와 그 옆에 놓인 커다란 상자를 찾아냈다. 관 안에는 아이로 추정되는 머리 없는 뼈대가 들어 있었는데, 커다란 상자를 열자 그 안에서 거대한 두개골이 발견되었다. 그는 매장 기록을 살펴보다가 그렇게 매장된 것이 난쟁이 피터였음을 알게 되었다.[44]

노란색은 수호신의 색, 일본 놈이 말했다. 노란색은
너의 색이다. 태양이여. 모두가 바라봤다.
그리고 너는, 보라색, 그가 말을 이었다, 물 위로 불어오는
바람.

나의 뱀, 나의 강! 들판의 수호신이여,
크라Kra, 내가 흠모하는 자여, 마음에 때가
묻지 않고, 비둘기를 관찰하고, 폭포를
기억하고, 갈매기에 탐닉하는 자여! 조류를
알고, 시간의 흘러감과 달의 차고 이지러짐을
헤아리고, 눈송이를 낱낱이 세고, 얇은 얼음을
뚫고 응시하는 이여, 그대의 혈구血球는
작은 물고기들, 그대의 음료는 모래 .

아기를 위해 건배,
아기가 잘 자라길!
완고한 세상에
아기의 자리를 내주기 위해

44 캐슬린 호글랜드가 조사한 내용을 윌리엄 칼로스 윌리엄스가 수정해서 인용하였다.

벌어지는
음순을 위해 건배.
그리고 씨앗이 던져지는
산봉우리를 위해 건배!

언덕 사이의 골짜기 깊숙한 곳, 울창한
나뭇잎에 거의 가려진 곳에 작은 마을이 있다.
폭포가 내려다보는 가운데 주변 지대는
마운틴핑크와 우드바이올렛이 번성한
아름다운 황야였다: 오직 흩어져 활동하는
덫사냥꾼들과 떠돌이 인디언들만 살던 곳.

18세기의 유명한 수채화가인 폴 샌드비가
제작한 동판화, 공립 도서관에 있는
그 희귀한 동판화는
부지사 파우널이 1700년에 보고 스케치한
그림을 바탕으로 다시 면밀히 관찰한
옛 폭포의 모습을 보여준다.

원뿔형 천막과 토마호크, 토터워Totowa[45]족 .
양쪽에는 그때 그 식민지 시절의 고요 속에
하천 농지들이 자리해 있다: 원기 왕성하고 나이 든
네덜란드 가축들, 빠르게 개량되진 못해도
모여서 딱 붙어 있을 만큼은 강인한.

---

45 '퍼세이익 대폭포'를 가리키는 북미 원주민어로 '떨어지는 물' 혹은 '산과 물 사이로'를 뜻한다.

집에서 손으로 짠 옷. 사람들은 자신의 가축을 직접
길렀다. 대충 만든 가구, 모래투성이 바닥, 앉는 부분이
골풀로 된 의자, 브리타니아 금속 제품으로 채워진
백랍 선반. 아내들은 실을 뽑고 직물을 짰다 — 오늘날에는
부끄럽거나 불쾌하게 여겨질지도 모르는 많은 일들
여러 해 동안 강의 북쪽에 있는 것이라고는
벤슨과 도리머스의 대농장의 전부였다.[46]

의사 선생님께: 지난번에 편지 드린 이후로 저는 좀 더 자리를 잡았고, 지금은 뉴어크
의 노동신문사(N. J. Labor Herald, AFL)에서 일하고 있습니다. 신문사 사장이 국회의원
이어서 이 지역 정치 생활의 지엽적인 세부 지식을 알게 될 기회가 많군요. 나머지 풍경도
늘, 좀 더 제 마음에 들어왔던 것인데, 왜냐하면 그것은 살아 있고 바쁜 풍경이니까요.
　선생님은 시청의 서쪽 거리가 그곳에서 끊임없이 일어나는 정치, 경제적 실랑이와 말
다툼 때문에 '증권거래소'라는 별명으로 불린다는 사실을 아시나요?
　또한 저는 거리를 걸어 다니며 술집들을 발견하고 있습니다 — 특히 큰 거리인 밀가와
리버가에서 말이죠. 선생님은 패터슨의 이 부근을 알고 계십니까? 저는 아주 많은 것을
보았습니다 — 금방이라도 터질 듯 연기로 가득하고, 사람들이 안을 들여다볼 수 없게 창
문에 온통 페인트칠을 한, 강을 바라보는 술집에서 검둥이들, 집시들, 횡설수설하는 바텐
더를 만났죠. 저는 무엇보다도 선생님이 리버가에 가본 적이 있는지 궁금하군요. 그곳이
야말로 반드시 가봐야 할 곳이니까요.
　저는 선생님께 보여드릴 수 있는 심오한 것들에 대한 긴 편지를 쓰게 되길 계속 바라고
있고, 언젠가 그렇게 할 겁니다 — 거리와 사람들, 여기저기서 일어난 사건들의 모습을 보
여드릴 거예요.

A. G.[47]

·　　　·　　　·　　　·　　　·　　　·

그곳에는 유색인종 노예들이 있었다. 1791년에는 집이
겨우 열 채뿐이었는데, 한 채만 빼곤 모두 농가였다,

46　《노인이 들려주는 옛 패터슨에 관한 작은 이야기》에서 변형 인용.
47　앨런 긴즈버그가 1950년 6월 7일에 윌리엄 칼로스 윌리엄스에게 보낸 편지에서 변형 인용.

패터슨에서 가장 유서 깊은 건물인 리버가의 고드윈
선술집만 빼곤: 워싱턴의 전신상이 그려진 채
높이 매달려 흔들리는, 바람이
건드리면 삐걱삐걱
소리를 내는 간판.

가지를 뻗은 나무들과 넓은 정원들은
마을 거리에 유쾌한 매력을 전해 주었고
좁다란 구식 벽돌담들은 그늘진 나무에
위엄을 더해 주었다. 그곳은 여름 손님들이
그들의 주요 관심사인 폭포로 가는 길에 있는
괜찮은 휴식처였다.

저녁이 내리면 태양은 개릿산을
넘어가고, 그곳 소나무의 푸른색은
모든 색이 사라질 때까지 진홍빛 하늘 아래서
희미해져 간다. 마을에는 촛불이 하나둘
켜지기 시작한다. 거리에는 불이 켜져 있지 않다. 그곳은
이집트만큼이나 어둡다.

콜레라 유행에 대한 이야기가 있는데,
팀원들이 콜레라에 감염될까 두려워 그들을 데리고
마을에 들어가길 거부한 채 강 너머에서 이동을
멈추고는 짐을 실은 손수레를 혼자서 끌고 간
유명한 남자가 있었다ㅡ옛 시장으로,

그 시절에 네덜란드인들이 하던 방식으로.**48**

패터슨, 뉴저지주, 9월 17일 ─ 오늘 이른 아침 스물두 살의 프레드 구뎰 주니어가 체포되었다. 그는 자신의 6개월 된 딸 낸시를 살해한 혐의로 기소되었는데, 경찰은 구뎰이 딸의 실종 신고를 한 화요일부터 낸시를 찾고 있었다.

제임스 워커 경찰서장의 지휘로 어젯밤부터 새벽 1시까지 이어진 경찰 심문 끝에 주당 40달러를 받는 공장노동자에게서 살인 자백을 받아냈다고 경찰은 밝혔다. 그가 열여덟 살 아내인 마리를 따라 거짓말 탐지기 조사를 받길 거부하고서 몇 시간이 지난 후였다.

새벽 2시에 구뎰은 자신의 집에서 몇 블록 떨어진 개릿산의 한 지점으로 경찰을 안내해 무거운 바위를 보여주었다. 그 바위 아래에 겨우 기저귀만 찬 낸시가 종이 쇼핑백 안에 든 채로 묻혀 있었다.

구뎰은 경찰에게 말하길, 월요일 아침에 아기에게 분유를 먹이는데 아기가 우는 바람에 짜증이 나서 유아용 의자에 달린 나무 쟁반을 아기의 얼굴에 두 번 내리쳐서 아기를 죽였다고 했다. 지역 의사인 조지 서전트는 낸시의 사인이 두개골 골절이라고 말했다.**49**

> 그곳에는 그 당시에 토터워로 불리던 맨체스터로 가는
> 오래된 나무다리가 있었는데, 그것은 1824년에
> 어린 소녀들이 꽃을 뿌리는 가운데 라파예트**50**가
> 건넜던 다리다. 강 바로
> 건너편, 지금은 '올드 건 밀**51** 마당'으로 불리는 곳에는
> 손으로 못을 만드는
> 못 공장이 있었다.
>
> 낡은 벨 포스트**52**의 온도계가 영하 13도를
> 가리키던 어느 날 아침에 옛 방적 공장으로
> 내려가던 기억이

---

48 《노인이 들려주는 옛 패터슨에 관한 작은 이야기》 거의 그대로 인용.

49 〈뉴욕 헤럴드 트리뷴〉 1950년 9월 18일 자 기사에서 거의 그대로 인용.

50 미국독립전쟁에 참전했던 프랑스의 군인·정치가 라파예트 후작Marquis de Lafayette. 그는 1824년 7월부터 1825년 9월까지 미국의 24개 주를 여행하며 가는 곳마다 미국 국민들의 환영을 받았다.

51 1830년대에 콜트식 권총이 처음 생산된 곳으로 '콜트 건 밀'로도 불렸다.

52 꼭대기에 종을 달아둔 기둥.

난다. 그 시절에는 기적을 울리는 장치가 별로
없었다. 공장 대부분은 벨 포스트와 종이 있어서
종소리로 "일하러 오라!"는 소식을 전할 수 있었다.

침대 밖으로 나와서 지붕 틈으로 새어 들어와
바닥에 곱게 쌓인 눈을 밟았다; 그러고는
포리지로 아침 식사를 한 후 5마일을 걸어서
일터로 갔다. 그곳에 도착해서는
일을 시작하며 모루를 두드렸다, 흐름을
이어나가기 위해.

패터슨 초창기, 마을에서 숨 돌릴 만한 곳은
파크가(지금의 중심가 아래쪽)와
뱅크가에 둘러싸인 삼각형
광장이었다. 폭포를 제외하면 그곳은
마을에서 가장 멋진 곳이었다. 나무들로 잘
그늘져 있었고, 한가운데는 시골 서커스단이 와서
텐트를 치던 공유지가 있었다.

파크가 쪽은 강으로 뻗어 있었다.
뱅크가 쪽은 굿윈 하우스 마당으로
이어지는 차도로 뻗어 있었는데,
그 마당은 공원 북쪽의 일부를
차지하고 있었다.

서커스는 구식이어서, 고작

작은 텐트 하나에 링도 하나뿐이었다.⁵³ 사람들이
오후에는 서커스 공연을 하지 못하게 했는데,
그렇지 않으면 공장을 닫아야 했기 때문이다. 그 시절에는
시간이 귀했다. 공연은 오직 저녁에만 할 수
있었다. 하지만 서커스단은 공장이
끝날 시간에 맞춰 꼭 말을 타고
퍼레이드를 했다. 급기야 마을은
저녁이면 서커스 자체로
변했다. 그 시절에 서커스 무대는

쇼를 위해 특별히 만들어진 초로
밝혀졌다. 거대한 초들이 텐트를 둘러싼
와이어에 매달린 판자, 그 기이한 도구에
고정되어 있었다. 거대한 초들은
아래 판자에 놓여 있었고, 위아래 두 줄로
놓인 더 작은 초들은 차츰 가늘어지면서
아주 예쁜 광경을 만들어 냈고
엄청난 빛을 내뿜었다.

초들은 쇼가 진행되는 동안 꺼지지 않고
기이하고도 눈부신 광경을 연출하면서
현란한 곡예사들과 대조를 이루었다―

여러 옛 이름과 몇몇 장소는 이제
기억나지 않는다: 맥커디

---

53 보통 서커스의 무대가 되는 링, 즉 원형 무대는 세 개가 기본이다.

연못, 고플로路, 부디가街.

타운클락빌딩, 1871년 12월 14일에 시계가

자정을 칠 때 화재로 소실된

고풍스러운 더치 교회.

콜릿, 캐릭, 로즈웰 콜트,

디커슨, 오그던, 페닝턴 . .

최초의 아일랜드 이민자들이 정착한

더블린이라 불리던 구역. 만일

구시가지에서 살 생각이라면

더블린 스프링의 샘물을 마셔봐야 한다. 자신이

마셔본 물 중에서 최고라고, 라파예트는 말했다.

건 밀 마당에서 조금 떨어진 도랑에는

강 반대편의 절벽으로 이어지는

길고 투박하고 구불구불한 계단이 있었다.

꼭대기에는 파이필드의 선술집이 있었다 ─ 폭포의

물안개가 만들어낸 바위 사이의 작은

물웅덩이에서 새들이 날개를 펄럭이며

목욕하는 모습이 내려다보이는[54] . .

패터슨, 뉴저지주, 1850년 1월 9일: ─ 고플에 사는 두 사람이 지난밤에 살해된 사건은 이 곳에서 이삼 마일 반경에 사는 사람들을 극도의 흥분 상태로 몰아넣었다. 희생자는 이 지역에서 오래 산 노부부 존 S. 밴 윙클과 그의 아내다. 그런 극악무도한 짓을 저지른 이는 의심의 여지없이 고용농 존 존슨으로, 당시에도 이웃에서 고용농으로 일하고 있었다. 지금까지 우리가 수집한 증거에 따르면, 존슨은 사다리를 타고 위층 창문으로 올라가 강제로 집에 들어가서는 희생자들이 있던 아래층 침실로 내려가 자신의 흉악한 목적을 이루

---

54 "그곳에는 그 (⋯) 모습이 내려다보이는"은《노인이 들려주는 옛 패터슨에 관한 작은 이야기》에서 거의 그대로 인용한 것이다.

었다. 그는 먼저 앞쪽에서 잠을 자던 아내를 공격했고, 그러고는 남편을 공격했다가 다시 아내를 공격했다.

두 번째 공격으로 아내는 곧장 목숨을 잃은 것으로 보인다; 남편은 여전히 살아 있었지만 곧 죽을 운명이었다. 남편이 손도끼에 한두 군데 베이긴 했지만, 주요 살인 도구는 칼이었던 것으로 보인다. 손도끼는 다음 날 아침에 침대 또는 바닥에서 발견되었고, 칼은 창턱에 놓여 있었다. 살인자가 아래로 내려가며 두고 간 것이었다.

같은 집에 있던 소년은 그저 잠에 빠져 있었다..... 하지만 첫눈이 내린 덕분에 추격자들은 그를 발견해 체포할 수 있었다.....그의 목적은 분명 돈이었다(하지만 그는 돈을 챙기지는 못한 것으로 보였다).

존슨은 그들에게 왜 자신을 결박하느냐고 물었다. "내가 뭘 어쨌다고?".....사람들은 그를 살인 현장으로 끌고 가서 그의 잔혹하고 악랄한 짓에 희생된 자들을 보여주었지만, 그 광경을 목격한 그에게서 동정심 말고는 아무런 반응도 이끌어낼 수 없었다. 그는 자신이 그런 비인간적인 학살에 몸담았다는 사실을 전적으로 부정했다. [55]

타닥타닥 왕좌 위로

콩 속의 돼지 —

클로버 속의 암소 —

귀리 속의 말 —

연못 속의 오리,

      엉덩이! 웅덩이!

나의 어린 데릭은 어찌나 컸는지![56]

당신은 오늘 보러 왔다 살해당하는 걸

          살해, 살해당하는 걸

마치 그게 결론이라도 되는 듯이

          — 결론!

확실히 흩어져 있는 시체들

     — 마음을 움직이는

55 1936년 9월 25일 자 〈프로스펙터〉 기사에서 변형 인용.
56 유명한 네덜란드 자장가이다.

마치 마음이
움직여질 수 있기라도 하듯, 마음이, 나는 말했다
한 줄로 죽 늘어세운 곤혹스러운 시체들 옆에서:

전쟁!
자원의 부족 .

이워[57]의 검은 모래에
20피트 높이로 쌓인 내장

"내가 뭘 어쨌다고?"

— 누구를 납득시키기 위해? 바다 벌레를?
그것들은 죽음에 익숙하고
그것에 환호한다 . .

살인.

— 당신은 믿지 못하겠지
그게 다시 시작될 수도 있다는 것을, 다시, 여기서
다시 . 여기서

꿈에서, 온전한 시에 대한
이 꿈에서 깨어나 . 바다를 향해

---

57 나이지리아 서남부의 도시.

일어난다, 피의 바다

— 모든 강을 빨아들이는 바다,

　　　　　　　　　　　　눈부신, 연어와

청어 무리가 이끄는 .

내 당신에게 경고하나니, 돌아서라

　　　　　　　(1950년 10월 10일)

길게 늘어진 자신의 창자를 덥석

무는, 초록 바다를 노을빛으로 물들이는

상어로부터 .

하지만 그들이 말하길, 자장가는, 길들여진

바다는 잠에 불과할 뿐 . 씨앗 품고서

해초와 함께 부유하는 .

　　　　　　　　　　아!

부유하는 잔해, 부유하는 말들, 씨앗을

꾀어내는 .

내 그대에게 경고하나니, 바다는 우리의 고향이 **아니다**.

　　　　　　　우리의 고향이 아니다.

바다**는** 모든 강이 그곳으로^{whither} 흘러드는

(흘러들어 말라 죽는^{wither}) 우리의 고향이다 .

                    향수 어린 바다
우리의 울음으로 흠뻑 젖은
                    탈라사! 탈라사!
우리를 집으로 부르는 .

내 그대에게 말하나니, 차라리 굶주린 바다에 맞서
그대 귀에 밀랍을 바르라
                    그곳은 우리의 고향이 아니다!

. 우리를 끌어들여 상실과 후회로
익사시키는 .

오 저 아레오파고스⁵⁸의 바위들은
그것의 소리를 간직하고 있었다, 법의 목소리를!
혹은 디오니시우스의 저 위대한 극장은
어떤 현대의 마법으로 각성해
                              방출할 수도 있다
그 안에 구속된 것을, 돌들을!
저 음악은 그들에게서 깨어나 우리의 귀를
녹일 수도 있다 .

바다는 우리의 고향이 아니다 .

58 고대 그리스 아테네의 최고 법정인 아레오파고스 재판소.

ー비록 씨앗들은 거품과 해초와 함께
흘러들지만 ． 갈색 엽상체와
흐물흐물한 불가사리 사이에서 ．

그래도 그대는 그곳에 이를 것이다, 이를 것이다! 노래는
그대의 귀에 울린다, 하루가 익사하는
오케아노스[59]에게 ．

　　　　아니! 그곳은 우리의 고향이 아니다.

그대는 그곳에 이를 것이다, 찬미로 가득한 어두운
핏빛 바다. 그대는 그곳에 이르러야만 한다. 찬미의
씨앗. 그대는 그곳에 이르러야만 한다. 비너스의
씨앗, 그대는 돌아갈 것이다 ． 기울어진
장밋빛 조개 위에 서 있는
소녀로 ．

　　　　　들어라!
탈라사! 탈라사!
　　그것을 마셔라, 취해라!
　　　　탈라사
임마쿨라타[60]: 우리의 고향, 우리의 향수 어린
어머니, 그분 안에서 죽은 자가 다시 잉태되어
우리에게 돌아오라고 외치는 ．

---

59 그리스신화에 나오는 대양의 신 혹은 대지를 에워싼 대해류를 가리킨다.
60 Immaculata. '원죄 없는'을 뜻하는 말로, 흔히 성모마리아를 가리킨다.

핏빛의 어두운 핏빛 바다!
빛에 의해서만 베이는, 빛으로
다이아몬드 장식을 하는 . 그곳에서 태양이
홀로 자신의 축축하지 않은 불의 날개를
들어 올리는!

. . 우리의 고향이 아니다! 그곳은 **아니다**
우리의 고향이.

저게 뭐지?
— 오리, 논병아리? 헤엄치는 개?
설마, 물개? 또 보이네.
당연히 알락돌고래겠지, 고등어를
뒤따르는 . 아니야. 침몰한 무언가의
끄트머리가 분명해. 하지만 움직이는걸!
아닌가. 그냥 무슨 표류물인지도.

커다랗고 다부진 검은 암캐가
방죽 아래 누워 있다가
일어난다, 참는 듯 낑낑대는 듯 우는 듯
하품을 하고 기지개를 켠다 .
개는 바다를 바라본다, 귀를 쫑긋 세운 채
불안하게, 개는 물가로 걸어가 몸이 반쯤
바다에 잠기게 주저앉는다 .

그가 무릎을 들어 올려 물살을 가르며
밖으로 나오자 개가 엉덩이를 볼품없이 흔들며
그에게 다가갔다 .

그는 손으로 얼굴을 닦으며 뒤돌아서서
다시 바다를 바라본다, 그러고는
귀를 두드리며 뜨거운
모래로 걸어가 거기
드러눕는다 . 해변 저 아래서
여자아이 몇 명이 공놀이를 하고 있었다.

— 깜박 잠들었던 게 틀림없다. 다시 일어나
몸에서 마른 모래를 털어내고 몇 걸음 걸어가
빛바랜 작업복을 입고, 팔을 쳐들어
셔츠를 입고(소매는 여전히
걷혀 있었다) 신발을 신고
모자를 썼다. 그동안 방죽 아래서 개가 그것들을
지켜봐 주고 있었고, 그는 다시 돌아섰다
멀리서 들려오는 폭포 소리 같은 바다의
끊임없는 굉음 쪽으로 . 방죽을 오르며
몇 번의 시도 끝에 그는
키 작은 관목에서 갯자두[61] 몇 개를
따서 그중 하나를 맛보고는 씨앗을 뱉었고
그러고는 내륙으로 향했다, 개가 그 뒤를 따랐다

영국 리버풀 출신의 존 존슨은 20분간의 논의 끝에 배심원들로부터 유죄 판결을 받았다.

---

61 북미 동북 해안산 관목 혹은 그 열매를 가리킨다.

1850년 4월 30일, 그는 그 광경을 목격하기 위해 개릿산과 인근 건물 꼭대기에 모인 수천 명이 지켜보는 가운데 교수형을 당했다.[62]

이것은 돌풍이다
영원한 종결
나선형
마지막 공중제비
끝.

---

[62]   캐슬린 호글랜드가 조사한 내용을 윌리엄 칼로스 윌리엄스가 수정해서 인용하였다.

5권

(1958)

화가
앙리 툴루즈 로트렉을
기리며

노년에
　　마음은
　　　　내던져 버린다
　　반항적으로
독수리 한 마리를
자신의 험준한 바위로부터

　— 이마 혹은 훨씬 아래쪽의
　　　　기울기가
그를 기억하게 만든다, 그가 잊고 있었다고
　　　생각했을 때

　　　　　　　— 기억한다

　　　　자신 있게
　　잠시 동안, 정말 아주 잠깐 동안 —
　　　　알겠다는 미소와 함께 . .

　　이른 아침 . . .
　　멧새의 노래가
패터슨의 세상을 다시

깨운다
　　　— 그곳의 바위들과 시냇물을
미약하지만
긴 겨울잠으로부터

3월에 —
　　　바위들
　　　헐벗은 바위들이
말을 한다!

— 구름이 잔뜩 낀 아침.
　　그는 창밖을 내다보다가
　　　새들이 아직 거기 있는 걸 본다 —

예언이 아니라! 예언이 **아니라!**
　사물 그 자체!

　　　— 첫 번째 단계,
로르카의《돈 페를림플린의 사랑》¹
　　아이나 마찬가지인
　　　　어린 소녀가
자신의 나이 많은 신랑을
　　충분히 천진난만하게
　　　　몰락으로 이끈다 —

1　스페인의 시인 페데리코 가르시아 로르카Federico García Lorca의 희곡. 원제는《돈 페를림플린과 벨리사가
정원에서 나눈 사랑Amor de Don Perlimplín con Belisa en su jardín》이다.

─연극이 끝날 무렵, (그녀는 거친 어린애였지만 그건 흔히 있는 일이었다─ 오늘날 우리는 한창때를 넘긴 여자들과 결혼하는데, 줄리엣은 열세 살이었고, 단테가 처음 베아트리체를 보았을 때 그녀는 아홉 살이었다).

사랑의 모든 영역, 소녀가 생각하는 결혼 첫날밤의 문란함, 파티에서 빠지지 않으려는, 확실히 도덕적 제스처로서의 그녀의 결심

매음굴이
      선언한 도덕은
            처녀가 선언할 때 가장
제격이다, 그녀의 목에 걸린 현상금,
      그녀의 처녀성에 걸린!
            그것을 고수하려는
약삭빠른 행위
      그것의 가치를 떨어뜨리는:
            그것을 내던져 버려라! (그녀가 그랬듯이)

유니콘[2]
      그 흰 일각수가
            이리저리 몸부림친다
룻 퉛 타 퉛!
      별들 사이에서 익명으로
         자신의
살해를 요구하며

---

[2] 《패터슨》 5권의 1부와 3부에는 클로이스터스 박물관에 있는 총 일곱 개의 〈유니콘 태피스트리〉(〈유니콘 사냥The Hunt of the Unicorn〉이라고도 불린다)에 대한 자세한 언급이 여러 차례 등장한다. 첫 번째 태피스트리는 사냥꾼들이 개들을 데리고 사냥을 가는 모습을 그리고 있다. 두 번째 태피스트리는 분수 옆에서 포위된 유니콘, 세 번째는 유니콘의 탈출 시도, 네 번째는 유니콘이 사냥개를 뿔로 들이받는 모습을 그리고 있다. 오직 파편만 남은 다섯 번째는 사냥꾼들이 모여드는 동안 처녀가 유니콘의 목을 쓰다듬는 모습을, 여섯 번째는 살해당한 유니콘이 성 앞으로 끌려오는 모습을 그리고 있다. 일곱 번째는 창에 찔렸지만 죽지 않은 유니콘이 혼자서 낮은 원형 나무 울타리에 갇혀 있는 모습을 그리고 있는데, 이 이미지는 흔히 예수의 부활, 성모마리아와 성육신, 결혼식 첫날밤 등을 상징한다고 알려져 있다.

패터슨이, 하늘에서
　　　야트막하게 이어진 언덕들 위를 지나
　　　　　바위로 된 능선 위
호수를 지나
　　　옛 현장들로 돌아왔다
　　　　　목격하기 위해

무슨 일이 일어났는지
　　　수포가 그에게
　　　　　번역할 소설
다다이스트 소설 —
　　　《파리의 마지막 밤들*The Last Nights of Paris*》³을 준 이후로
　　　　"그때 이후로 파리에
무슨 일이 일어났나?
　　　그리고 나 자신에게?"

예술의 세계

오랜 세월을 거쳐

**　　　　　　　*살아남은!*　**

— 박물관은 실재하는 것이 되었다
　　　클로이스터스⁴ —

3　프랑스의 소설가 필리프 수포Philippe Soupault의 장편소설로 1929년에 윌리엄 칼로스 윌리엄스가 번역해
미국에 출간되었다.
4　뉴욕 메트로폴리탄 미술관의 분관으로 중세 유럽 예술품과 고딕 예술품 등을 전시한다.

그 바위 위에

자신의 그림자를 드리우며 ㅡ

"라 레알리테! 라 레알리테!^{5}

라 레아, 라 레아, 라 레알리테!"

빌^{6}에게:

당신과 F.가 왔으면 좋았을 걸 그랬어요. 그날은 아주 즐거운 하루였고, 우리는 당신 둘을 그리워했어요. 다들 당신을 그리워했죠. 물망초, 야생 매발톱꽃, 흰색과 보라색 제비꽃, 하얀 수선화, 야생 아네모네. 개울가의 뜰에 펼쳐진 우아한 야생 바람꽃들이 저마다 최고의 자태를 뽐냈어요. 이번에는 독한 사과주나 애플 브랜디를 마시지 않고 대신 와인이랑 보드카를 마시며 음식을 잔뜩 먹었죠. 농장 건물들은 '오래전에 없어지지' 않고 당신이 봤던 그대로 남아 있어요. 이전의 닭장은 여러 해 동안 작업실로 사용되어 왔는데, D. E.는 그곳을 보고는 부러워했죠. 그곳은 제가 여기 있는 매년 여름이면 글을 쓰는 이런저런 사람이 사용해 오고 있어요. 한동안 꽤 지속적으로 그러고 있죠. 헛간에도 크고 널찍한 바닥이 있는데, 테이블과 의자가 있는 활기찬 공간을 원하는 사람이라면 누구나 사용할 수 있어요. E.는 심지어 그 헛간으로 '무엇인가를 하려는' 생각을 마음에 들어 했고, 나도 그들이 그러길 바라요. 그들의 아이들은 개울에 목욕을 하러 갔고, 그림을 그리고는 탐험을 했죠. 만일 오고 싶으시다면 부디 차를 타고 오세요. E.는 6월에 프린스턴을 떠나기 전에 다시 올 거예요. 그들은 내년에는 H.에 가 있을 거예요. 지금은 J. G.가 '게스트하우스'를 차지하고 있어요.

그곳에 대한 당신의 기억을 읽으면 얼마나 멋질까요; 장소는 그곳을 둘러싼 세상뿐만 아니라 기억으로 이루어진 것이기도 하죠. 꽃들 대부분은 여러 해 전에 심어졌고 매년 봄에 활짝 피어나요. 새로운 장소에 심은 몇몇 야생화를 보면 정말 신이 나요. 지금은 노루귀랑 혈근초가 사방에 가득하고. 작았던 나무들은 이제 다 커서 찌르레기와 함께 이 계절을 가득 채우고 있어요. 목흰미국솔새나 매그놀리아미국솔새나 굴뚝새 같은 몇몇 희귀한 휘파람새는 차고(최신식 은신처와 혼동하면 곤란합니다)에 최고의 둥지를 지었어요. 그곳은 제가 양가죽으로 안감을 댄 외투를 걸어두는 곳인데, 휘파람새는 그것을 그저 자신의 둥지를 보호하는 데 쓰면서 거기 가까이 붙어 알 다섯 개를 따뜻하고 예쁘게 품고 있죠.

　여기 있던 모두의 안부와 사랑을 전하며

5　la réalité. '현실', '현실성', '실재성' 등을 뜻하는 프랑스어.
6　윌리엄 칼로스 윌리엄스의 애칭이다.

창녀와 처녀, 동일한 존재:

— 변장을 통해

몸부림친다— 하지만 도망치는 데 성공하진 못할 것이다 .

동일한 존재

오듀본[8](오-듀-본), (길 잃은 프랑스의 황태자),

그는 보트를 출발시켰다

하류로

루이빌 오하이오강의 폭포 아래로

이어서

숲 사이의 오솔길을 지나고

세 개의 주를 지나

켄터키의 북쪽으로 . .

그는 버팔로를 보았다

그리고 다른 것들도

나무 사이에 있는 뿔 달린 짐승 한 마리

달빛 속에서

작은 새들을 따라간다

쇠박새

---

7 미국의 작가이자 저널리스트 조지핀 허브스트Josephine Herbst가 1956년 5월 14일에 윌리엄 칼로스 윌리엄스에게 보낸 편지에서 변형 인용.

8 미국의 조류학자이자 화가인 존 제임스 오듀본John James Audubon.

작은 꽃들이 가득한 들판에서

. . 왕관이 둘러진

그것의 목!

별들을 수놓은 장엄한 태피스트리에서!

상처를 입은 채 누워 있다 배에 상처를 입은 채

몸 아래에 접혀 있는 다리

턱수염을 기른 머리는

당당히 치켜든 채 .

기만이 아니라면 대체 무엇으로

구체球體의 끝에 이를 것인가?

이곳은

저곳이 아니다,

그리고 그렇게 될 일은 없을 것이다.

그 유니콘은

필적할 만한 상대

혹은 짝이 없다 . 그 예술가는

비견할 만한 상대가 없다 .

죽음은

비견할 만한 상대가 없다:

숲속을 헤매며,

상처 입은 짐승이 누워서 쉬고 있는

작은 꽃들로 가득한 들판을

우리는 밑바닥에 도달하지 못할 것이다:

죽음은 구멍이다

그 속에 우리 모두가 묻히는

비유대인과 유대인 모두

꽃이 시들고
썩어 사라진다 .
하지만 가방 밑바닥에는
구멍이 있다.

그것은 깊이를 헤아릴 수 없는
상상력이다.
우리가 탈출하는 것은
이 구멍을 통해서이다 . .

그러니 오로지 예술을 통해, 남자와 여자, 꽃 핀
들판, 태피스트리, 둘도 없이 사랑스러운
봄꽃들을 통해,

죽음의 동굴
밑바닥에 있는 이 구멍을
통해, 상상력은
온전히 탈출한다

. 그는 짧고 뻣뻣한 머리카락에 가려진
목둘레에 칼라를 달고 있다.

윌리엄스 선생님께:

서문[9]을 써주셔서 감사드립니다. 책은 영국에서 인쇄 중이고, 7월쯤에는 출간될 예

---

9 윌리엄 칼로스 윌리엄스가 쓴 《울부짖음》의 서문을 가리킨다.

정이에요. 선생님의 서문은 개인적이고 정다우며, 선생님은 일어난 일의 요점을 정확히 이해하고 계십니다. 하지만 선생님은 그것 너머에 어떤 힘과 유쾌함이 존재하는지를 보셔야 합니다. 책에 수록될 작품은 . . . 저는 실제 경험 등등, 헛소리의 광휘를 쓸 때 말고는 글쓰기에 흥미를 느낀 적이 한 번도 없습니다, 그러니까 저는 정말로 미쳤던 적이 한 번도 없습니다, 때로 혼란스러운 적은 있었지만요.

   이번에 저는 배를 타고 몇 주간 북극으로 떠납니다. . . . 저는 빙산을 보고 위대한 하얀 북극 광시곡을 쓸 거예요. 그간 안녕하시기를, 10월에는 돌아올 거고, 가족을 만나러 첫 유럽 여행에 떠나는 길에 패터슨을 경유할 겁니다. 저는 패터슨에서 도망친 게 **아닙니다**. 저는 당신이 건져내는 이미지들처럼 도시들과 세세한 것들, 그리고 정글과 극지방의 전경全景과 고립에 대해 휘트먼식 열광과 향수를 품고 있습니다. 충분히 보고 나면 돌아와서 벌거벗은 행복한 몸으로 퍼세이익강에서 다시 첨벙거릴 테고, 시청에서는 폭동 진압 경찰대를 불러야 할 테죠. 돌아오면 열여섯 살 때 했던 것처럼 시장 선거 유세에서 대단한 정치적 연설을 할 겁니다. 다만 이번에는 왼쪽에는 W. C. 필즈[10]를 세우고, 오른쪽에는 여호와를 세울 겁니다. 안 될 게 뭐죠? 패터슨은 동정심을 필요로 하는 덩치 큰 슬픈 아빠일 뿐입니다. 어쨌든 저는 '아름다움'에 제 모자를 겁니다[11]. 그리고 현실에. 그리고 미국에.
   패터슨에 말을 걸기 위해 애쓸 필요는 없습니다. 돌에게 말을 걸 듯 말이죠. 진실은 찾기 어렵지 않아요 . . . 제 말이 명확한 것 같지 않군요, 그러니 그만 닥치겠습니다 . . . 제 말은 패터슨이, 밀턴이 지옥으로 내려가는 것 같은 노역[12]은 아니라는 겁니다. 그것은 마음에 피어나는 꽃입니다 어쩌고저쩌고

   잡지가 나올 겁니다 . . . 어쩌고저쩌고.

그럼 안녕히.   A. G.

다른 일을 위해 전혀 짬을 내실 수 없다면
부디 동봉한 시를 읽어주세요
〈해바라기 수트라〉[13]

   ─ 처녀와 창녀, 어느 쪽이 가장 잘
   견디나? 상상력의 세계가

---

10   윌리엄 클로드 필즈William Claude Dukenfield. 미국의 희극배우.
11   '모자를 걸다'는 '어떤 장소를 집이라고 부르다', '어떤 장소에 살다' 등을 뜻하는 관용구이다.
12   영국 시인 존 밀턴John Milton의 《실낙원》을 뜻한다.
13   앨런 긴즈버그가 1956년 5월 20일에 윌리엄 칼로스 윌리엄스에게 보낸 편지에서 변형 인용.

가장 잘 견딘다:

폴록14이 짜낸 물감 덩어리

디자인과 함께!

곧장 튜브에서 나온 순수한. 다른 것은 그 무엇도

진짜가 아니다 . .

세상 속을 **걸어라**

　　　　(당신은 차창을 통해서는

아무것도 볼 수가 없다, 비행기에서는

혹은 달에서는 더더욱!? 거기서

내려오라.)

　　　　—현재, '현재'의

세계, 세 개의 주를 지나 (벤 샨15은 그것을 보았다

철로와 철조망 사이에서

그리고 그것을 기록했다) 그것을 위해 세 개의 주를

횡단했다 . .

　　　　은밀한 세계,

구체球體, 자신의 꼬리를 입에 문

뱀이

　　　　과거를 향해 거꾸로 굴러간다

. . . 당신의 생식기를 움켜쥐는 매춘부들, 거의 애원하는 얼굴로—"2달러, 2달러" 그러다 당신은 허리를 압박하는 순전히 짐승 같은 욕망을 느끼며, 당신 안의 위스키와 소다수와 코냑을 느끼며 거의 안으로 들어가려 하고, 그때 친구가 당신을 붙잡는다 . . . "안 돼

14　잭슨 폴록Jackson Pollock. '액션 페인팅' 기법으로 유명한 미국의 화가.

15　254쪽 참조.

. . . 진짜 집으로 가, 여긴 쓰레기야." 진짜 집, 진짜 집? *카사 레알*16? *카사 데 푸타스*17? 그러고는 어두운 거리를 걸어간다. 취해서 다른 술꾼들과 함께 걸어가는 삶의 기쁨. 모든 게 먼지인 먼지의 세기에 맞이한 먼지의 해에 먼지의 거리를 걸어간다. 하지만 당신은 젊고 당신은 취했고 거리에는 당신의 주머니에 든 지폐 몇 장을 위해 사랑을 나눌 준비가 된 여자들이 있다. 군인들 십여 무리가 있는 거리를 지나고(그들은 심지어 사복을 입은 군인들인데, 당신과 같은 군인들이면서도 다르고, 이 군인들의 무리가 당신과 다른 것은 당신은 당신이기 때문이다―그리고 취했고, 그 안에는 보들레르와 랭보와 책을 든 취한 영혼이 있고) 한 여자가 카페의 열린 문 안으로 들어가 자신의 손을 다리 사이에 넣고 당신을 향해 미소를 짓는다 . . . 당신을 향해 매춘부의 미소를! 그러자 당신은 고함을 지르고 다들 고함을 지르고 그녀도 고함을 지르며 소리 내어 웃고 그 웃음은 가득 . . . 채운다 . . . 기타 소리에 흠뻑 젖은 밤공기를

그러고는 집, . . . 그리고 문에 기대어 있는 매끈한 얼굴의 여자를 본다, 온통 새하얀 . . . 눈, 처녀, 오오 신부여 . . . 손가락을 구부린다. 눈에 잘 띄지 않는 색을 한 베스타 여신의 시녀, 그녀의 깨끗한 머리카락과 그녀의 몸의 아름다움, 난초의 악취 속에서, 저속하고 괴로운 악취와 연약함 속에서, 그리고 당신은 몸을 흔들며 바닥을 걸어간다, 댄서들에게 부딪혀 휘청거리며, 당신의 귀를 감싸는 목소리를 밀어 내며, 그리고 여전히 문에 기대어 서 있는 그녀를 발견한다, 매끈한 얼굴의 그녀는 4달러를 부르지만 당신은 3달러를 부르고, 그녀는 다시 4달러를 부르고 당신은 따지고, 그녀는 당신의 배에 손을 얹고 문지르며 4달러를 부르고, 당신은 열대 지방의 붉은 기운을 자아내는 음악 소리를 듣고 맥주를 벌컥벌컥 마시고 가슴을 만지고, 3달러가 아니라 4달러라는 **단호한** 말과 미소, 여자는 군인에게 이끌려 방 밖으로 나가며 (영원한 신부) 미소를 짓는다 3달러가 아니라 4달러, 손! 가슴, 당신은 엉덩이의 곡선을 만진다 움켜쥔다 붙잡는다 욕망한다 느낀다 당신의 손바닥 아래로 조용하고 부드럽게 미끄러지는 드레스, 손!

또각또각 들려오는 하이힐 소리 웃음 소음 그녀의 검은 눈 그리고 4달러? 제발 4달러 내시죠? 싫어요 . 3달러 . 그러고는 그래요 4달러 콰트로 . . . 콰트로 달러 하지만 두 번, 저는 두 번 해줘요, 그리고 더, 어서요, 그리고 더. 당신은 아이처럼 그녀를 따라간다, 당신의 눈에 소용돌이치는 빛 소음 다른 여자들 왁자지껄 떠드는 친구의 알아들을 수 없는 목소리, 웃음소리에 둘러싸인 그의 얼굴을 보고 당신은 미소를 짓고, 미소를 지을 이유는 하나도 없지만 그래도 우스꽝스럽게 웃는다 왜냐하면 매춘부와 사랑을 나누는 건 웃기니까, 하지만 그건 웃기지 않다 그녀의 피부 아래의 피, 리듬에 맞춰 당신의 손가락을 만지는 그녀의 연약한 손가락이 웃기지 않듯이, 하지만 열기와 열정은 환하고 하얗다, 매음굴의 빛보다, 진피즈18보다 환하고 하얗다. 탄생만큼 하얗고 깊다. 죽음보다 깊다.

16 '진짜 집Casa real'을 뜻하는 스페인어.

17 '매음굴Casa de putas'을 뜻하는 스페인어.

18 진에 설탕, 얼음, 레몬, 탄산수를 섞은 칵테일.

드레스의 끝자락을 팔 위에 올린

숙녀 . 그녀의 머리카락은

매끄럽게 뒤로 넘겨져 둥근 머리를

보여준다, 그녀의 사촌의 머리처럼, 왕,

그녀처럼 어린 왕실의 배우자의 머리처럼 .

암갈색의 벨벳 보닛을 눈 위로

비스듬히 기울여 쓰고 있고, 그의 다리에는

초록색과 갈색의 줄무늬 타이츠가 입혀져 있다.

사냥꾼의 뿔피리가 울리는 가운데

숙녀의 이마는 고요하다

― 새와 꽃, 나무 잎사귀 사이로 보이는 성, 분수에서 물을 마시는 꿩, 역시 그곳에서 물을
마시는 꿩의 그림자[20]

. 시클라멘, 매발톱꽃, 만일

이 꽃들을 심은 예술이

믿을 수 있는 것이라면 ― 그리고 또

사슴의 뿔을 가볍게 스치는

오크 나무의 잎사귀와 잔가지를 . .

여왕의 눈과

19 미국의 작가 길버트 소렌티노Gilbert Sorrentino는 1956년 1월 9일에 윌리엄 칼로스 윌리엄스에게 보
낸 편지에서 그의 시 〈사막의 음악The Desert Music〉을 매우 감명 깊게 읽고서 자신이 쓴 이야기 〈국경도시
Bordertown〉가 떠올랐다고 말하며 그 작품을 동봉했다. 〈사막의 음악〉 배경은 멕시코의 후아레스고, 〈국경
도시〉 배경은 멕시코의 누에보라레도다. 인용 부분은 〈국경도시〉의 일부다.
20 〈유니콘 태피스트리〉의 두 번째 태피스트리를 묘사한 것이다.

혼동해서는 안 되는

사슴의 야수 같은 눈이

죽음으로 흐려진다 .

. 덤불 사이로 도망치는

토끼의 엉덩이 .

4월의 어느 따뜻한 날, G. B.는 아이들과 발가벗고 수영을 해야겠다는 영감을 받았다. 그
들 중에는 물론 사티로스임이 분명한 그녀의 남동생도 있었는데, 그 녀석은 주제넘게 그
녀를 괴롭히려는 사람은 누구든 두들겨 팼다. 그곳은 여러 해 후에 우리가 소풍을 가곤 했
던 윌로우포인트 근처의 샌디바텀에 있었다. 그것은 그녀가 매춘부가 되어 매독에 걸리
기 전의 일이었다. 젊은 선원인 L. M.은 그 무렵에 프랑스인들(그리고 다른 이들)이 '아
이들의 병'이라고 부르던 병을 두려워하지 않은 채 리우로 갔다—하지만 고갱이 자신의
뇌가 썩어가기 시작한 걸 발견했듯이, 그 병은 장난이 아니었다.

. 오늘날은

간통자에게 더 안전한 시대이다

도덕의 기준 따위

당신이 멋대로 생각해도 좋지만 뇌는

성병에 대한 두려움으로

부패하거나

경직화될 필요가 없다

당신이 그걸 바라지 않는 한

"당신의 사랑을 풀어 흐르게 하라"[21]

당신이 아직 젊을 때

남성이든 여성이든

(그게 당신에게 그럴 가치가 있는 일이라면)

---

[21]   윌리엄 칼로스 윌리엄스의 시 〈바람이 거세진다The Wind Increases〉의 한 구절이다.

차차차

당신은 생각할 것이다

뇌가 더 나은 뿌리에

접목될 거라고

II.

"   . 저는 사포의 권위자가 아니고 그녀의 시를 특별히 잘 읽지도 못합니다. 사포는 분명
하고 부드럽고 짤랑이는 목소리로 시를 썼어요. 사포는 거친 문장은 한 번도 쓰지 않았습
니다. '별이 빛나는 하늘에 뜬 침묵'이 사포의 어조에 특별한 느낌을 주고 있어요. ."

A.P.²²

저 남자는 신들과도 같은 존재다,
당신과 마주 앉아 당신의
달콤한 말과 사랑스러운 웃음을
　　듣고 있는 그는.

내 마음을 심란하게 하는 건
바로 당신의 그 말과 웃음. 당신을 살짝
쳐다보기만 해도 내 목소리는 떨리고
　　내 혀는 꼼짝도 하질 않아.

즉시, 내 팔다리에 부드러운
불꽃이 흐른다; 내 눈은
멀고 내 귀에는 우르릉대는
　　천둥소리뿐

22　해버포드 대학의 그리스어과 명예교수 레비 아널드 포스트Levy Arnold Post가 윌리엄 칼로스 윌리엄스에
게 보낸 편지의 일부로 추정된다.

땀이 쏟아진다: 떨림이 나를

뒤쫓는다. 마른 풀보다 더

창백해진 나는 당장

　　　죽을 것만 같아.[23]

11월 13일　오케이　나의 빌빌　불불, 왕

소식 2에서/　동봉한 참조에서 의미가 애매하거나 이해가 **안 되는** 부분이 있습니까/
　　　　　아니면 이해했지만 동의할 수는 없는 게 있습니까?

가장 알기 힘든 사실은 **왜** 어떤 다른 사람이, 보아하니 유인원도 루스벨트도 아닌 사람이
'2 더하기 2는 4'처럼 간단한 사실을 이해하지 못하는가, 하는 것입니다.

맥네어 윌슨이 방금 저에게 보낸 편지에 이르길, 소디가 '경제학'에 흥미가 생겨서 그것
을 공부하기 시작하다가 그들이 그에게 개설해 준 것이 경제학이 아니라 강도질이라는
사실을 발견했다고 하더군요.

전쟁은 부채를 만들기 마련이고, 걸어 다니는 똥 더미 FDR[24]이 최근에 시작한 전쟁은 충
분히 성공적이었습니다.

　　　　　　　그리고 그를 격상시킨 악취는
여전히 사라지지 않고 있고요.

또한 제가 라팔로에서 받은 열 권짜리/ 재무부의 보고는 위기가 떠났을 때부터 우편이 중
단되었을 때까지 그놈들이 금을 위해 백 억 달러를 지불했다는 것을 보여줍니다/ **60억** 달
러에 사들여서 말이죠

　　　　　　이해가 되시나요, 아니면 여전히 더 **상세한** 내용을 원하시
나요?

그렇게 할 권리가 있든 없든, 통치권은 화폐를 발행할 **힘**에 내재되어 있습니다.

　　　　제가 당신을 성가시게 만들진 말아주세요.

23　윌리엄 칼로스 윌리엄스가 번역한 사포의 〈파편 31〉.
24　미국의 제32대 대통령 프랭클린 델러노 루스벨트Franklin Delano Roosevelt를 가리킨다.

만일 여기 모호한 점이 있다면 , 그렇다고 말씀해 주세요.

베움 일은 걱정 마세요,

그는 당신이 저에게 책을 보내라고 했다는 말은 하지 않았습니다. 그저 당신을 만났다고
만 했어요.
젊은이는 젊은이가 교육해야죠.

　볼테르의 책에서 제가 발견한 유일하게 순진한 말은 그가 경제학에 대한 훌륭한 책 두
권을 발견하고서/ 이렇게 썼을 때뿐입니다 : "이제 사람들은 그것을 이해할 것이다."
인용 끝.

하지만 당신의 (그리고 델 엠의) 리스트의 윙윙거림이 **명료**했더라면 저는 그것들의 불
명료함을 분명히 설명하느라 그렇게 많은 시간을 쓰지 않았을 겁니다.

당신은 역사 대신 똥 같은 헛소리를 들려주는 게 바람직하지 않다는 데
　　　　　동의하시나요 ??????[25]

　　　　우리 마을에는 빨리 걷는
　　　　여자가 있다, 납작한 배에

　　　　해지고 헐거운 바지 차림의 그녀를
　　　　나는 거리에서 보았다.

　　　　　　　키는 작지도
　　　　크지도 않고, 나이는 많지도 적지도 않으며
　　　　그녀의
　　　　　　　얼굴은 청소년들의 관심을 끌 법하지

　　　　않았다. 노인들은 그녀 앞에서

25　에즈라 파운드가 1956년에 윌리엄 칼로스 윌리엄스에게 보낸 편지에서 변형 인용.

그녀의 얼굴을 똑바로 쳐다봤다.
                그녀의
                        머리카락은
볼품없는 모자 아래서
단순히 귀 뒤로 넘겨져 있다.

그녀의
    엉덩이는 작았고, 그녀의
                        다리는
가늘고 곧았다. 그녀를 본 나는

그 자리에서 멈춰 섰다― 그러고는 그녀를
바라보았다 그녀가
    군중 속으로 사라질 때까지

칙칙한 천으로 만든,
내 생각에는 꽃 같아 보이던, 눈에
잘 안 띄는 장식이
그녀의 오른쪽
                가슴 부근에

납작하게 꽂혀 있었다― 어떤 여자라도
그렇게 했을 것이다
자신이 여자임을 알리고 자신의 기분을
살피라고 우리에게 경고하기 위해서라면. 그렇지

않았다면 그녀는 남장을 했을 것이다,

너 따위야 알 바 아니라고

말하려는 듯이. 그녀의
                        표정은
심각했고, 그녀의
                발은 작았다.

그러고서 그녀는 사라져 버렸다!

. 매일 당신을 찾았어도
헛수고였지만
만일 당신을 다시 본다면

나는 당신에게 말할 겁니다, 아아
너무 늦었군요! 물어볼 겁니다,
패터슨의 거리에서

뭘 하고 계신 거죠? 무수한
질문:
결혼은 하셨나요? 아이는

있으신가요? 그리고, 가장 중요한 질문,
당신의 **이름**은 무엇인가요! 당연히
그녀는 내게 대답해 주지

않겠지 — 비록 그렇게 외롭고
똑똑한 여자가

그럴 거라고는

상상할 수 없지만.

. 제가 쓴 것 중에 뭐라도 읽은 게 있으신가요?
그건 전부 당신을 위해 쓴 겁니다

혹은 새들 .
혹은 메즈 메즈로²⁶가

쓴 것 .

랩Rapp과 함께 어울렸고, 리듬 킹스Rhythm Kings는 내게 마무리 터치를 해주며 나를 바로잡아 주었다. 그 친구들과 함께하면서 나는 어떤 백인이라도, 만일 그가 똑바로 생각하고 열심히 공부했다면, 흑인과 함께 노래하고 춤추고 연주할 수 있다는 걸 알게 되었다. 백인이라는 이유로 미국에서 가장 훌륭하고 가장 독창적이고 솔직한 음악을 연주하며 그걸 망쳐버릴 필요는 없었던 것이다. 우리는 흑인의 진짜 메시지를 즐기며 랩이 그러듯 그와 함께 그것을 진정으로 느낄 수 있다. 나는 리듬 킹스와 세션을 마친 후 기분이 완전 좋아졌고, 그 테너 색소폰 소리를 그리워하기 시작했다.

세상에, 나는 그것에 완전히 취해 버렸다― 영감의 엄마가 나와 함께하고 있었다. 그리고 설상가상으로 어느 날 매디슨가를 걸어가다가 내가 들은 것은 내 귀가 거짓말을 하고 있다고 생각하게 만들었다. 음반 가게에서 틀어놓은 레코드에서 베시 스미스²⁷가 '다운하티드 블루스Downhearted Blues'를 외치듯 부르고 있었다. 나는 당장 들어가서 블루스의 어머니가 낸 레코드― '세머테리 블루스Cemetery Blues', '블리딩 하티드Bleedin' Hearted', '미드나잇 블루스Midnight Blues'―를 모두 구입하고는 집으로 달려가서 그 레코드들을 빅터 축음기로 몇 시간이고 들었다. 나는 베시의 애절한 이야기와 피아노 반주의 정확한 하모니 패턴을 듣고 트랜스 상태에 빠졌다. 그것은 내 척추를 쥐처럼 기어서 오르내리는 작은 악구들로 가득했다. 베시가 울부짖는 모든 음이 내 신경계의 팽팽한 줄 위에서 진동했다: 그녀가 노래하는 모든 노랫말이 내가 묻고 있던 질문에 답을 해주었다. 누구도 나를 그 빅토

---

26 메즈 메즈로Mezz Mezzrow. 미국의 재즈클라리넷 연주자.
27 베시 스미스Bessie Smith. 미국의 블루스 가수.

리아 축음기에서 끌어낼 수 없었다. 심지어 밥을 먹으러 가게 할 수도 없었다.[28]

                            . . . 혹은 사티로스들, 비극
이전의 연극,
            사티로스의 연극!
                    연극이 더없이 열렬했을 때
모든 연극은 사티로스적이었다.
            사티로스처럼 상스러웠다!

사티로스들이 춤춘다!
            모든 기형적 존재가 날아가기 시작한다
                    켄타우로스
거트루드 스타인의
            글에서
말들의 궤멸로
            이어지는― 하지만
                    당신은 예술가가 될 수
없다
            순전히 능력의 부족 탓에
꿈은
            추격 중이다!
파울 클레[29]의
            단정한 형상들이
                    캔버스를 채운다
하지만 그것은

28 메즈 메즈로와 버나드 울프Bernard Wolfe의 《리얼리 더 블루스Really the Blues》(1946)에서 거의 그대로 인용.
29 파울 클레Paul Klee. 스위스 태생의 독일 화가.

아이의 작품이

아니다 .

치유는 시작되었다, 아마도

아랍 예술의

추상주의 작품과 함께

〈멜랑콜리아〉를 그린

뒤러는

그것을 알고 있었다—

산산조각 난 석조물. 레오나르도는

그것을 보았다,

그 강박관념을,

그리고 그것을 조롱했다

〈라 조콘다〉[30]에서.

보스[31]가 그린

극심한 고통에 시달리는 영혼들과 그것들을

잡아먹는 악마들의 무리

자신의 내장을

삼키는

물고기

프로이트

피카소

후안 그리스[32].

한 친구가 보내온 편지에서

말하길:

---

30 레오나르도 다빈치의 〈모나리자〉를 달리 부르는 이름.

31 네덜란드의 플랑드르파 화가 히에로니무스 보스Hieronymus Bosch.

32 후안 그리스Juan Gris. 스페인의 입체주의 화가.

지난
사흘 밤 동안
아기처럼 잤어
술이나 그 어떤
마약의 도움도 없이!
우리는 알지
번데기에서 나온
정체된 생명이
날개를 펼친 것을   .
황소처럼
혹은 미노타우로스처럼
혹은 제5번 교향곡의
스케르초에서
무거운 발을 구르며
춤을 춘
베토벤처럼
나는 보았어 사랑이
벌거벗은 채 말에
백조에 올라타는 것을
물고기의 꼬리
피에 굶주린 붕장어
그리고 소리 내어 웃었지
그 냉담한 녀석이
무리에 대고 기관총으로
총알을 퍼붓고 있었을 때
동료들과 함께
구덩이 안에 있던

그 유대인을 떠올리며 .

그는 아직 맞지 않았지만

미소를 짓고 있었지

친구들을 위로하며 .

친구들을

위로하며

꿈들이 나를 사로잡아

그리고 동물들

그 무고한 짐승들에 대한

나의 생각들의

춤을[33]

(Q. 윌리엄스 씨, 시가 무엇인지 간단히 말씀해 주실 수 있을까요?

A. 글쎄요 . . . 시란 감정이 들어간 언어라고 할 수 있겠죠. 그것은 리드미컬하게 조직된 말입니다 . . . 한 편의 시는 완전한 소우주예요. 그건 별도로 존재하는 것입니다. 가치를 지닌 모든 시는 시인의 전 생애를 표현하죠. 그것은 시인이 무엇인지에 대한 견해를 제시합니다.

Q. 그렇군요. 또 다른 위대한 미국 시인인 E. E. 커밍스가 쓴 시의 한 부분을 보시죠:

(im)c-a-t(mo)
b,i;l:e

FallleA
ps!fl
OattumblI

sh?dr
IftwhirlF
(Ul) (IY)

---

33 "사티로스들이 춤춘다 (…) 춤을"은 윌리엄 칼로스 윌리엄스의 시 〈화가들에게 바치는 헌사Tribute to the Painters〉에 수록된 구절을 그대로 인용한 것이다.

&&&

이것은 시인가요?

A. 저는 이것을 시로 받아들이기를 거부하겠습니다. 아마도 커밍스 본인에게는 시겠죠. 하지만 저는 그러길 거부하겠습니다. 저는 이것을 이해할 수 없어요. 커밍스는 진지한 사람입니다. 그래서 저는 이것을 이해해 보려고 무척이나 애를 써봅니다 — 하지만 그 어떤 의미도 발견할 수가 없어요.

Q. 어떤 의미도 발견하실 수 없다고요? 그렇다면 윌리엄스 씨 본인이 쓴 시의 일부를 보시죠: "자고새 두 마리/ 청둥오리 두 마리/ 식용 게 한 마리/ 태평양에서 건져 올린 지/ 24시간이 지나지 않은/ 그리고 산 채로 얼린/ 덴마크산 송어/ 두 마리[34] . . ." 자아, 꼭 고급 식료품 리스트처럼 들리는군요!

A. 고급 식료품 리스트가 맞습니다.

Q. 네 — 이건 시입니까?

A. 우리 시인들은 영어가 아닌 언어로 이야기해야만 합니다. 미국적 언어로요. 말씀하신 작품은 미국적 언어의 한 표본으로서 리드미컬하게 조직되어 있습니다. 재즈만큼이나 큰 독창성을 지닌 것이죠. 만일 우리가 "자고새 두 마리, 청둥오리 두 마리, 식용 게 한 마리"라고 말한다면 — 현실적인 의미를 무시하고 그것을 리드미컬하게 읽는다면, 그것은 들쭉날쭉한 패턴을 형성하게 됩니다. 제 생각에 이건 시예요.

Q. 하지만 만일 우리가 "현실적인 의미를 무시"하지 않는다면 . . . 그러면 이게 고급 식료품 리스트가 된다는 데는 동의하시겠군요.

A. 그렇습니다. 무엇이든 훌륭한 시의 재료가 될 수 있습니다. 무엇이든 말이죠. 저는 그 사실을 이미 여러 번 말한 바 있습니다.

Q. 우리가 그것을 이해할 수 있어야 하는 거 아닌가요?

A. 시와 의미 사이에는 차이가 있습니다. 많은 현대 시인은 때로 의미를 완전히 무시하곤 합니다. 그래서 간혹 어려움이 발생하기도 하는 것이죠 . . . 독자들은 단어들이 이룬 형태에 혼란스러워하고 있습니다.

Q. 하지만 단어는 우리가 그것을 볼 때 무언가를 의미해야 하지 않을까요?

34 윌리엄 칼로스 윌리엄스의 시 〈두 개의 펜던트: 귀를 위하여Two Pnedants : For the Ears〉의 일부.

›

A. 산문에서 영어 단어는 있는 그대로의 의미를 지닙니다. 시에서 우리는 두 가지를 듣게 되죠 . . . 우리는 의미, 그 단어가 지닌 있는 그대로의 일반적인 의미를 듣습니다. 하지만 시가 말하는 건 그 이상이에요. 거기서 어려움이 발생하는 것이죠.

)[35]

35 1957년 10월 18일 자 〈뉴욕 포스트〉에 실린 인터뷰 '마이크 월리스가 윌리엄 칼로스 윌리엄스에게 묻다: 시는 이미 끝장난 것인가?' 전반부.

III

대大 피터르 브뤼헐[36]은
그리스도의 강탄[37]을 그렸다, 갓 태어난
아기 예수!
오가는 말들 사이에서.
                        무장한 남자들,
야만적으로 무장한,
                        창, 미늘창과
칼로 무장한 남자들
얼굴을 돌린 채 속삭이며
핵심을 찌르는
                        남자들
배가 불룩한 노인(중앙)에게
그들 논평의 대상에 대해
이야기하며,
곁눈질하며, 그 광경에,
최근 전쟁에서의 더 멍청한
독일 군인 같은 모습에
놀라움을
표하며

---

36 피터르 브뤼헐Pieter Bruegel. 네덜란드의 화가.
37 브뤼헐의 〈동방박사의 경배The Adoration of the Kings〉를 가리킨다. 이어지는 내용은 그림을 묘사한 것이다.

— 하지만 아기 예수는 (컬러
삽화가 수록된
카탈로그에서처럼) 벌거벗은 채 어머니의 무릎에
누워 있다

— 그것은 충분히 정확히 묘사된
광경이다, 가난한 이들 사이에서 흔히
볼 수 있는 (나는 경의를 표하는 바이다
자신이 본 것을 그린 브뤼헐이라는
사람에게 —
          분명 여러 번
그의 자식들[38] 사이에서, 하지만 물론
이 장소에서는 아니고)

머리에 주교관을 쓴
남자 세 명, 한 명은 흑인,
멀리서 온 게 분명한
(노상강도?)
몸에 걸친 호화로운
예복으로 미루어 — 그들의 신들을
달래기 위해 바쳐진

그들의 손에는 선물이 들려 있었다
— 그 시절 그들에게는 선견지명이

---

38 브뤼헐의 두 아들 또한 유명한 화가였다.

있었다― 그리고 그들은 보았다,
그들 자신의 눈으로
이런 것들을 보았다
천박한 군대의 부러움을 사며

그는 그렸다
그 광경의 부산함을,
헝클어지고 제멋대로 뻗은
가운데 노인의 머리카락을, 그의
축 처진 입술을 그렸다

― ―노인과 어린 여자 사이에서
그것도 예쁜 어린 여자 사이에서
아이가 태어난 그런
사소한 일에
그렇게나 호들갑을 떠는 걸
못 믿겠다는 듯이

하지만 선물들! (예술품들,
그들은 어디서 그걸
샀을까, 혹은 더 정확히는
어디서 그걸 훔쳤을까?)
― 달리 어떤 방법으로 노인을
혹은 여자를 예우할 수 있었을까?

―군인들의 누더기 옷,
벌어진 입,

30년 동안의 전쟁, 고난의
전투로 망가진 그들의
무릎과 발, 과거에 베풀어졌던
진수성찬에 침이 고인
그들의 입

화가 피터르 브뤼헐은 그것을
양쪽에서 보았다: 상상력은
반드시 섬겨야 하는 것이다 —
그리고 그는 섬겼다
　　　　　　냉정하게

가난해지는 건 대죄大罪가 아니다— 지금 돈을 지닌 이 특색 없는 무리만
아니라면 — 원자를 응시하는, 완전히 눈이 먼 — 품위나 연민 없이, 마치
자신들이 널리고 널린 조개라는 듯이. 화가 브뤼헐은 그들을 보았다 ． :
그의 소작농들이 입은 옷은 우리가 뽐내는 옷보다 더 나은 물건, 손으로
짠 것이었다.

— 지금 우리는 조잡한 시대에 이르렀다, 인간들은 조잡하다, 해야 할 일
의 안팎에서, 상사들에게 휘둘리며, 이익을 남기는. 누구에게? 하지만
그 포르투갈인 석공에게는 해당되지 않는 말이다, "새로운 나라에 있는"
그의 상사는 "도덕적인" 것에 대한 옛날식 지식에 이끌려 나를 위해 벽을
쌓아주고 있으므로 ． "요즘 시대에 그들이 가게에서 당신에게 파는 그 물
건, 좋지 않아요, 당신의 손안에서 망가지죠 ． 공장에서 제조한 그 물건,
당신의 손안에서 망가지죠, 그것이 어떻게 되든 신경 쓰지 않아요"

〈마태복음〉 1장 18절 — 예수 그리스도께서는 이렇게 탄생하셨다. 그분의 어머니 미리

엄[39]이 요셉과 약혼하였는데, 그들이 같이 살기 전에 그녀가 성령으로 말미암아 잉태한 사실이 드러났다.

19절 그녀의 남편 요셉은 의로운 사람이었고 또 그녀의 일을 세상에 드러내고 싶지 않았으므로, 남모르게 그녀와 파혼하기로 작정하였다.

20절 요셉이 그렇게 하기로 생각을 굳혔을 때, 꿈에 주님의 천사가 나타나 말하였다. "다윗의 자손 요셉아, 두려워하지 말고 미리엄을 아내로 맞아들여라. 그 몸에 잉태된 아기는 성령으로 말미암은 것이다."

〈누가복음〉. . 그러나 마리아는 이 모든 일을 마음속에 간직하고 곰곰이 되새겼다.[40]

연인을 위해 자신을
─ 즉시 ─ 내던지지 않는 여자는
누구도 고결하지 않다

빌에게:

. . . .

　　파리에 있는 친한 친구인 G. D.에게서 오늘날의 프랑스는 경찰관과 문지기가 지배한다는 말을 들었습니다. 그는 앙리 마티스[41]의 딸과 결혼한 사이로, 제가 유럽에서 만난 활기찬 친구죠. 사회주의 덴마크에서 저는 아주 총명한 작가 한 명을 만났습니다. 미국으로 갔다가 그곳에서 가련한 글쟁이의 아이를 낳은 여자였죠. 그녀는 가련하게 버림받고서 코펜하겐으로 돌아온 후 〈폴리티켄Politiken〉[42]에 리뷰를 쓰고 가끔 중세 영어와 초기 덴마크에 대한 강의로 쥐꼬리 같은 돈을 벌었습니다. 그 아름다운 도시의 빈민가에 살면서 튼튼하고 사랑스럽고 아주 사내다운 그 멋진 아이를 부양하려 애썼죠. 그 아이에게 오렌지와 초콜릿, 아이의 어머니가 살 수 없던 값비싸고 맛있는 음식을 가져다주는 것이 저의 기쁨이었습니다. 그녀는 제게 말하길, 어느 날 밤에 사회주의 경찰이 자신을 방문해서 왜 정부에 세금을 내지 않았느냐고 물었다고 했어요. 그녀는 가난해서 못 냈다고 대답했죠. 당신은 토머스 처치야드[43]의 묘비에 새겨진 묘비명을 기억하십니까? "가난과 어둠이 무덤을 에워싸고 있다." 그들은 한 주 후에 다시 찾아와서 그녀의 가구를 정부에서 압

39　마리아의 애칭.
40　〈누가복음〉 2장 19절.
41　앙리 마티스Henri Matisse. 프랑스의 화가.
42　덴마크의 유명 일간지.
43　토머스 처치야드Thomas Churchyard. 영국의 작가이자 군인.

류할 거라고 협박했습니다. 그녀가 다시 애원하며 만일 크로네[44] 얼마를 내어주게 되면 자신의 어린 아들이 굶게 될 거라고 말하자, 경찰은 대답했습니다: "우리는 어제저녁에 빈 핸얼Vin Handel[45]에 갔다가 그곳 주인에게서 당신이 와인 한 병을 샀다는 말을 들었습니다. 포도주를 마실 형편이 된다면 분명 세금을 낼 돈도 있으시겠죠." 그러자 그녀는 말했습니다. "저는 너무 가난한 나머지, 가난 때문에 몹시 절망에 빠진 나머지 우울증에서 벗어나기 위해서라도 와인 한 병을 사야 했어요."

저는 또한 사람들에게는 오직 자신들의 배를 채워주길 바라는 종류의 정부밖에 없다고 확신합니다. 게다가 저는 이 땅 위의 한 영혼조차 치유할 수 없어요. 플라톤은 '시라쿠사의 폭군'인 디오니시우스를 세 번 찾아갔다가 한 번은 거의 죽을 뻔했고, 또 한 번은 거의 노예로 팔려갈 뻔했는데, 그것은 악마가 《국가》[46]에 기초해 폭압을 행하는 데 자기 자신이 영향을 주었다고 믿었기 때문입니다. 세네카는 네로 황제의 스승이었고, 아리스토텔레스는 마케도니아의 알렉산더 대왕을 가르쳤습니다. 그들이 뭘 가르쳤던 거죠?

우리는 이곳 생활에 만족합니다. 물가가 싸니까요; 제 아내는 샤토브리앙[47]을 7페세타, 그러니까 15센트나 16센트에 사 먹을 수 있습니다. 아침에 여러 가게에 가는 것은 의식이나 마찬가지예요; 그곳에 가면 파나데리아[48]를 운영하는 여자가 인사를 건네주고, (우유를 살 수 있는) 레체리아[49]에서 일하는 남자나 그의 아내가 인사를 건네주고(공손함은 언제나 신경계의 긴장을 풀어줍니다), 태양이나 얼음의 값어치가 있는 것을 3페세타에 파는 겸손한 여자가 환한 미소를 지어주고. . . .

에드워드[50]

패터슨은 나이를 먹었다

　　그의 생각의 개는

쪼그라들었다

고작 그가 과거에 잠재우길 잊었던

한 여자에게 보낸

44　덴마크의 화폐 단위.
45　'포도주 가게'를 뜻하는 덴마크어.
46　플라톤의 저서로 주로 정의에 대한 문제를 다루고 있다.
47　등심살의 가장 두꺼운 부분을 사용한 스테이크.
48　'빵집'을 뜻하는 스페인어.
49　'우유 가게'를 뜻하는 스페인어.
50　에드워드 달버그가 1957년 9월 20일에 윌리엄 칼로스 윌리엄스에게 보낸 편지를 거의 그대로 인용.

'열정적인 편지 한 장'으로 .

그리고 계속

살아가며 썼다

편지에

답하면서

그리고 정원의 꽃을

돌보면서, 풀을 자르고

젊은이들이

그가 몹시 어려워한 말을

사용하며 저지른 실수, 그가

시적 문장을 사용하며 저지른

그 실수를 축소하려

애쓰면서:

" . 갖가지 꽃무늬를 배경으로 서 있는 유니콘, . "[51]

글쓰기 기술에는 전혀 감상적인 요소가 없다. 당신은 말할 것이다, 그 기술은 바보는 배울 수 없는 것이라고. 하지만 벗어나고 싶어 못 견딜 지경인, 종이에 정확한 문장 하나라도 쓰고 싶어 못 견딜 지경인 젊은이라면 누구나 그를 도와줄―그와 대화를 나눌―준비가 된 노인에게서 용기를 얻는다.

새들의 비행, 일제히,

짝짓기 철에 둥지를 찾아서,

동이 트기 전에 떼를 지은,

"뜬눈으로 온밤 지새운"[52]

작은 새들, 열정적으로 욕망에 이끌려

그들은 먼 길을 왔다, 흔히 그러듯.

51 〈유니콘 태피스트리〉의 일곱 번째 태피스트리를 묘사한 것이다.
52 《캔터베리 이야기》 제1장의 '전체 서문' 10행.

이제 그들은 따로 떨어져 짝지어 간다
각자 정해진 짝짓기를 하러. 하늘을
배경으로 뜬 태양의 눈부신 빛 때문에
그들의 깃털 색깔은 판독이 불가능하지만
흰색, 노란색, 검은색 깃털에
노인은 마음이 흔들린다
마치 그의 눈에는 그 색깔들이 보이기라도 하듯.

공중에 다시 나타난 새들의 존재가
노인을 진정시킨다. 비록 죽음에 가까워지고 있지만
그는 수많은 시에 사로잡혀 있다.
꽃들은 늘 그의 친구였다,
심지어 지난 과거 동안
좀이 슬지 않게 경계하며 지킨
박물관의 그림과 태피스트리에 있는
꽃들조차도. 꽃들은 도도하게 그를 끌어당겨
자신들을 보게 한다, 그가 버스 시간표를
생각하게 하고 불경한 일을 어떻게 피할지
생각하게 한다—늙은 여자들이나 젊은이들
혹은 남자들이나 소년들이 녹색 실을 정확히
보라색 실 옆에, 호랑가시나무 옆에
도금양을, 또한 갈색 실을
바늘로 정확히 수놓는
생생한 12세기의 광경으로
그의 기운을 되찾게 한다:
밑그림이 꽃들을 위해 그 일을
몰래 꾸민 것처럼 함께. 일제히, 함께 작업하며—

모든 새도 함께. 새들과
잎사귀들은 그의 마음속에 함께 짜여서
좀이 슬도록 계획되었다 . .
일제히 그의 의도를 위해

ㅡ 늙어가는 몸은
　　　　기형의 엄지발톱과 함께
자신이 나를 찾아내러
　　　　오는 것을
　　　　　　　　알린다ㅡ보기 드문
　　　　　　　미소와 함께
저 들판의 우글거리는 꽃들 사이에서
　　　　그곳에는 유니콘이
　　　　　　　낮은 나무 울타리 안에
갇혀 있었다
　　　4월에!
　　　　　　바로 그달에
기둥의 발치에서
　　　　그 남자가 붉은 뱀을 파내 삽으로
죽이는 걸 그는 보았다
　　　　고드윈[53]은 내게 말했다
　　　　　　그 뱀의 꼬리는
해가 지고 난
　　　후에도 계속
　　　　　꿈틀거렸다고 ㅡ

<hr>

53　윌리엄 칼로스 윌리엄스의 삼촌인 고드윈 웰컴Godwin Wellcome.

그는 모든 걸 알았거나

아무것도 몰랐고

아직 젊은 나이였을 때

미쳐서 죽었다

(스스로 정한) 방향이 바뀌었다

자기 꼬리를 입에 문

뱀

"강은 수원들로 돌아갔다"

그리고 뒤로

(그리고 앞으로)

강은 내 안에서 스스로를 고문한다

마침내 시간이 완전히 씻겨 내려갈 때까지:

그리하여 "나는 완전히 (혹은 충분히) 알았다

그것이 내가 되었음을[54] ."

―그 후로 시대는

영웅적이지 못하다

하지만 시대는 더 깨끗해졌고

시대 속 부패한 마음의 질병으로부터,

더 자유로워졌다 .

우리는 말할 것이다

뱀이

다시!

꼬리를 입에 물었다고

---

54 "강은 수원들로 (…) 내가 되었음을"은 윌리엄 칼로스 윌리엄스의 초기 시 〈방랑자The Wanderer〉의 '성 제임스의 숲Saint Jame's Grove'의 일부를 거의 그대로 인용한 것이다.

양쪽으로 모두 돌아가는 뱀이

이제 나는 내 연인의
　　　발치에 모여 있는
　　　　　작은 꽃들에게로 간다
— 유니콘의
　　　사냥과
　　　　　동정녀를 잉태시킨
사랑의 신

　　　마음은 악마다
　　　우리를 몰아가는 . 글쎄,
　　　너는 그게 식물로 변해서
　　　턱수염도 안 나는 편이

　　　더 좋겠어?

— 우리 오직 거울 속에만 보이는
　　　사랑에 대해 이야기해 볼까
　　　　　— 복제품이 아니라?
만질 수 없는 영혼만을 비추는?
　　　내가 보는 사람은 그녀지만
　　　　　그녀의 살은 만질 수 없는?

　유니콘은 모든 진실한 연인의 마음속 숲을 배회한다. 그들은 유
니콘을 사냥한다. 멍멍! 푸른 호랑가시나무를 노래하라!

─모든 결혼한 남자는 자신의 머릿속에
　　　　자신이 범한 처녀의
　　　　　　　사랑스럽고 성스러운
이미지를 간직한다 .
　　　　그러나 생생한 허구
　　　　　　하나의 태피스트리
은실을 섞어 짠 명주실과 털실
　　　　우유처럼 하얀 한 마리 외뿔 짐승
　　　　　　　　나, 패터슨, 왕으로서의 자신은
숙녀를 보았다
　　　　궁전의 성벽 밖에서
　　　　　　　거친 숲을 지나다가
땀 흘리는 말의 악취와
　　　　뿔에 들이받혀 고통으로
　　　　　　　　깽깽거리는 사냥개들 사이에서
그 개떼들은
　　　　오크 나무들 사이에서
　　　　　　　죽은 짐승이 말안장의 앞테에 얹혀
마침내 잡혀 오는 모습을 보며
　　　　거칠게 헐떡이고 있었다.
　　　　　　　패터슨이여,
생기를 잃지 말아라
　　　　자세한 사정이야 어떻든 간에!
　　　　　　　어느 곳이나 모든 곳이다:
너는 시에서 배울 수 있다
　　　　텅 빈 머리를 가볍게 두드리면
　　　　　　　어떤 언어로든

텅 빈 소리가 난다는 것을! 그 인물들은
영웅의 기량을 갖추고 있다.
숲은
여름인데도 춥다
숙녀의 드레스는 묵직하고
풀에 닿는다.

작은 꽃들이 배경을 가득 채운다.
두 번째 짐승이 잡혀 온다
상처 입은 채.
그리고 그 추격의 생존자인 세 번째 짐승은
잠시 엎드려서 쉬고 있다,
자신의 제왕다운 목에
보석으로 장식한 목걸이를 고정시킨 채.
한 사냥개는
그 짐승의 외뿔에
내장이 뽑힌 채 드러누워 있다.
싫으면 관둬라,
만일 모자가 머리에 맞으면—
그걸 써라. 작은 꽃들은 그곳을 가득 메우며
한몫 끼고 싶어 하는 듯 보인다:
하얗고 감미로운 아루굴라[55],
그것이 갈라진 줄기에는, 꽃잎 네 장이
서로 가까이 붙어

---

55 유럽산 겨자과의 식물.

원근법 없이 프레임마다

구석구석을 채우고

캔버스에서 서로를 건드리며

그림을 만들어낸다:

체스판의 나이트 같은

기이한 제비꽃,

얼굴이 노란

양지꽃—

이것은 프랑스

혹은 플랑드르의 태피스트리다—

달콤한 향을 풍기는 프림로즈,

땅에 가까이 붙어 자라는, 시인들 덕분에

영국에서 유명해진,

그것들을 일일이 다 설명하기란 불가능하다:

진홍색과 흰색의

느긋한 꽃들,

가느다란 포엽에 매달려 균형을

잡고 있고, 꽃받침은 줄기 위에 고르게 배열된,

디기탈리스, 에글란틴

혹은 들장미,

머리카락 아래로 보이는 숙녀의 귓불처럼

핑크색인,

캄파넬라, 푸른색과 자주색 딸기

이파리 사이에서 물망초처럼 작은.

노란색 속, 진홍색 꽃잎

그리고 뒷면,

민들레, 니겔라,

수레국화,
　　　　　엉겅퀴와 다른 꽃들
내가 모르는 이름들과 향기들.
　　　　　숲은 호랑가시나무로 가득하다
　　　　　　　(나는 이미 당신에게 말했다, 이것은
허구다, 집중하라),
　　　　　프랑스 들판의 노란색 아이리스가 여기 있고
　　　　　　다른 꽃들의 무리도
여기 있다: 수선화
　　　　　그리고 용담, 데이지, 매발톱꽃의
　　　　　　　꽃잎들
도금양, 어둡고 연한
　　　　　그리고 금잔화

아침 바람에 나뭇가지 하나가
　　　　　조용히
　　　　　　위쪽으로 이리저리
물결처럼
　　　　　움직이는
　　　　　　그녀의 창문 밖
아까시나무는
　　　　　나에게 고작 늙은 여자의 미소밖에는
　　　　　　떠오르게 하지 않는다
　─ 벽 끝 쪽에 보존된
　　　　　태피스트리의 파편은
　　　　　　숲에서 길을 잃은 (혹은 숨어 있는)

둥근 이마의

젊은 여자를 보여주고

그것은 선언된다 . .

(그렇게, 보여진다)

나뭇잎 속에 거의 완전히 숨은 채로

서 있는 사냥꾼이 부는

뿔피리에 의해. 그녀는

그 색다름으로 나의 관심을 끈다,

나뭇잎 사이에서 고상한 드레스를 입고

귀를 기울이는 그녀!

다른 사람들에게서 떨어져 서 있는

그녀의 얼굴 표정

— 처녀와 창녀,

동일한 존재,

둘 다 최고 입찰자에게

팔려고 내놓은!

그리고 누가 연인보다

더 높은 값을 부르겠는가? 만일 그대가

진정 여자라고 자칭한다면 어서 앞으로 나오라.

대신 나 그대에게, 지옥에서도 정중하게

여성의 세계를 공유하는

젊은 남자를 주노라

— 옛날 옛날에 .

옛날에:

까악! 까악! 까악!
　까마귀들이 운다!

2월에! 2월에 그들은 그것을 시작한다.
그녀[56]는 자궁을 붙들기 위해 질膣에

도자기 문손잡이를 차는 할머니가 될 때까지
살고 싶어 하지 않았다― 하지만

그녀는 그렇게 되었다, 꾀바르게, 뭐라고?
그는 처음으로 그녀를 흥분하게 만든 남자였고

그녀에게 아이를 남긴 채 떠나기 전까지는 절대
그녀를 떠나지 않았다, 모든 군인이 그러하듯

막사가 해체되기 전까지는.

어쩌면 그녀에게는 '꼬리표'가 붙었는지도 모른다,
다자이
오사무와 그의 성스러운 자매[57]가

그랬을 것처럼

56　윌리엄 칼로스 윌리엄스의 할머니 에밀리 디킨슨 웰컴.
57　다자이 오사무津島修治의 《사양斜陽》에 등장하는 가즈코를 말하는 것으로 추정된다(윌리엄 칼로스 윌리엄스가 읽은 다자이 오사무의 책은 1956년에 뉴디렉션스에서 도널드 킨의 영역으로 출간된 《사양The Setting Sun》뿐이다). 《사양》 마지막 장에서 가즈코는 자신을 남편의 아이가 아닌 아이를 낳는 성모마리아에 비유한다.

자신의 손자를 봤을 때 그녀는 늙어 있었다:
　　　너희 젊은이들은
　　　　　자기가 다 아는 줄 알지.
그녀는 런던 사투리로 말했다
　　　그러더니 말을 멈추고는
　　　　　나를 뚫어지게 쳐다봤다;
과거는 과거에 살았던 사람들의 몫이지.⁵⁸ 끝났도다^{Cessa}!

— 흐르는 세월 속에서 나의 인생을 잠으로 흘려보내는 법을 배
우며:
말한다 .

　　　박자^{measure59}가 끼어든다, 박자를 맞추는 것이 우리
　　　　　가 아는 전부,

　　　　　박자들 중의 한 선택 ..

　　　　박자에 맞춘 춤
　　"장미의 향기가 우리를 다시 깜짝
　　　놀라게 하지 않는 한"⁶⁰

　　아무것도 모르는 척하는 것은
　　　똑같이 우스꽝스럽다, 하나의
　　　　　체스 게임

58　에밀리 디킨슨 웰컴의 말이다.
59　'운율'을 뜻하기도 한다.
60　윌리엄 칼로스 윌리엄스의 시 〈그림자Shadows〉의 일부를 변형 인용한 것.

엄청나게, "물질적으로," 뒤섞인!

야호! 이영차!

우리는 아무것도 모르고 아무것도 알 수 없다
하지만
춤은 안다, 박자에 맞춰
대위법적으로,
사티로스처럼 추는 춤, 그 비극적 발놀림.foot61

폭포를 쫓는 모험

> 나는 시를 쓰고 싶었다
> 당신이 이해할 수 있는 시를.
> 만일 당신이 이해하지 못한다면
> 그 시가 내게 무슨 소용이겠는가?
> 하지만 당신은 몹시 애써야 한다—
> _윌리엄 칼로스 윌리엄스, 〈1월 아침January Morning〉에서

1946년부터 1958년까지 무려 13년에 걸쳐 총 다섯 권으로 출간된 서사시 《패터슨》은 미국의 시인 윌리엄 칼로스 윌리엄스의 대표작으로, 그 주제와 형식과 규모 등 어느 모로 보나 그의 가장 큰 야심작이라 할 만하다.

이런저런 구체적인 평가를 떠나 우선 역자의 직관적인 독후감을 말해보면, 《패터슨》을 읽는 내내 패터슨의 살아 있는 역사와 그곳 주민들의 우글거리는 목소리가 폭포의 굉음과 함께 귀에 울리며 온몸을 흠뻑 적시는 듯한 기분이었다. 그리고 시집의 모든 페이지에 굽이굽이 흐르며 범람하는 지역성의 찬양! 전 세계의 모두가 서로를 닮아가는 시대에, 거의 모두가 똑같은 자본의 영향력 아래서 엇비슷한 삶을 살아가는 시대에 윌리엄스가 보여주는 지역성의 찬양, 영국과는 다른 미국만의 언어와 운율을 찾으려는 노력은 우리가 지금 잃어가고 있는 게 무엇인지, 애써 되찾아야 하는 게 무엇인지를 쏟아지며 파열하는 폭포의 말로 들려준다.

상세히 다루자면 박사논문으로도 부족할 《패터슨》에 대해 짧은 해설의 자리에서 논하는 것은, 역자의 역량 문제는 차치하더라도 도저히 불가능한 일이다. 따라서 더 관심 있는 독자는 한국어로 쓰인 《패터슨》 관련 논문을 찾아보길 바라며, 여기서는 다만 독서에 도움이 될 만한 간단한 길잡이 요소 몇 가지만 소개하고자 한다.

왜 '패터슨'인가?

우선 시집의 제목이자 작품의 주요 배경이 되는 패터슨에 대해 짚고 넘어가는 게 우선일 듯하다. 사실 패터슨은 우리에게 생소한 지역이다. 동명의 영화 덕분에 그 지명과 폭포와 동명의 시집이 알려지긴 했지만, 사실 그 영화는 시집《패터슨》자체와는 별 상관이 없다. 혹은《패터슨》에 대해 알려주는 바가 거의 없다. 영화를 보고 시집을 기대했다면 낭패를 볼 수도 있을 거란 말인데, 그래도 크게 걱정할 필요는 없다. 윌리엄스의 안내에 따라《패터슨》을 읽어가다 보면 패터슨의 구석구석을 산책하며 그곳의 역사와 자연과 주민들을 누구보다도 가까이서 만나볼 수 있을 테니까.

그렇다면 왜 '패터슨'인가? 이에 대해서는 윌리엄스가 여러 지면에서 꽤 상세히 밝힌 바 있으니, 역자의 어설픈 설명보다는 작가의 말을 직접 들어보는 편이 백배 나을 것이다. 분량이 많고 겹치는 내용도 있지만 보다 정확한 이해를 돕기 위해 가능한 한 자세히 소개하기로 한다.

편의상 발표된 순서대로 소개하면, 우선 윌리엄스는 자신이 직접 쓴 《윌리엄 칼로스 윌리엄스 자서전 *The Autobiography of William Carlos Williams*》(1951)에서 다음과 같이 말한다.

《패터슨》을 중심으로 한 최초의 아이디어는 일찌감치 활기를 띠었다. 내 주변의 인식할 수 있는 세상 전체를 담을 수 있을 만큼 충분히 커다란 이미지를 찾을 것. 나의 고장에서, 내 인생의 세세한 일들 사이에서 살아가면 살아갈수록 '깊이'를 얻으려면 이 고립된 관찰과 경험을 한데 모아야 한다는 것을 깨닫게 되었다. 나에게는 이미 강이 있었다. 플로시[1]는 우리가 강가에 산다는 사실을, 우리가 강가 마을에 살고 있다는 사실을 깨달을 때마다 늘 깜짝 놀란다. 뉴욕시는 나의 관점에서 너무 멀리 벗어나 있었다. 새나 꽃의 방식보다 더 큰 방식으로 쓰고자 했기에, 나는 나에게 가까이 있는 사람들에 대해 쓰길 바랐다. 내가 말하는 것을 자세하고 상세히 알길 바랐다—그들의 눈의 흰자위와 그들의 냄새까지도.

---

1 윌리엄 칼로스 윌리엄스의 아내 플로렌스 허먼 윌리엄스의 애칭.

그것이 바로 시인의 업무다. 내과 의사가 환자를 다루듯, 모호한 범주에서 이야기하는 것이 아니라 자기 앞에 있는 것에 대해 자세히 쓰며 개별적인 것에서 보편적인 것을 발견하는 것. (순전히 우연히 알게 된 사실인데) 존 듀이는 "지역적인 것만이 보편적인 것으로, 그것을 기반으로 모든 예술이 만들어진다"라고 말한 바 있다. 카이절링도 비슷한 말을 했다. 나는 뉴욕을 그런 식으로 알고 싶지도 않고 알 기회도 없었으며, 그런 사실이 아쉽지도 않다.

퍼세이익 강가에 자리한 다른 곳들도 생각해 보았으나 결국 풍부한 식민지 역사와 상류를 지녔으며 물의 오염도 상대적으로 덜한 패터슨시가 승리를 거두었다. 계절에 따라 목소리를 높여 외치는, 알렉산더 해밀턴을 통해 우리를 형성한 우리의 식민지 재정 정책을 낳은 여러 생각과 관련되어 있는 폭포는 나의 큰 관심을 끌었다―그리고 그로 인한 결과도. 그것은 심지어 오늘날에도 연구 대상으로서 유익한 장소이다. 나는 이것들에 대해 알고 있었다. 나는 들었다. 나는 그곳을 만든 사건들 일부에 참여했다. 나는 빌리 선데이의 말을 들었다. 나는 존 리드와 대화를 나누었다. 나는 병원에서 일하며 많은 여자를 알게 되었다. 나는 소년 시절에 개릿산을 터벅터벅 걸었고, 그곳의 연못에서 헤엄쳤고, 그곳의 법정에 섰으며, 그곳의 새까맣게 탄 폐허와 침수된 거리를 보았고, 넬슨이 쓴 패터슨의 역사책에서 그곳의 과거에 대해 읽었고, 그곳에 정착한 네덜란드인들에 대해서도 읽었다. (…)

폭포는 아래의 바위에 부딪히면서 굉음을 내뿜는다. 상상 속에서 이 굉음은 말이나 목소리, 특히 말이다. 그것은 대답으로서의 시 자체이다.

결국 그 남자는 강이 정체성을 잃어버린 듯한 바다에서 일어나 체서피크만 리트리버가 분명한 충실한 암캐와 함께 내륙으로 돌아서서 많은 비방을 당한 월트 휘트먼이 말년에 살다 죽은 캠던으로 향한다. 휘트먼은 영어 운율학에서 지배적인 약강 5보격을 깨뜨린 자신의 시가 이제 겨우 자신의 주제를 시작한 것이라고 말하곤 했다. 나도 동의한다. 새로운 방언으로, 새로운 음절의 구성으로 그 일을 이어 나가는 것은 우리의 몫이다.

본서에도 수록된 '《패터슨》에 대한 윌리엄 칼로스 윌리엄스의 말'(1951)에서는 이렇게 말한다.

내가 목표로 삼고 싶었던 도시는 내가 속속들이 아는 그런 곳이어야만 했다. 뉴욕은 너무 거대했고, 온 세상 측면들의 너무 큰 집합체였다. 나는 좀 더 고향에 가까운 무언가, 알기 쉬운 무언가를 원했다. 내가 패터슨을 나의 현실로 택한 것은 의도적이었다. 내가 사는 교외 지역은 나의 목적을 이루기에는 충분히 두드러진 곳도, 충분히 다채로운 곳도 아니었다. 다른 후보지들도 있었지만 내 생각에는 패터슨이 최고였다.

패터슨의 역사는 미국의 시작과 명확히 관련되어 있다. 게다가 패터슨에는 중심적 지형, 즉 퍼세이익 폭포가 있는데, 그 폭포는 생각하면 생각할수록 점점 더 내가 말하고자 했던 바에 걸맞고도 버거운 행운이 되어갔다. 나는 퍼세이익 폭포의 역사, 그 너머의 작은 언덕에 있는 공원, 그곳의 초기 거주자들에 대해 읽을 수 있는 모든 것을 읽기 시작했다. 처음부터 나는 퍼세이익 강의 흐름에 따라 네 권의 책을 쓰기로 결심했다. 그 강의 삶은 생각하면 생각할수록 점점 더 나 자신의 삶과 닮은 것처럼 여겨졌다. 폭포 위의 강, 폭포 자체가 맞이하는 파국, 폭포 아래의 강, 그리고 마지막에 이르러 거대한 바다로 흘러드는 것까지.

퍼세이익 강 자체보다는 주제에 따르기를 나 스스로 허용하면서 이 기본 계획에는 수많은 수정이 가해졌다. 나에게 퍼세이익 폭포의 소음은 우리가 찾고 있었고 지금도 찾고 있는 언어처럼 여겨졌고, 내가 주변을 둘러보는 동안 나의 탐색은 이 언어를 해석하고 사용하기 위한 투쟁이 되었다. 이것이 이 시의 핵심이다. 하지만 이 시는 또한 자신의 언어를 찾으려는 시인의 탐색이기도 한데, 그 자신만의 언어는 물질적 주제와는 완전히 별개로, 어쨌든 내가 무엇이라도 쓰려면 사용해야만 했던 언어다. 내가 염두에 둔 대상에 가까이 다가가려면, 나는 특정한 방식으로 써야만 했다.

또한 윌리엄스는 이디스 힐Edith Heal이 기록하고 편집한《나는 시를 쓰고 싶었다I wanted to write a poem》(1958)에서《패터슨》1권을 두고 이렇게 말한다.

저는 제가 장시를 쓰고 싶어 한다는 것을 늘 알고 있었지만 도시와 동일시된 남자에 대한 생각을 떠올리기 전까지는 제가 무엇을 하길 원하는지 알지 못했어요. 그는 어느 정도 지적인 남자여야만 했죠. 주위를 둘러보다 보니 그 생각이 유유히 제게 찾아왔어요. 그것은 시작된 줄도 모른 채 시작되었죠. 저는 아주 오래전인 1926년에 〈패터슨〉이라는 시를 썼는데, 그 시는 제가 '더 다이얼 어워드'를 받을 때《더 다이얼》에서 특별히 언급한 작품이었습니다. 하지만 그 초기작은 장시를 위한 저의 후기 주제와는 관련이 없었어요. 하지만 1941년에 출간된《망가진 경간The Broken Span》에 수록된 네 행에는 그 생각이 나타나 있는 것을 볼 수 있는데, 그것은《패터슨》1권의 초반 몇 페이지에 간격만 살짝 달리한 채 그대로 수록되었죠. 저는 여러 해에 걸쳐 그 시의 예술적 형식에 대해 생각했습니다. 그것은 형이상학적 구상에 대한 생각이었죠. 그 생각을 어떤 형식에 집어넣을지는 아마도 서서히 알게 되었던 것 같습니다.

그리고 도시 그 자체. 어떤 도시를 다룰 것인가? 아기에 대해 쓰고자 결정했을 때 어떤 아기를 다룰 것인가 하는 문제처럼 말이에요. 제가 아는 시학의 문제는 제가 아는 특정한 도시를 찾는 일에 달려 있었고, 그래서 저는 도시를 찾기 시작했어요. 뉴욕? 뉴욕은 불가능했어요. 대도시처럼 큰 곳은 어디든 불가능했죠. 러더퍼드는 도시가 아니었어요. 퍼세이익도 불가능했어요. 저는 패터슨에 대해 알고 있었고, 심지어 그것에 대해 언급하며 글도 썼었죠. 갑자기 제가 드디어 발견해 냈다는 사실이 분명해졌어요. 저는 조사를 시작했습니다. 패터슨에는 역사가, 중요한 식민지 역사가 있었어요. 게다가 그곳에는 퍼세이익 강과 폭포도 있었죠. 어쩌면 저는 더블린을 자신의 책의 주인공으로 삼은 제임스 조이스의 영향을 받았는지도 모르겠습니다. 저는《율리시스》를 읽고 있었거든요. 하지만 저는 조이스는 잊어버리고 저의 도시와 사랑에 빠지고 말았습니다. 폭포는 장관이었어요. 강은 저에게 주어진 상징이었죠. 저는 폭포 위의 강에 대한 서두를 쓰기 시작했습니다. 저는 찾아 읽을 수 있는 모든 것을 찾아 읽었고, 패터슨 역사 협회에서 출간한 책에서 대단히 흥미로운 증거로서의 기록물도 발견했어요. 제가 찾던 모든 사실, 누구에게도 부당하게 이용되지 않은 모든 세부 정보가 바로 거기 있었죠. 그것은 저의 강이었고, 저는 그 강을 이용할 생각이었어요. 저는 그곳의 강둑에서 자랐고, 그곳을 오염시킨 오물, 심지어 죽은 말들도 보았죠. 키츠를 모방한 저의 초기작은 강에 대한 시였어요.

저는 흐름을 따라 바다로 이어지는 강을 받아들였습니다. 제가 할 일이라고는 강을 따라가는 게 전부였고, 그러자 시가 생겨났죠. 그곳에는 강둑에 사는 사람들, 제가 저의 이야기에서 썼던 사람들이 있었어요. 그리고 그곳에는 흐름을 따라가는 강과도 같은, 제가 인생에 대해 느끼는 방식이 있었죠. 저는 시를 분절시키기 위해, 시의 형태를 만드는 일을 돕기 위해 기록된 산문을 사용했습니다. 인디언, 식민지 역사, 당시의 유명인들에 대한 사실은 패터슨 역사 협회에서 수집한 기록물에 등장하는 것과 거의 같은 방식으로 등장해요.

제 마음은 그것을 어떻게 종이에 옮길지에 대한 문제로 시종일관 어지러웠어요. 마침내 저는 형식이 스스로 알아서 하도록 내버려두기로 했습니다. 구어, 즉 저 자신의 언어가 선두를 달리며 속도를 조절하도록 내버려두기로 했죠. 가끔 걱정되기도 했지만 그래도 걱정은 내려놓았어요. 저는 독자들이 관심을 가질 만한 시사적인 무언가를 만들고 싶었어요. 저는 어떤 독자든 스캔들에 관심을 가질 것임을 알았고, 그래서 스캔들도 삽입했죠. 기록물의 내용은 그것에 대한 흥미의 생생함과 그럴듯함을 기준으로 세심하게 선별되었어요. 시의 각 부는 그 자체로 완전한 구성단위가 되어서 강이 얼마나 흘러갔는지 알려주도록 계획되었습니다.

저는 저의 주인공을 패터슨 씨라고 불렀습니다. 제가 시 전체에 걸쳐서 패터슨에 대해 말할 때, 저는 패터슨이라는 남자와 도시를 동시에 말하고 있는 거예요. 8년 동안 계속해서 써나가면서 저는 각 부가 완성되는 대로 발표했습니다. 언론의 많은 관심이 있었고, 흐뭇한 말도 들려왔어요. 저는 그 모든 것에 대해 오랫동안 생각했었습니다. 저는 저에게 말하고 싶은 게 있다는 것을 알았죠. 저는 제가 그것을 저의 형식으로 말하고 싶어 한다는 것을 알았습니다. 저는 그것이 완성된 형식은 아님을 알았지만, 그럼에도 그것이 무형식은 아니라는 것을 알았습니다. 저는 저의 형식을 발명해야만 했어요. 만일 그것을 형식이라고 부를 수 있다면 말이에요. 저는 현대 서구 세계에서 글을 쓰고 있었어요. 저는 진짜 그리스어는 전혀 모르면서도 시의 규칙은 알고 있었죠. 저는 그 규칙을 존중했지만, 그래도 제가 살아가는 세상의 관점에서 전통을 정의해야겠다고 결심했어요.

시는 그 지역의 삶의 조건, 즉 제가 '작가의 말'에서 언급한 "그 도시의 자연 요소적 특성"에 대한 전반적인 관찰로 시작됩니다. 강은 어딘가에서는 시작되어야만 합니다. 그 어딘가가 제게는 중요해 보였죠. 강의 시작이라는 개념은 물론 모든 시작의 상징입니다.

《뉴디렉션스》17(1961)에 실린 존 C. 설월John C. Thirlwall과의 대화에서는 다음과 같이 말한다.

저는 늘 지역적 소재를 찬양하는 시를 쓰고 싶었습니다. (…) 저는 그 소재를 고귀한 방식으로 찬양하고 싶었어요. 그 소재를 고귀하게 만든 것은 아닌데, 맹세코 그런 일은 일어나지 않았으니까요. 대신 저는 제가 거주했고 지금도 거주하는 장소와 관련된 소재만을 사용하고 싶었습니다. 유럽 세계와 어떤 관계도 맺지 않고 순전히 미국인의 입장이 되어 그 소재를 미국인으로서 찬양하기 위해 말이죠.

하지만 그 아이디어가 어떻게 떠올랐는지는 말하기 어렵습니다. 저에게는 떠오른 발상이 있었어요. 그것은 어떤 사람으로서, 어떤 특정한 사람으로서 말하자는 것이었죠. 그리고 저는 생각했어요. '음, 만일 내가 인물에 대해 말할 거라면 그 인물은 실제적이되 모든 서사시가 그러하듯 정말로 영웅적인 인물이어야만 해.' 그러면서도 공상적인 시. 그것은 공상적인 시어야만 했지만, 동시에 특정한 사건들과 특정한 장소를 다루어야 했어요. 그래서 저는 모든 것의 핵심이 될 만한 것을 찾아보았습니다. 도시는 현대 세계의 한 전형이므로, 그곳은 사람들이 가장 활발히 활동하는 곳입니다. 당신은 어쩌면 시골 지역에서 온 각각의 사람을 떠올리겠지만, 제가 떠올린 개념으로서의 도시는 가장 성공한 남자였습니다.

저는 어떤 이미지, 모든 사람과 관련되어 있으면서도 고귀한 이미지를 원했습니다. 그리고 제게는 도시의 이미지가 필요했는데, 그중 패터슨시가 가장 편리했어요. 저는 그 도시의 장소를 가장 잘 알았기에 그곳을 택했습니다. 글을 쓰기 위해 의도적으로 그곳을 택했죠. 그리고 한번 둘러보니 그곳은 그 자체로 아주 흥미로운 곳이었어요. 그곳에는 역사, 식민지 역사가 있었습니다, 아주 중요한 것이죠. (…) 저는 그 장소의 특징뿐만 아니라 저의 특징 또한 나타내는 방식으로 그곳에 대해 쓰고 싶었어요. 저는 그 지역을 여행하기 시작했습니다. 저는 거리를 걸어 다녔어요. 사람들이 공원을 이용하는 여름날 일요일이면 그곳으로 가서 사람들의 대화에 최대한 귀를 기울였습니다. 저는 그들이 하는 모든 것을 보고는 그것을 시의 일부로 삼았어요.

마지막으로 《파리 리뷰》 VIII, 31호(1964)에 실린 스탠리 쾰러Stanley Koehler와의 인터뷰 중 관련 부분은 다음과 같다.

인터뷰어: 다른 도시를 시의 소재로 삼을 생각은 안 해보셨나요?

윌리엄스: 《패터슨》에서는 감히 그것에 대해 어떤 언급도 하지 않았습니다만, 찬양할 도시를 찾고 있었을 때 제가 특히 염두에 둔 곳은 맨해튼이었습니다. 저는 그곳이 제 입장에서는 충분히 특수화되지 않았다고 생각했어요. 제가 바라던 의미에서 미국적이지는 않다고 생각했죠. 물론 충분히 근접하긴 했고, 저의 모든 목적을 이룰 만큼 저에게 충분히 익숙한 곳이긴 했어요—하지만 그건 제가 어렸을 때 1년을 살았던 라이프치히도 마찬가지였고, 파리도 마찬가지였죠. 혹은 심지어 빈이나 프라스카티도요. 하지만 맨해튼은 제 마음속에서 빠져나가 버렸어요.

이상의 내용을 간단히 정리해 보자. 우선 윌리엄스는 "내 주변의 인식할 수 있는 세상 전체를 담을 수 있을 만큼 충분히 커다란 이미지"로 장시를 쓰고 싶어 했다. 그리고 그런 생각은 "도시와 동일시된 남자"를 떠올리고 나서야 어느 정도 구체화되기 시작했다. 그렇다면 "어떤 도시를 다룰 것인가?" 너무 커서 지면에 구현하기에 부적절한 대도시보다는 보다 더 익숙한 곳, 몸소 경험했기에 구체적인 실감을 가질 수 있는 곳이 적합해 보였다. 왜냐하면 "모호한 범주에서 이야기하는 것이 아니라 자기 앞에 있는 것에 대해 자세히 쓰며 개별적인 것에서 보편적인 것을 발견하는 것"이 "바로 시인의 업무"이기 때문이다. 그리하여 그가 최종적으로 택한 곳은 뉴욕도 러더퍼드도 아닌 패터슨이었다. 이는 "늘 지역적 소재를 찬양하는 시를 쓰고" 싶었던 그의 오래된 바람에도 부합했다. "지역적인 것만이 보편적인 것"이기에, 세상 전체를 담을 수 있는 최선의 방법은 바로 지역성에 집중하는 것이었다.

그리고 패터슨은 "그 자체로 아주 흥미로운 곳"인데, "패터슨의 역사는 미국의 시작과 명확히 관련되어" 있을 뿐만 아니라, "그곳에는 퍼세이익 강과 폭포도" 있기 때문이다. 강은 시인에게 "주어진 상징"으로서 중요할 뿐 아니라 시집의 흐름을 만들어내는 형식적 수단으로서도 기능했다. 따라서 "퍼세이익 강의 흐름에 따라 네 권의 책"이 쓰이는 것으로 정해졌고, 그 "강의 삶"은 "폭포 위의 강, 폭포 자체가 맞이하는 파국, 폭포 아래의 강, 그리고 마지막에 이르러 거대한 바다로 흘러드는 것까지" 모두 윌리엄스의 삶, 어쩌면 우리 모두의 삶과 동일시되게 되었다. 퍼세이익 강이야말로 패터슨과 더불어 "세상 전체를 담을 수 있을 만큼 충분히 커다란 이미지"이자 상징이었던 것이다. 늘 "관념이 아니라 사물을 통해서" 말하는 것을, '사물 그 자체'를 강조하는 윌리엄스이지만, 그래도 그가 모든 상징을 거부하거나 거부할 수 있는 것은 아니었다. 언어가 이미 상징 체계 안에서 작동하고 있기 때문에 특정 단어를 사용하면서 모든 상징을 피해 가는 것은 누구도 이룰 수 없는 경지이기 때문이다.

어쩌면 강이 보여주는 네 국면에서 우리가 가장 주목해야 할 부분은 바로 폭포일지도 모르겠는데, 윌리엄스가 《패터슨》에서 가장 심각하게 다루는 주제 중 하나인 '언어의 탐색'과 직접적인 관련을 맺고 있는 것이 다름 아닌 이 폭포이기 때문이다. 그는 "나에게 퍼세이익 폭포의 소음은 우리가 찾고 있었고 지금도 찾고 있는 언어처럼 여겨졌고, 내가 주변을 둘러보는 동안 나의 탐색은 이 언어를 해석하고 사용하기 위한 투쟁이 되었다. 이것이 이 시의 핵심이다"라고 말할 정도로, 또한 "그것〔폭포의 굉음〕은 대답으로서의 시 자체이다"라고 말할 정도로 폭포를 중요시한다. 그리고 또 한 가지 중요한 사실은 "이 시는 또한 자신의 언어를 찾으려는 시인의 탐색이기도" 하다는 점이다. 그 언어란 그가 "무엇이라도 쓰려면 사용해야만 했던 언어"라고 말할 만큼 필수적인 것이며, 따라서 그의 탐색은 단순한 언어적 유희가 아니라 시인으로서의 생명이 달린 절박한 행위일 수밖에 없다.

새로운 언어와 음보의 탐색

살아 있는 언어에 민감하게 반응하는 시인이라며 누구나 그렇듯, 윌리엄스에게도 가장 중요한 것은 구어였다. 죽어 있는 말이 아닌, 인쇄된 낡은 책에 적힌 말이 아닌 지금도 사람들의 입에서 자연스레 흘러나오는 언어. 그는 그런 언어로 시를 썼다. 심지어 그와 마찬가지로 미국적인 것을 가장 중시했던 월트 휘트먼조차도 사용하는 어휘는 매우 전통적인 수준을 벗어나지 못했다. 윌리엄스는 이 점에서 자신의 선배 시인을 훌쩍 뛰어넘는다. 《나는 시를 쓰고 싶었다》에서 윌리엄스는 이렇게 말한다.

저에게 있어서 시의 리듬 구성은 우리가 말하는 언어로 결정됩니다. 전통 영어 classical English가 아닌 구어mouth language의 단어로 말이죠.

이러한 미국적 구어와 어법은 필연적으로 새로운 형식을 요구한다. 특히 호흡이 한없이 길어지는《패터슨》에서는 더욱 그러한데, 결과적으로 윌리엄스는 이를 위해 하나의 긴 행을 세 단위로 분절하는^{triadic line break}, 즉 자신이 '가변음보^{variable foot}'라고 부르는 새로운 음보를 만들어냈다. 앞서 인용한 부분에서 윌리엄스는 "저는 저에게 말하고 싶은 것이 있다는 걸 알았죠. 저는 제가 그것을 저의 형식으로 말하고 싶어 한다는 것을 알았습니다. 저는 그것이 완성된 형식은 아님을 알았지만, 그럼에도 그것이 무형식은 아니라는 것을 알았습니다. 저는 저의 형식을 발명해야만 했어요"라고 말했는데, 그것이 바로 이 가변음보인 것이다. 이는《나는 시를 쓰고 싶었다》에서《패터슨》2권에 대해 말하는 대목에서 자세히 언급된다. 해당 부분은 다음과 같다.

《패터슨》2권은 제게 이정표와도 같은 작품입니다. 2권에서 가장 성공적인 것 중 하나는 저 자신의 시가 어떤 모습을 취해야 하는지를—그것을 쓸 때는 깨닫지도 못한 채—최종적으로 알게 해준 3부의 어느 구절이에요. 쓰고서 얼마 후에 자유시^{free verse}에 대한 저의 모든 생각을 명확하게 해준 구절이죠. 제 생각에는 독자분들이 패턴을 확인할 수 있게 그것을 여기 수록하는 게 좋을 듯합니다.

The descent beckons
        as the ascent beckoned
                Memory is a kind
of accomplishment
        a sort of renewal
                even
an initiation, since the spaces it opens are new
places
        inhabited by hordes
                heretofore unrealized,
of new kinds—
        since their movements

are towards new objectives
(even though formerly they were abandoned)

No defeat is made up entirely of defeat—since
the world it opens is always a place
            formerly
                        unsuspected. A
world lost,
            a world unsuspected
                        beckons to new places
and no whiteness (lost) is so white as the memory
of whiteness   .

With evening, love wakens
            though its shadows
                        which are alive by reason
of the sun shining —
            grow sleepy now and drop away
                        from desire   .

Love without shadows stirs now
            beginning to waken'
                        as night
advances.

The descent
            made up of despairs
                        and without accomplishment
realizes a new awakening   :
                        which is a reversal
of despair.

        For what we cannot accomplish, what

```
is denied to love,
          what we have lost in the anticipation—
                    a descent follows,
     endless and indestructible       .²
```

몇 년 후에 그것을 살펴보다가 저는 제가 그것을 쓸 당시에는 명명할 수 없었던 기법(즉 그 기법의 실용적인 중점)을 우연히 생각해 냈다는 사실을 깨달았습니다. 제가 늘 질서정연한 시를 쓰고 싶어 했다는 점에서 자유시에 대한 저의 불만은 정점에 달했고, 그래서 저는 우리가 살아가는 새로운 상대론적 세상에서는 음보 자체의 개념이 바뀌어야 한다는 생각이 들었어요. 그 개념을 명확히 이해하는 데 몇 년이 걸렸죠. 저는 어딘가에 그것을 정의할 정확한 방법이 있다는 느낌이 들었습니다. 문제는 그것을 설명할 말, 그것을 명명할 말을 찾는 것이었는데, 저는 마침내 그것을 생각해내고야 말았어요. 고정되지 않는 음보는 가변적인 것으로 설명될 수밖에 없습니다. 만일 음보 자체가 가변적이라면 그것은 이른바 자유시에서 질서를 허용하게 되죠. 따라서 시는 전혀 자유로운 게 아니라 단지 가변적인 것이 될 뿐이에요. 실은 인생의 모든 것이 그러하다시피 말이죠. 이런 생각이 들고부터 저는 이제 무엇을 해야 하는지 알게 되었습니다.

이러한 가변음보는 《패터슨》 5권에 이르기까지 종종 등장하며, 거의 원래 상태 그대로 삽입된 인용문들과 더불어 《패터슨》의 리듬을 다양하게 해주고 시각적으로도 풍요로움을 선사한다. 앞의 인용문에서 윌리엄스는 "마침내 저는 형식이 스스로 알아서 하도록 내버려두기로 했습니다. 구어, 즉 저 자신의 언어가 선두를 달리며 속도를 조절하도록 내버려두기로 했죠"라고 말하기도 했거니와 이런 형식과 구어체는 특히 강처럼 굽이굽이 흐르는 《패터슨》 같은 작품에서는 그 주제 못지않게 중요한 것이다. 내용이 아무리 넘쳐흘러도 그것이 마음 놓고 흘러갈 수로로서의 적절한 형식 없이는 그 어떤 시도 도래할 수 없기 때문이다.

2 번역은 본서 113-115쪽 참조. 여기서는 원문의 음보와 시각적 형태를 보다 잘 느낄 수 있게 원문 그대로 인용했다.

번역에 대하여

이상으로《패터슨》을 읽을 때 도움이 될 만한 사항 몇 가지를 주로 윌리엄스 본인의 말을 통해 직접 들어보는 방식으로 살펴보았다. 각 권의 주제를 일일이 기계적으로 설명하는 것보다는 이런 방식이《패터슨》으로 들어가는 데 훨씬 도움이 되리라 믿는다.

《패터슨》을 쓸 무렵 윌리엄스가 가장 중시했던 것 중 하나는 바로 '말하듯이' 쓰는 것이었다. 때로는 지나치게 생략된, 그래서 한국어로 옮길 때는 어쩔 수 없이 앞뒤로 말을 보태야 했던 윌리엄스 특유의 생생한 구어체 감각. 그가 종종 편지글을 거의 원문 그대로 인용하는 것도 같은 맥락에서 봐야 한다. 여러 사람의 각기 다른 '육성'의 삽입은《패터슨》을 하나의 다성적인 소리 덩어리로, 살아 숨 쉬는 어떤 거대한 유기체로 보이게 만드는 데 성공한다.

이처럼 '말하듯이' 쓴 책은 '말하듯이' 옮겨야 마땅할 것이다. 하지만 시의 경우, 특히《패터슨》의 경우 이는 거의 불가능한 일에 가까웠다. '말하듯이' 옮기기는커녕 '조금 부자연스럽더라도 정확하게' 옮기기조차 버거울 때가 많은 것이 현실이었기 때문이다. 특히 윌리엄스가 하나의 긴 행을 여러 단위로 나누며 시각적 효과까지 염두에 둔 경우, 의미를 자연스럽게 전하는 것조차 쉽지 않은 상황에서 시각적 효과까지 재현하기란 결코 쉬운 일이 아니었다. 솔직히 행의 수만 맞아도, 번역문이 너무 길거나 짧아지지만 않아도 안도의 한숨을 내쉰 적이 얼마나 많았던가. 어쩌면 '영국 영어'에 대항해 (그보다 더 풍요롭다고 윌리엄스가 과감하게 주장한) '미국 영어'로 시를 쓰겠다는 사람의 작품을 '한국어'로 옮긴다는 것 자체가 애초에 어불성설일지도 모르겠다.

하지만 그것은 번역의 어쩔 수 없는 숙명이고, 번역가이기도 했던 윌리엄스도 이 점을 누구보다 잘 이해해 주리라고 믿는다. 특히 시를 번역할 때면 늘 그렇듯이, 어쨌든 포기할 수밖에 없는 것은 깨끗이 포기하되 지킬 수 있는 것은 지키자는 게 번역의 원칙이었다.

《패터슨》을 번역하는 동안 대략 30년 전에 즐겨 들었던 TLC의 노래 〈Waterfalls〉의 가사, 특히 "폭포를 쫓아가지 마. 네게 익숙한 강과 호수에 머물러"라는 후렴구가 종종 귓가에 맴돌았다. 그런데 익숙한 강과 호수에 머무를 생각이었다면 이 번역을 시작도 하지 않았을 것이다. 그 성격과 난이도로 보건대 《패터슨》은 역자가 그동안 번역한 그 어떤 작품과도 차원이 달랐으니까. 종종 읽어본 관련 논문들의 인용문에도 오역이 자주 눈에 띄는 것을 보면, 《패터슨》 전공자도 아니면서 이 책의 번역을 수락한 것이야말로 '폭포를 쫓는' 허황되고 무모한 일이었는지 모르겠다. 그렇게 괜히 수락했다는 후회를 거의 매일 하다시피 하던 어느 날, 작업의 막바지에 이르러서야 나는 생각했다. 이 책을 번역하길 잘했다고. 익숙한 강과 호수에만 머물지 않고 무모하게 폭포를 쫓길 잘했다고. 내게 《패터슨》의 폭포는 무엇보다도 새로운 언어의 폭포였다. 그것은 언어에 대한 모든 불안을 껴안는 동시에 뒤덮으며 저 높은 곳에서부터 모호하고도 힘찬 언어로 장대히 떨어져 내렸다.

초두에 인용했다시피 윌리엄스는 난해한 시가 아니라 독자가 이해할 수 있는 시를 쓰길 바랐다. 이해하지 못하면 모든 게 헛수고나 다름없을 테니까. 하지만 그는 전제 조건을 하나 달아놓았으니, 바로 독자의 입장에서도 "몹시 애써야 한다"는 것이다. 독자분들도 이 책과 함께, 혹은 이 책을 통해 자신만의 폭포를 무모히 쫓아볼 용기를 얻으시길 바란다.

마지막으로 해설은 끝나도 폭포의 춤은 계속되어야 한다는 마음에서, 앞서 인용한 《파리 리뷰》에 실린 《패터슨》의 마지막 구절에 대한 유쾌한 대화를 인용하며 이 짧은 해설을 끝내고자 한다.

인터뷰어: 누군가가 잡지의 잡보란에서 시가 끝나야 할 이유는 없다고 말하더군요. 4권은 주기를 완성하고, 5권은 주기를 재개합니다. 그러고는 어떻게 되는 거죠?

윌리엄스: (웃으며) 계속 반복되는 거죠. 결국에는—마지막 부분, 즉 춤에 이르게—

인터뷰어: "우리는 춤 말고는 아무것도 알 수 없다…"[3]

윌리엄스: 춤이죠.

> 박자에 맞춰
>
> 대위법적으로,
>
> 사티로스처럼 추는 춤, 그 비극적 발놀림foot.

그건 해석되어야 할 것이에요. 그런데 당신은 그걸 어떻게 해석하시겠습니까?

인터뷰어: 제가 감히 주제넘게 해석할 생각은 없는데, 어쩌면 사티로스는 자유의 요소, 형식 안에 존재하는 에너지의 요소를 나타내는지도 모르겠군요.

윌리엄스: 맞아요. 사티로스는 행동, 춤으로 이해됩니다. 저는 저 대목에서 늘 인디언을 떠올려요.

황·유·원

---

3 본문에서는 가변음보의 효과를 살리기 위해 다르게 옮겼다.